B. TRAVEN

ASLAN NORVAL

Büchergilde Gutenberg
Frankfurt am Main Wien Zürich

Werkausgabe B. Traven
Herausgegeben von Edgar Päßler

Büchergilde Gutenberg, Frankfurt am Main 1978

Ausstattung
Juergen Seuss, Niddatal bei Frankfurt am Main
Gesamtherstellung Gerhard Stalling AG, Oldenburg (Oldb.)
Schrift Korpus Baskerville Linotron 303 TC mit Auszeichnung
Papier 90 g Werkdruckpapier der Papierfabrik Scheufelen Oberlenningen
Printed in Germany 1984. ISBN 3 7632 2092 5

ASLAN NORVAL

1

»Sie hat diesen armen Menschen ganz und gar zu Brei zerquetscht.«
»Vielleicht war er auch noch arbeitslos obendrein und hinterläßt eine Frau mit sechs armen Würmchen.«
»Wieder eine von diesen reichen Faulenzerinnen, die nicht wissen, was sie mit ihren unverschämten Millionen anfangen sollen.«
»Mit ein paar lumpigen Dollars wird sie die ganze Geschichte abmachen.«
»Und der arme Mann bleibt ein Krüppel für den Rest seines Lebens.«
»Wenn er überhaupt dieses entsetzliche Unglück übersteht –«
»– und nicht auf dem Wege zum Hospital seinen Geist aushaucht.«
»Gehenkt. Mit Gas vergiftet. Auf den elektrischen Stuhl sollten diese in ihren Automobilen dahinrasenden Mörder, wenn es nach mir ginge.«
»Da haben Sie die Wahrheit gesprochen, Frau. Da setzt sich jemand, der ganz anständig aussieht, hinter ein Steuerrad –«
»Ja, und hast du nicht gesehen, verwandelt er sich in eine blutdürstige Bestie.«
»Sie können nicht schnell genug dahinsausen.«
»Was kümmert sie schon ein oder zwei oder auch gleich drei Menschen unter ihren Rädern, wenn sie nur zehn Sekunden früher zu ihrem Cocktail und zu ihrem Canasta kommen können.«
Diese entrüsteten Bemerkungen einer Gruppe von Leuten, die sich zusehends rasch vergrößerte, wurden jäh von zwei Polizeibeamten unterbrochen, die herbeigeeilt kamen, um zu erfahren, warum sich so viele Menschen nahe einer Ecke der 34. Straße ansammelten, die um diese Stunde mehr als gewöhnlich belebt war, obgleich sie eigentlich niemals, zu keiner Stunde, weder bei Tag noch bei Nacht, zur Ruhe kam.
Alle Leute, die hier stehenblieben, waren ohne Ausnahme stets in unglaublich großer Eile, von der Angst getrieben, zu spät zu kommen, wohin sie auch zu gehen gedachten. Aber ihre Neugierde, die Neugierde des Großstädters, war stärker als ihre Furcht, eine halbe Minute zu verlieren.

Ehe sich die beiden uniformierten Beamten auch nur die geringste Mühe machten, sich durch die Gruppe zu drängen, um die Ursache dieser aufgeregten Ansammlung zu erforschen, schwangen sie bereits ihre Knüttel drohend nach allen Seiten, hier und da einem den Knüttel zur Aufmunterung in die Rippen bohrend und um einem jeden zu verstehen zu geben, daß nun die Obrigkeit die Angelegenheit in die Hand genommen habe und von jetzt an Ordnung, Gesetz und Sicherheit für jeden ehrsamen Bürger gewährleistet seien.

Diese Bürger besaßen jedoch gewisse Rechte, mit klaren Worten in der Verfassung niedergelegt, und eines dieser verbrieften Rechte war: Der Bürger hat das unveräußerliche Recht, zu gehen und zu stehen, wo es ihm beliebt und wann es ihm gefällt, und dieses Recht darf ihm nicht genommen und in keiner Weise beschränkt werden.

Freilich, die beiden Polizeibeamten kümmerten sich darum nicht. Sie waren Iren und kannten die amerikanische Verfassung nur vom Hörensagen.

Ihren Knüttel vielsagend hin und her fuchtelnd, riefen sie: »Weitergehen – nicht stehenbleiben – ja, auch Sie da sind damit gemeint, weitergehen – nicht stehenbleiben – was ist hier überhaupt los? – weitergehen – keine unflätigen Worte hier gebrauchen, Sie – den Verkehr nicht aufhalten – weitergehen – weitergehen – nicht stehenbleiben!«

Und damit drängten sie sich zum Mittelpunkt des welterschütternden Ereignisses, wo es einer Dame gelungen sein sollte, mit ihrem Automobil einen Mann zu zermalmen.

Die Dame war aus ihrem eleganten Cadillac gestiegen und nach vorn gegangen. Ihr Gesicht war bleich von dem Schreck, den sie bekommen hatte, als sie den jungen Mann unter den Rädern ihres Wagens glaubte.

Der zerquetschte junge Mann stand jedoch dicht am rechten Vorderrad des Autos, lächelte die Dame freundlich und zugleich vertraut an, während er sich mit seinem Taschentuch das Gesicht von einigen Ölspritzern reinigte.

Die Dame, immer noch bleich, sah ihn mit weiten Augen an, als ob sie einen Geist vor sich habe.

»Sie – Sie – Sie leben, junger Mann?« stotterte sie. »Sie – Sie sind wirklich am Leben?«
»Freilich bin ich am Leben, Madame. Warum sollte ich denn tot sein? Vorläufig nicht«, und dabei zog er einen Taschenkamm hervor, hielt sein Gesicht gegen die Windschutzscheibe des Autos, kämmte sich das ein wenig zerzauste Haar und behielt sein schmunzelndes Grinsen.
»Wenn ich so leicht, so spielend leicht vernichtet werden könnte«, sagte er, seinen Kamm in eine Tasche schiebend, »wäre ich nie aus Korea zurückgekommen. Können sie mir glauben, Madame.«
Nach diesen Worten machte er eine Bewegung, seinen so plötzlich unterbrochenen Weg fortzusetzen.
»Sie sind wirklich nicht verletzt, Mister, wirklich nicht?« fragte die Dame abermals, ihre Ruhe allmählich wiederfindend.
»Keine Spur, Madame. Machen Sie sich meinetwegen nicht die geringste Sorge. Good bye, Madame. War ein Vergnügen, Sie zu treffen.«
»Hiergeblieben, Sie! Sie – Sie – Ihr Name?« rief in diesem Moment der lange Polizist, der sich endlich bis zum Kernpunkt der Geschehnisse durchgequetscht hatte, mit Stoßen, Schubsen und Rippenstößen durch die neugierige Menge.
Er zog sein Notizbuch hervor und leckte an seinem Bleistift, getreu einer alten Gewohnheit seiner Landsleute.
»Wie heißen Sie? Wo wohnen Sie? Wie alt? Wo arbeiten Sie?«
»Sind meine Privatgeheimnisse. Gehen Sie absolut nichts an.«
»Ich verhafte Sie wegen unerlaubter Verkehrsstörung, verstehen Sie?«
»Nun hören Sie einmal, Sie Irish Shrimp«, mischte sich jetzt die Dame ein, »wenn hier jemand wegen unerlaubter Verkehrsstörung zu verhaften ist, dann bin doch ich es wohl.«
Inzwischen war nun auch der zweite Ordnungshüter, seinen Knüttel den Leuten in den Magen puffend, herangekommen.
»So«, redete er die Dame an, »und wer sind denn Sie? Heraus mit der Sauce! Sie haben diesen jungen Mann hier überfahren. Das wird Sie eine schöne Stange Gold kosten. Wo wohnen Sie?«
Der erste Polizist, der sie absichtlich übersehen hatte, erinnerte sich ihrer, als sein Mitschuldiger im städtischen Wach- und Si-

cherheitsdienst den Mut aufbrachte, eine so elegante Dame, die einen ›Cadillac de Luxe custom-made‹ fahren konnte, nach Namen und Adresse zu fragen.

»Ja, richtig«, sagte der erste Straßenhüter, »ja, richtig, wie heißen Sie?«

»Ich kümmere mich nicht um Ihre Angelegenheiten, so kümmern Sie sich auch nicht um meine, verstehen Sie?«

»Nun wird es Sie nicht nur eine Stange Gold kosten, sondern zwei, damit Sie es wissen.«

»Warum nicht drei, da wir schon einmal dabei sind, mit Stangen von Gold herumzuwerfen.«

Kaum hatte die Dame es gesagt, als die Atmosphäre der 34. Straße jämmerlich durch das ohrenbetäubende Geheul der Sirene einer heranrasenden Ambulanz zerfetzt wurde, die jemand herbeitelephoniert hatte, um die Überreste eines zu Brei zerquetschten menschlichen Körpers aufzulesen und als Unbekannten zu verscharren.

Mit einem kreischenden Quietschen hielt der Wagen dicht bei dem Cadillac de Luxe.

Die Hintertür des Leichenwagens wurde geräuschvoll aufgerissen. Alles, was irgendwie mit der Ambulanz zu tun hatte, mußte mit Geheul, Getöse, Geschrei getan werden, andernfalls hinterließ es keinen Eindruck.

Zwei Krankenträger sprangen mit einer zusammengefalteten Tragbahre aus dem Wagen.

»Where's the stiff?« fragte der bebrillte Medizinstudent den ersten Polizisten.

Gleichzeitig bückte er sich und kroch halbwegs unter den Wagen, um das zerquetschte Opfer eines betrunkenen und außerdem auch noch unter dem Einfluß von Heroin stehenden Automobilwahnsinnigen hervorzuzerren.

»Da steht der Leichnam«, antwortete der Polizist, auf den jungen Mann weisend.

Sofort fielen die beiden Heilgehilfen über den Mann her, der sich mit Händen und Füßen verzweifelt zur Wehr setzte und, sich auf die heilige amerikanische Verfassung berufend, heftig dagegen sträubte, in den Leichenwagen gebracht zu werden.

»Great God in Heaven«, schrie er wie besessen, seine demokratische Freiheit mit all seiner Kraft und Wut verteidigend, »lassen Sie mich los, verflucht noch mal! Ich bin nicht tot. Nicht einmal verletzt.«

»Ob Sie tot sind oder am Verrecken, das stellen wir fest, nicht Sie. Verstanden?« schrie der Medizinlehrling. »Für uns sind Sie tot, bis wir uns davon überzeugt haben, daß sie am Leben sind. Und nun nur nicht gemuckst – oder es gibt kräftig was auf die Rübe.«

Das war das letzte, was der junge Mann noch hören konnte, dann war er bereits auf einer Bahre im Inneren der Ambulanz. Die Tür wurde mit einem lauten Knall zugeschlagen, und die Ambulanz jagte unter dem Herzkrämpfe erzeugenden Geheul ihrer Sirene die Straßen entlang; sie schoß so wild um die Ecken, daß der ›Zerquetschte‹ zweimal von der Bahre geschleudert wurde, offenbar mit der gutgemeinten Absicht, ihn im Hospital tot abliefern zu können. Der junge Mann durfte fürwahr von großem Glück sprechen; denn die Ambulanz stürmte mehrere Male so haardicht an Autobussen und Motorlastwagen vorbei, daß er später mit gutem Recht von sich sagen konnte, er sei bei jener Reise wenigstens zehnmal dem Tode um den Abstand einer Messerklinge nahe gewesen.

An der Ecke, wo vor nur wenigen Minuten ein armer Arbeitsloser erbarmungslos von einem eleganten Automobil zerstückelt worden war, verflüchtigte sich die Menge rasch, nachdem sich jeder davon überzeugt hatte, daß in dieser Acht-Millionen-City ein zerfleischter menschlicher Körper nicht einfach liegengelassen wird, Geiern und Hunden zum Fraß und Zeitungsreportern und Photographen zu beruflicher Pflichterfüllung. Nein. Niemals. Es handelte sich ja doch um eine hochzivilisierte Stadtverwaltung, die alles tat, geplagten Menschen das Leben zu erleichtern, es ihnen behaglich zu gestalten und Kranke und Verletzte aufs neue arbeitsfähig und damit steuerpflichtig zu machen.

Nur ein paar Leute, die gegenwärtig nichts Wichtigeres zu tun wußten, standen noch an jener nun historisch gewordenen Ecke, um zuzusehen, was die beiden irischen Ordnungshüter, mittlerweile um vier weitere verstärkt, mit der eleganten Dame und ihrem noch eleganteren Luxuswagen tun würden.

Zwei der Polizisten nahmen strategische Aufstellung vorn am Auto, in der Erwartung, die Dame könnte mit dem gewagten Hechtsprung eines geübten Zirkusakrobaten über die Polizisten hinweg in ihr Auto flitzen und mit dem Karren davonrasen, um sich aller Verantwortung zu entziehen.

Um ganz sicherzugehen, schrieb ein jeder der sechs uniformierten Straßenwächter die Nummer des Cadillac in sein Büchelchen, um vor seinem Leutnant beweisen zu können, wo er sich in jener halben Stunde aufgehalten habe und daß er ›dabeigewesen‹ sei.

Von den vier später Erschienenen fragte nun einer den ersten Polizisten, ob er die Dame nach ihrem Namen und ihrer Wohnung gefragt habe und ob er die Antwort in seinem Büchelchen ›recorded‹ hätte.

»Ich fragte sie«, erzählte er seinem Mitschuldigen im Flüsterton, »aber ich erhielt eine Antwort, die es mir ratsam erscheinen ließ, sie mit Glacéhandschuhen zu behandeln. Boys, seht euch den Kasten an! Wer diese Art von Wagen fährt – Vorsicht! Hat verflucht schwere Rückendeckung.«

»Wir haben ihre Nummer. Brauchen weiter nichts«, sagte der zweite. »Wir geben die Nummer mit dummem Gesicht im Precinet ab, und in zehn Minuten hat der Alte ihren Namen, ihre Adresse, ihr Alter, ihren Daumenabdruck, die Namen und Adressen ihrer Liebhaber, die von ihr bevorzugten Nachtlokale, wieviel Kasten importierten Whisky sie im Jahre konsumiert und wie hoch sie versichert ist.«

Ohne von einem der sechs Polizeimänner behelligt zu werden, die nicht wußten, wie sie sich in diesem äußerst schwierigen Falle zu benehmen hatten, war die Dame seelenruhig in ihren Wagen gestiegen. Mit ihrer Fußspitze kitzelte sie den Anlasser, und der Motor begann zu summen, diskreter als eine Biene.

Sie war gerade bereit, den vergoldeten Hebel in den ersten Gang zu schieben, als sie, ein zuckersüßes Lächeln auf den Lippen, den Kopf leicht aus dem Fenster beugte.

»Haben die Gentlemen« – sie sagte in der Tat ›Gentlemen‹ – »noch etwas von einiger Bedeutung zu fragen, ehe ich mich von hier entferne?«

»Nein – nein – natürlich nicht«, stammelten die sechs gleichzeitig

und sahen sich gegenseitig verdutzt an, als ob ein jeder vom anderen erfahren wolle, warum sie überhaupt hier seien.
Die Dame trat ein wenig auf den Gashebel.
Darauf wendeten sich die sechs der Dame zu, grüßten militärisch und zeigten ihre Zähne in der Weise, wie es ihnen im Polizeiunterricht beigebracht worden war und wie sie es daheim vor dem Spiegel übten, damit es einem sympathischen Lächeln gleiche.
Die Dame erwiderte den Gruß mit einem kurzen Nicken und fuhr ab.
Nur vier Straßenblocks weiter hielt sie vor einem Drugstore an und verschwand für einige Minuten in der muffigen Telephonschachtel, um zu erfahren, in welchem Hospital der junge Mann abgeladen worden war.
Dem jungen Mann war im Hospital ein Raum angewiesen worden, in dem er warten sollte, bis er zum Operationssaal transportiert werden konnte, um den Medizinlehrlingen willkommene Gelegenheit zu geben, an seinem Körper herumzufingern, herumzuschneiden, aufzuschneiden und wieder zuzunähen. Im Verlauf dieser eingehenden medizinischen Untersuchungen würde man ihm einige Rippen zerbrechen, sie wieder zusammenleimen und dann in Ruhe abwarten, was sich nun ereignen könnte.
»Denn«, so wurde ihm mit freundlichem Lächeln erklärt, »sehen Sie, Mister, das alles kostet Sie auch nicht einen einzigen roten Cent. Der Cadillac ist sündhaft hoch versichert gegen Unfälle und alle Art von Schadenersatzansprüchen. Wir stellen an Ihnen einen schweren Nervenschock fest. Damit können Sie sechs Monate lang in diesem wunderschönen Hospital ein Leben führen wie ein General im faschistischen Spanien, herrlich und in Freuden, ohne etwas tun zu müssen. Die Versicherungsgesellschaft hat alles zu bezahlen, und dieses Hospital, im Vertrauen bemerkt, Mister, ist in Geldschwierigkeiten.«
Darauf sagte der junge Mann, er habe nicht die geringste Absicht, herrlich und in Freuden auf Kosten anderer Leute zu leben, und er bestünde darauf, dieses Hospital sofort zu verlassen und seiner Wege zu gehen.
»Das können Sie nicht, und das dürfen Sie nicht«, erwiderten ihm die Medizinlehrlinge. »Hier bestimmen wir und nicht Sie. Sie

haben auf offener Straße einen Unfall erlitten, der Sie das Leben kosten kann, wenn sich herausstellen sollte, daß der Nervenschock, den Sie heute erhielten, Folgen haben sollte, was durchaus möglich, ja mehr noch, sehr, sehr wahrscheinlich ist. Wir sind für Ihre Gesundheit und Ihr Leben vor der Gesundheitsbehörde und der Versicherungsgesellschaft verantwortlich, und wir dürfen uns dieser Verantwortung nicht entziehen. Da Sie hier nun einmal eingeliefert wurden, können Sie nicht so ohne weiteres Ihrer Wege gehen. No, Mister, in no circumstance. No, and again, no. Nein, auf keinen Fall. Sehen Sie, man würde der Direktion dieses hochangesehenen Instituts ein kostspieliges und lang dauerndes Strafverfahren anhängen wegen Vernachlässigung unserer Berufspflichten, und wir landen vielleicht für viele Jahre im Gefängnis. So legen Sie sich hier schön ins Bett, ruhen Sie sich aus, und sobald wir ein Dutzend ähnlicher Fälle behandelt haben, kommen Sie an die Reihe.«

Damit verschwanden die Medizinassistenten, die in dem Hospital ihre zweijährige Lehrzeit abbüßen mußten, ehe sie ihren vollen Titel erhalten konnten, um auf die ahnungslose Menschheit losgelassen zu werden.

Eine Viertelstunde später klopfte es an der Tür.

»Come in«, rief der junge Mann etwas ärgerlich, da er glaubte, aufs neue belästigt zu werden.

Herein kam die Dame.

»Ah, da sind Sie ja, junger Mann«, sagte sie. »Ich mußte hier in diesem Labyrinth herumsuchen wie blöd. Nirgends jemand zu sehen.«

Der junge Mann schob den einzigen Stuhl, der im Raum war, herbei.

»Wollen Sie sich, bitte, nicht setzen, Madame?«

»Danke.« Sie nahm Platz, während der junge Mann sich auf den Bettrand setzte.

»Also hier sind Sie gelandet. Bös. Sehr wahrscheinlich werden Sie wohl einige Zeit hier zubringen müssen, wie ich voraussehe?«

»Nicht einmal eine Schramme habe ich weg. Keine Spur von Unfall.«

»Freilich nicht. Jedoch nicht nach den allgemeinen Begriffen. Es wird in einem solchen Falle angenommen, daß infolge des Schrekkens, den Sie erlitten –«

»Schrecken? Ich? Schrecken? In keiner, auch nicht in der allergeringsten Weise habe ich mich erschreckt. Holy Mike, ich war fünf Jahre in Korea, da vergaß ich in den ersten drei Wochen, was Schrecken ist.«

»Sehr gut und schön. Aber sehen Sie, da ist die Versicherung. In einem Falle wie dem, den Sie heute erlebten, ist es stets das beste und klügste, einfach fortzurennen, so schnell Sie Ihre Füße tragen können. Nicht kriegen lassen, my friend! Nicht kriegen lassen! Rennen, wie vom Teufel gejagt.«

»Wenn ich recht verstehe, bin ich hier ein Gefangener. Sogar die Fenster sind vergittert.«

»Richtig. Sie sind hier ein Gefangener. Ein Gefangener der Versicherungsgesellschaft. Diese Gesellschaft handelt in ihrem Interesse und muß handeln, wie sie es tut, um sich gegen turmhohe Schadenersatzansprüche zu schützen, die von Ihnen nach mehreren Monaten erhoben werden könnten.«

»Ich denke nicht daran, irgendwelche Ansprüche zu erheben. Ich bin nicht verletzt, nicht einmal erschrocken.«

»Darauf kann sich keine Versicherungsgesellschaft verlassen. Selbst wenn Sie heute unterschreiben, Sie gedächten nicht, irgendwelche Ansprüche zu erheben, weder heute noch später, so genügt das der Gesellschaft nicht. Sie können einem Anwalt in die Hände fallen, einem, der seine Existenz auf dieser Art schäbiger Geschäfte aufbaut. Und dieser Mann beweist mit Hilfe gekaufter Zeugen, Sie hätten den Verzicht unterschrieben, während Sie unter dem Eindruck des Unfalls standen, nur um das Hospital verlassen zu dürfen.«

»So bin ich hier gefangen und aller Bewegungsfreiheit beraubt?«

»Jawohl, junger Mann, so lange, bis eine sorgfältige ärztliche Untersuchung eindeutig ergeben hat, daß Sie keinerlei Schaden erlitten haben, der irgendwelchen Einfluß auf Ihre Gesundheit haben könnte. Nur wenn dieses Attest, von drei verantwortlichen Ärzten beglaubigt, vorliegt, ist die Versicherungsgesellschaft in genügender Weise gegen Erpressungsversuche geschützt.«

»Ich habe andere, wichtigere Dinge zu tun, als völlig gesund und munter in diesem verfluchten Karbolkasten zu hocken und die kahlen Wände anzustieren. Nicht einmal ein frommes Bild hängt hier herum, an dem ich mich kranklachen könnte, um mir die Zeit zu vertreiben.«

»Soeben sagten Sie, daß Sie andere, wichtigere Dinge zu tun hätten. Wo arbeiten Sie gegenwärtig?«

»In dem Sinne, wie Sie es meinen, Madame, arbeite ich nicht. Ich diente fünf Jahre in der Armee. Marine Corps. Und als das Theater, das Oberkommando nannte es wirklich Theater, vorüber war und ich erwartete, abgelöst und endlich heimgeschickt zu werden, um meine Wunden zu Hause in Ruhe und Frieden ausheilen zu können, wurde ich kurzerhand abkommandiert, dort zu bleiben und die neugebildete südkoreanische Armee für fernere Ereignisse organisieren und ausbilden zu helfen. Gegenwärtig erhalte ich eine Veteranenpension, die in einigen Wochen abläuft.«

»Wie jeder aus der Armee in Ehren entlassene Veteran durften Sie sich doch gewiß auf Kosten der Regierung auf einen neuen Beruf vorbereiten, wenn ich mich nicht irre.«

»Dies gilt nur für Veteranen des Krieges einundvierzig–fünfundvierzig. Nicht aber für Korea-Veteranen. Wir Korea-Veteranen erhalten nur eine monatliche Pension für etwa drei Jahre. Bei der Entlassung wurde uns freilich ausdrücklich gesagt, daß wir diese Pension in intelligenter Weise gebrauchen sollten, um uns auf einen Beruf vorzubereiten, der es uns erleichtert, ins bürgerliche Leben zurückzukehren, so ungeschunden wie möglich.«

»Und Sie folgten natürlich diesem, wie ich denke, vernünftigen Vorschlag? Oder nicht?«

»Ich war guten Willens, Madame. Als ich gefragt wurde, für welchen Beruf ich mich am meisten interessiere, kam mir die Erinnerung an die entsetzlichen Überschwemmungen meiner Heimatstadt während meiner Schulzeit, und ich erklärte mich für Deich- und Kanalingenieur. Und das muß ich der Armee lassen, mir wurde in jeder Weise geholfen.«

»Und so sind Sie nun ein Deichbauer?« fragte die Dame höchst interessiert.

»So weit davon entfernt, wie ich es am Tage meiner Entlassung war.«

»Schwer zu verstehen, da diese Ausbildung Sie doch nicht einen Dollar kostete.«

»Nicht ganz richtig, Madame. Ein erheblicher Teil der Pension geht drauf für gewisse Studienkosten, für Bücher, für Arbeitsmaterial, Transport zum Technologischen Institut, und was so alles mit den Studien zusammenhängt. Aber dies war nicht der Grund, warum ich das Studium abbrach. Ich schränkte meine Ausgaben ein. Aber meine Gemütsruhe ging in Scherben.«

»Wie soll ich das nun wieder verstehen?«

»Sehr einfach, Madame, einfach wie – wie – oh, entschuldigen Sie, Madame, beinahe hätte ich etwas gesagt, was man in Gegenwart einer Dame nie sagen sollte. Aber sehen Sie, ich in meiner Unschuld glaubte, nachdem ich mir sechs Wochen oder so in einem Schulraum den Hosenboden durchgesessen hatte, würde ich mit Ingenieuren und anderem technischen Personal ins offene Gelände hinausgeführt werden, wo Deiche und Dämme darauf warteten, mit meiner Hilfe gebaut zu werden.«

»Und das geschah nicht?«

»Keineswegs. In der Armee erhielt ich sechs Wochen und drei Tage Rekrutenausbildung. Und vier Wochen später befand ich mich inmitten der heißesten Schlachten in Korea, mich wie ein geölter Satan mit Koreanern, Chinesen und Russen herumschlagend. In einer Woche lernte ich schneller und besser, was ich im Ausbildungslager nicht in drei Monaten gelernt hätte. Praxis, Madame, Praxis, das ist das Wort.«

»Und Praxis erhielten Sie im Technologischen Institut nicht?«

»Keine Spur davon. Ich bin nun vierzehn Monate in jenem Institut. Studiere wie ein Schimpanse, der zu einem Flieger ausgebildet werden soll, wie man Deiche und Dämme baut; aber in den vierzehn Monaten habe ich nicht ein einziges Mal das Wort Deich, Damm oder Kanal dort gehört.«

»Trotz alledem. Sie müssen doch wenigstens etwas in diesen langen Monaten gelernt haben?«

»Ja, ich habe gelernt, mich zu Tode zu langweilen. Nichts als Kalkulationen, Quadratwurzeln und Kubikwurzeln, Logarithmen vorwärts und rückwärts zu vergewaltigen, Gleichungen, Potenzen aller Grade, spezifisches Gewicht von trockener Erde und von nasser, von Zement und von Eisen, das Schwergewicht auf einen Quadratmeter in Kilogrammen und Grammen ausgedrückt, wenn der Druck direkt von oben kommt, von unten, von dieser oder jener Seite, die Einflüsse von Regen, Schnee und Kometen auf den Druck und die Frage, in welcher Zeit, in Sekunden ausgedrückt, ein Regenfall im vierten Grade eine runde Blechbüchse von zehn Zentimeter Höhe und einem Durchmesser von sechs Zentimeter bis zum Rande füllt. Aber von Deichen, Dämmen, Kanälen und dem Verhüten von Überschwemmungen hörte ich nichts. Die Lehrer dort, fürchte ich, werden mich erst dann für wert halten, etwas von Dämmen zu erfahren, wenn ich fünfundsiebzig Jahre alt geworden bin.«

Die Dame öffnete ihre Handtasche und spielte darin herum. Sie tat es lediglich, um nicht dauernd in das Gesicht des jungen Mannes sehen zu müssen, der sie mehr und mehr interessierte.

Der junge Mann jedoch, als er das Herumfingern in der eleganten Tasche beobachtete, faßte dies in seiner Weise auf.

›Sie wird mir doch nicht etwa eine Hundertdollarnote in die Hände drücken wollen‹, dachte er bei sich. ›Wenn sie das versuchen sollte, werde ich mich wohl heftig unbequem benehmen müssen. Ich brauche ihr Geld nicht. Für ein paar Wochen habe ich ja noch immer meine Veteranenpension, und dann – laß den lieben Gott für die Spatzen sorgen, wenn er sich schon nicht viel um die Menschen kümmert.‹

Er wollte seine Gedanken weiterverfolgen und wäre vielleicht zur Beantwortung der Frage gelangt, wer die Bibel geschrieben habe, wo, warum und zu welchem endgültig unheiligen Zwecke, als die Dame sich von ihrem Stuhl erhob und ihre Handtasche schloß, während sie gleichzeitig mit einer bedauernden Handbewegung bemerkte: »Leider habe ich keine Karte bei mir. Schadet nichts. Sie werden auf alle Fälle wenigstens drei Tage zu gründlicher Untersuchung hierbleiben müssen. Darf ich Ihnen einige Bücher senden lassen?«

Der junge Mann zögerte mit seiner Antwort, ehe er endlich sagte: »As you wish, Madame. Wenn es Ihnen keine zu große Mühe macht, gern angenommen.«

»Welche Bücher möchten Sie lesen?«

»Da ich nun die Schule aufgeben muß, um nicht in die Versuchung zu fallen, einen oder zwei der Professoren in meiner Verzweiflung zu erschlagen, und da ich nach vierzehn Monaten emsigen Studierens doch endlich einmal etwas von Dämmen, Deichen und Kanälen wissen möchte, gut, Madame, senden Sie mir ein paar Bücher, in denen von Kanälen gesprochen wird und wie sie gebaut werden, nicht mit Logarithmentafeln, sondern mit Dampfschaufeln, Bulldozers und Tonnen von Dynamit.«
»Verstehe«, sagte die Dame lachend und ging zur Tür. »Sie werden von mir hören. Morgen.« Mit einem kurzen »Until then, young man!« verließ sie die Karbolzelle.

2

Zwanzig Minuten später konnte man das Emergency Hospital von einem aufgescheuchten Ameisenhaufen nur dadurch unterscheiden, daß es sich nicht um Ameisen handelte, sondern um Menschen, die plötzlich verrückt geworden schienen, und soweit man das von außen aus zu betrachten vermochte, ohne gewichtigen Grund. Aber die Doktoren, Medizinlehrlinge, Krankenschwestern, Krankenträger, Nachttopfschwenker, Scheuerfrauen, Klosettspüler, die da wild herumfegten und sich gegenseitig anbrüllten und sich mit Fäusten bedrohten, waren sich der Ursache und ihrer zu erwartenden Folgen bewußt: Das überfahrene Opfer eines ungemein hoch gegen Unfälle versicherten ›Cadillac custom-made‹ war ihnen entsprungen. Das Hospital verlor einen ›Fall‹, der ihm ohne besondere Ausgaben oder Bemühungen gut war für wenigstens zweitausend Dollar; die Bemühungen wurden geleistet von den Medizinassistenten, und die verantwortlichen Doktoren unterzeichneten das Entlassungsattest.
Dem Direktor, den verantwortlichen Ärzten sowie der leitenden Oberschwester bereitete es tiefe Sorge, daß dieser ununtersuchte ›Fall‹ in sechs Monaten eine lebenslängliche Rente von dreihundert Dollar im Monat von der Versicherungsgesellschaft herausschinden konnte.
Wer immer eine weiße Kutte, einen weißen Überwurf oder eine weiße Schürze trug, wurde von anderen, die ebenfalls etwas Wei-

ßes an ihrem Leibe hängen hatten, herumgeschickt, herumgefegt, herumgeschleudert von einem Raum zum andern, vom Boden zu den Kellern, von der Küche zu den Bädern, vom Laboratorium zu den Schlafzimmern der Medizinlehrlinge, wo in den Schubläden der Nachttischchen die Photographien dieser oder jener der im Hospital beschäftigten Krankenschwestern lagen. Man kann sich doch nicht immer nur mit Kranken beschäftigen, wenn es außerdem auch noch Schwestern gibt.
Aber wie wild diese weißgekleideten Ameisen auch hin und her schwirrten, in welche geheime, vorher nie gesehene Folterkammer sie hineinkrochen, wie gründlich auch jeder der Medizinlehrlinge jeden der Kadaver aufdeckte, die in dem Gefriersaal die Auferstehungsschalmei erwarteten, um zu sehen, ob der Vermißte sich nicht vielleicht aus reinem Versehen unter den aufgespeicherten Leichnamen versteckt hielt, so war dennoch keine Spur von ihm zu finden. Er hatte sich in Luft verwandelt. Eine andere Erklärung gab es nicht.
Aber vielleicht war er nur in ein Zimmer der medizinischen Anfänger geschlichen, hatte sich einen weißen Kittel übergeworfen und, derart maskiert, mit einem kurzen Kopfnicken zum Türwärter hin sich aus dem Hospital entfernt.
»Wo ist der Portier?« schrie der Direktor, während auf seiner Stirn eine Ader anzuschwellen begann. »Wo ist der Bandit? Her mit ihm! Ist entlassen, rausgefeuert.«
Der Portier, um seinen faulen Posten zitternd, schwor auf die ewige Seligkeit seiner Mutter, daß außer den Besuchern, deren es drei gab, da gegenwärtig keine offizielle Besuchszeit war, niemand, nicht einmal die Katze, das Hospital verlassen habe.
»Aber, Mann«, brüllte der Direktor, »der ›Fall‹ kann doch nicht durch ein Fenster entwischt sein. Er muß bei Ihnen vorbeigekommen sein.«
»Nicht bei mir, nicht bei mir. Und ich habe bis jetzt keine Zeit gehabt, alle Fenster zu revidieren.«
»Das habe ich Sie nicht gefragt. Schicken Sie mir sofort die Empfangssekretärin. Und ob Sie entlassen sind oder bei uns bleiben dürfen, werde ich morgen endgültig entscheiden, wenn diese Angelegenheit geklärt ist. Verstanden?«

Die Empfangssekretärin erschien, ebenfalls zitternd um ihren schönen Posten. Und da sie im nächsten Jahr heiraten wollte, brauchte sie sehr nötig die Ersparnisse, die sie im laufenden Jahr anzuhäufen gedachte.
»Wie heißt der Mann? Wo wohnt er? Wie alt? Wie groß? Welches Gewicht?« sauste der Direktor auf die Sekretärin los.
»Das weiß ich nicht, Herr Direktor.«
»Das wissen Sie nicht? Ja, was tun Sie denn überhaupt in diesem Hospital, wenn Sie das nicht wissen?« Die Ader auf der Stirn des Direktors wurde dicker und nun auch noch bläulich. »Es ist Ihre gottverfluchte Aufgabe hier, jeden neuen Patienten zu empfangen und seine Personalien zu registrieren.«
»Dazu fehlte mir die Zeit.«
»Fehlte Zeit? Fehlte Zeit? Wofür haben Sie denn überhaupt Zeit? Vielleicht für Liebschaften mit diesen schlotternden Bleichgesichtern, die mir hier aufgehalst werden und die nicht einmal einen Blinddarm herausnehmen können, ohne gleichzeitig die halbe Leber oder was weiß ich mit herauszuschneiden? Liebschaften, anstatt zu arbeiten! Wo ist die Personalaufnahme, habe ich gefragt.«
»Ich hatte weder Zeit noch Gelegenheit dazu. Der Fall kam auf einer Bahre und wurde so eilig hinaufbefördert, daß ich glaubte, er müsse sofort operiert werden.«
»Wenigstens eine Entschuldigung. Aber lassen Sie so etwas nicht wieder geschehen!«
Die Sekretärin kehrte zu ihrem Amtswinkelchen zurück, während einer der älteren Ärzte unangemeldet in das Zimmer des Direktors eintrat.
»Nach meiner Meinung ist der Fall etwas böse, kann aber leicht, wirklich leicht, geregelt werden. Ich schreibe einen Rapport: ›Unbekannter Mann, etwa sechsundzwanzig, angeblich von Automobil angestoßen, eingeliefert – hier Tag und Stunde –, sofort nach Einlieferung entwischt, ehe Personalien festgestellt werden konnten. Entweichen möglich, weil nicht verletzt.‹«
»Entweichen war möglich, weil Eingelieferter in keiner Weise verletzt und lediglich zu einer Routineuntersuchung vorgeladen war«, ergänzte der Direktor. »In dieser Form klingt es besser. Und

da er fortrennen konnte, auf seinen eigenen beiden Beinen noch dazu, sind wir gedeckt.«

»Gedeckt für heute und vielleicht für die nächsten paar Wochen«, sagte Dr. Snyder, »und gedeckt, wenigstens vorläufig, ist die Versicherungsgesellschaft. Aber freilich, wenn der Bursche simulieren und eine hohe Summe herauspressen will, kann diese Flucht von seinem Anwalt und einem skrupellosen Arzt als Beweis dafür ausgelegt werden, daß der Unfall, so leicht er auch war, seine Sinne verwirrt hatte und er unter dieser gestörten Geistesverfassung nicht wußte, was er tat, und die wirklichen schweren Folgen dieser Geistesverwirrung sich erst nach Monaten auswirkten.«

»Mag geschehen«, meinte der Direktor, »mag geschehen. Wir haben ja hier im Hospital den Fall Merquer; alle sechs Stunden, genau nach der Uhr, wird er von einem Schreianfall erfaßt, der zehn Minuten dauert. Sie wissen so gut wie ich, so gut wie irgendeines der hier herumflitzenden Bleichgesichter, daß er ein Simulant ist. Aber eines schönen Tages geht er der Versicherung in die Falle und macht ein paar Jahre ab. Das ist deren Sache, nicht unsere. – Also schreiben Sie den Fall in das Register wie soeben beschlossen!«

Dr. Snyder war an der Tür und wollte gehen.

»Snyder«, rief ihn der Direktor zurück, »haben Sie sich den Mann persönlich angesehen?«

»Nur flüchtig.«

»Wie sah er denn aus?«

»Groß, etwa einsachtzig, stark gebaut, muskulös. Gebaut wie ein Ringkämpfer. Athletisch, würde ich sagen.«

Der junge Mann, der ganz unfreiwillig einen solchen Aufruhr in diesem so hochanständigen Hospital verursacht hatte, wollte nur nicht, daß Medizinlehrlinge an seinem Körper herumfummelten, jedes Muttermal begutachteten und jede kleine Warze anstachen, um das herausfließende Blut im Laboratorium von den Lehrlingen der Bakteriologie untersuchen zu lassen und endlich geduldige Ratten damit zu impfen. Dann mußte in Geduld und Zuversicht abgewartet werden, ob die geimpfte Ratte sich hinlege und sterbe oder ob sie die ersten Spuren von Veitstanz, Syphilis, Tuberkulose, Knochenerweichung oder Arterienverkalkung aufweise. Darauf wochenlang zu warten, um endlich zu erfahren, was er schon seit Jahren wußte, daß er einen eingewachsenen Nagel an seiner linken Zehe habe, der ihn in keiner Weise belästigte, erschien ihm unglaublich idiotisch. Alles dies war ganz und gar unnötig, bedeutete selbst dann Zeitverlust, auch wenn er einen Überfluß an Zeit besaß, wie es gegenwärtig wirklich der Fall war, seit ihm zum Bewußtsein gekommen war, daß Logarithmen, Kubikwurzelziehen und Tangentenberechnungen mit unmotivierten und darum unlösbaren Gleichungen seine Jugend zu verbittern begannen.

Im übrigen war der junge Athlet achtundzwanzig Jahre alt und, wofür er freilich nichts konnte, in Texas geboren. Sein Name war Beckford, und an diesem Namen war er genauso unschuldig wie an seiner Religion, der alleinseligmachenden Lehre der von Gott dem Herrn bevorzugten Methodistengemeinschaft. Als ihm Namen und Religion aufgehängt wurden, war er völlig wehrlos, und man hätte ihn ebensoleicht zu einem Buddhisten, Konfuzianer, Sonnenanbeter oder Mondverehrer stempeln können. Wie er gegenwärtig dachte, hätte er es vorgezogen, Mohammedaner zu sein. Gegen seinen Willen war er nach Korea befördert worden, um sich dort mit chinesischen Freiwilligen und ähnlichen mehr oder weniger uniformierten Nichtfreiwilligen herumzuschlagen und sie mit Maschinengewehren, Handgranaten und Flammenwerfern abzumurksen.

Sonst war nichts Besonderes von Beckford zu berichten, wenigstens nichts, was seine Person betraf.

3

Fünf Wochen waren seit dem ereignisvollen Tage vergangen, an dem ein wahnsinnig gewordener Cadillac Beckford zu Brei zerquetschte. Er persönlich konnte sich von dieser Tatsache überzeugen, als er am Tage nach seiner erfolgreichen Flucht aus dem Hospital in ›The Manhattan News‹ die wahre Geschichte las. Die Ecke, an der er zermalmt worden war, stimmte zu seiner Überraschung mit der Wahrheit überein, ebenfalls der Tag und die Stunde.

Jedoch der Cadillac hatte sich in einen Dodge verwandelt. Die Lizenz war eine des Staates Idaho. Sein Name war Earl Jones, in St. Louis, Mo., zu Hause. Der ältere, etwas schäbig gekleidete Mann, der den Dodge fuhr, hatte rasch zu entweichen vermocht, ehe die Polizei, pflichtgetreu wie sie stets war, sich seiner bemächtigen konnte. Wieder einmal, wie die Zeitung bemerkte, einer der nichtswürdigen ›Hit and Run‹-Fälle: Zermalme dein Opfer, und dann rasch weg! Was aus dem Leichnam geworden war, ob man ihn dort liegengelassen oder ihn jemand mit sich heim genommen hatte, um daran Anatomie zu studieren, ging aus der Notiz nicht hervor, war dem Leser auch durchaus gleichgültig, weil ihm mehr daran gelegen war, die Sportseite zu überfliegen, um festzustellen, ob ›Spindeldürr‹, das Pferd, auf das er zehn Dollar gewettet hatte, die Nase hatte sehen lassen.

Wenn Beckford jetzt eine Straße überquerte, tat er es mit der Vorsicht einer Mutter, die ein Kind auf dem Arm trägt, ein zweites an der Hand führt und ein drittes, das sich am Rock anklammert, mit fortzieht.

Aber wie vorsichtig er auch die Straßen überschritt, wie lange er auch zuweilen auf den kostbaren Moment wartete, in dem kein Automobil in Sicht war, von dem ein Polizist hätte beschwören können, es habe ihn überrannt, eines Tages geschah es dennoch, um die Mittagszeit, daß ein Automobil, von dem er nie zu sagen wußte, wo es so unerwartet hergeschwirrt war, so dicht vor seinen Füßen und ohne das geringste Schnarren der Bremsen anhielt, daß er unwillkürlich sein Gesicht zurückzog, weil er glaubte, seine Nase könnte abgeschliffen werden.

So rasch war dies vor sich gegangen, daß er keine Zeit gewann, auch nur an ein Automobil zu denken, um sich aus dem Staube zu machen und so dem Hospital zu entgehen. Der Schreck fuhr ihm in alle Glieder, als ihm zum Bewußtsein kam, wie nahe er den Medizinlehrlingen gewesen war, die nur darauf warteten, an ihm herumzufiddeln.

Nun hörte er die Stimme einer Frau.

»Aha, young man, da sind Sie ja endlich. Ich habe Sie gesucht wie ein Zehndollargoldstück im Sande von Atlantic City.«

Beckford bekam einen neuen Schreck, als er die Dame erkannte.

»Nicht zum Emergency Hospital, Madame, oder ich begehe einen Mord an mir oder an einem der Medizinfälscher. Daß Sie das wissen!«

»Nichts von Hospital, junger Mann. Ich habe einen turmhohen Stapel von Büchern, die von Überschwemmungen, Deichen und Dämmen handeln, für Sie gesammelt. Es ist eine ganze Bibliothek, und alles hat mit Wasser zu tun, wie man es lenkt und regiert.«

»Das ist ja alles gut und schön, Madame«, sagte Beckford zögernd und unentschlossen, »aber gerade gegenwärtig weiß ich nicht, ob ich die Ruhe und den richtigen Ort habe, die Bücher zu studieren.«

»Ich verschaffe Ihnen den Ort, wo Sie die Bücher in Ruhe studieren können.«

Irgendwo ertönte eine Polizeipfeife. Wem sie galt, wußte die Dame nicht. Da sie aber gemeint sein mochte, sagte sie: »Steigen Sie in mein Auto! Ich kenne ein ruhiges Café, wo das Essen gut ist, dort können wir die Einzelheiten besprechen. Ich darf hier den Verkehr nicht länger aufhalten.« Sie deutete mit dem Kopf nach links. »Da rückt er schon an. Kommen Sie schon rein und fahren wir ab, ehe er meine Nummer lesen kann.«

Mit nicht gerade sehr freundlichem Gesicht stieg Beckford in das Automobil. ›Was will die Frau von mir?‹ fragte er sich, als er die Tür zuschlug und der Wagen abschwirrte.

Während das Auto sich seinen Weg durch die vom Mittagsverkehr überlasteten Straßen bahnte, Richtung Uptown, liefen Beckford die Gedanken kreuz und quer im Kopfe herum.

›Will sie eine Liebelei? Glaube nicht daran. Zu elegant. Zu reich. Sicher verheiratet. Das mag ja vielleicht kein besonderes Hindernis sein. Kommt häufig vor. Wahrscheinlich zu Tode gelangweilt. Ob ich mich in sie verlieben könnte? Glaube nicht. Nicht gerade mein Typ. Schön ist sie. Das meiste sicher aufgeklebt und aufgemalt. Parfüm sehr vornehm. Lieben? Ich weiß nicht. Keine Geduld, gerade jetzt mich mit dieser Art von Liebschaft herumzuschlagen. Ich will keine Kopfschmerzen haben.

Sieht zwei oder drei Jahre älter aus, als ich bin. Vielleicht ist sie gar nicht einmal älter als ich. Nur mehr heruntergearbeitet. Wo wird sie mich denn nun hinblasen? Mag sein, sie will mich gebrauchen, ihren Mann aus dem Wege zu räumen, der sicher mit einer Million oder noch höher versichert ist. Nichts zu machen mit mir. Ich helfe ihr nicht, irgendwie eine Versicherung flüssigzumachen. Vielleicht ist sie überhaupt nicht verheiratet.‹

Seine hin und her schleudernden Gedanken wurden jäh abgeschnitten, als die elegante Karre, die eigentlich mehr ein Boudoir war, mit einem Ruck so unerwartet anhielt, daß er nach vorn fiel, nicht weil die Dame im Halten unvorsichtig gewesen war, sondern weil er mit seinen Gedanken spielte, ohne auch nur mit einem Auge auf den Weg zu achten, wo ihm das rote Licht angedeutet hätte, was zu erwarten war.

›Gott‹, sagte er zu sich, ›kann dieses Weib aber einmal einen Karren behandeln! Ich bin überzeugt, draußen, im offenen Gelände, jagt sie diese Maschine auf 280 Kilometer, wie auf Seide fahrend, und zuckt nicht mal mit einer Wimper, wenn unversehens eine Kuh ihr quer über den Weg läuft.‹

Das grüne Licht sprang an, die Dame kreuzte die Straße langsam, fuhr einige Sekunden lang weiter, hielt das Automobil an, zog die Bremse fest, wendete sich um und sagte mit einem einladenden Lächeln: »Da sind wir, junger Mann. Lunch.«

Beckford folgte ihr in das Restaurant.

Ein Kellner in weitbauchigen Hosen, auf dem Kopf einen Fes, für den der Kopf zwei Nummern zu groß war, lud die Eingetretenen ein, an einem bestimmten Tische Platz zu nehmen. Die Dame kümmerte sich nicht um den Befesten, übersah seine fletschenden Zähne und stelzte auf einen anderen Tisch los, auf dem eine Karte mit der gedruckten Aufschrift ›Reserved‹ gegen eine Blumenvase gelehnt stand.

Beckford rückte ihr einen Stuhl zurecht und war eben dabei, sich selbst hinzusetzen, als der Kellner herbeigeschossen kam.

»Reserved, Madame, please.«

Die Dame zog gemächlich ihre Handschuhe aus, knipste mit dem Zeigefinger die Karte so geschickt hinweg, daß der Kellner sie mit den Händen auffangen konnte, und sagte mit zuckersüßer Stimme: »Sie sehen doch, mein lieber Mann, daß ich hier sitze, oder benötigen Sie ein Teleskop, das zu sehen?«

»Very well, Madame«, antwortete der Kellner mit einer leichten

Verbeugung, durch die er wundervoll auszudrücken verstand, daß weniger als drei Dollar Trinkgeld anzunehmen unter seiner arabischen Würde sei.

Die Dame zog einen kleinen Spiegel hervor, lächelte sich in ihm an, versteckte den Spiegel in ihrer Handtasche unter ihren Handschuhen und sagte: »Ich wollte zu einer Teestube gehen. Aber dann fiel mir dieses Café ein. Es ist syrisch oder türkisch oder auch libanesisch. Was weiß ich? Das Essen ist nicht langweilig, es sei denn, daß Sie hier jeden Tag Ihren Lunch haben, dann wird es genauso geschmacklos und öde, wie das beste Essen in einem ›Maxime‹ sein kann, wenn Sie nicht hin und wieder die Küche in einem Elsässer versuchen. Haben Sie jemals Jocoque geschluckt? Oder Doneraqui oder Quipe gegessen? Alles das können Sie hier haben. Und eine Sorte von Mandelküchelchen und einen Kaffee – Sie werden davon träumen.« Sie spielte dabei mit der Speisekarte, blickte aber kaum darauf.

»Soll ich für Sie wählen, junger Mann?«

»As you wish, Madame.«

»Das ›junger Mann‹ beginnt langsam tödlich zu wirken, denken Sie nicht? Hat man Ihnen denn keinen Namen gegeben, gleich nachdem Sie geboren wurden?«

»Natürlich, Madame. Aber Sie haben mich bis jetzt nicht danach gefragt?«

Die Dame lachte. »Richtig. Es ist meine Schuld. Wie nennen Sie sich?«

»Beckford, Madame, Clement Beckford.«

»Also Beckford«, wiederholte sie langsam, als wolle sie sich diesen Namen gut einprägen. »Klingt gut, der Name Beckford.«

Während sie das sagte, fischte sie in ihrer Handtasche herum, brachte ein kleines Notizbuch hervor und einen sehr dünnen Bleistift, schrieb etwas auf das Blättchen, riß es heraus und gab es Beckford.

»Mein Name und meine Adresse.«

Ohne auf das Zettelchen zu sehen, faltete es Beckford und steckte es weg, so gedankenlos, daß man darauf wetten konnte, er würde sich später, wenn er es ernstlich lesen wollte, kaum erinnern können, wohin er es versteckt habe.

»Möchten Sie denn meinen Namen und meine Adresse nicht wissen?« fragte die Dame erstaunt.
»Dafür habe ich mehr als Zeit genug, wenn ich wieder mit mir allein bin.«
»In mancher Hinsicht interessieren Sie mich, Mr. Beckford, nicht viel, nicht wenig, aber Sie interessieren mich wirklich.«
»As you wish, Madame. Ganz wie Sie wünschen.«
»As you wish, Madame, Madame – können Sie nicht hin und wieder einmal ›I dont't like it‹ oder so was sagen, und sei es auch nur, um mir nicht immer und ewig zuzustimmen?«
»Warum? Es kommt auf dasselbe hinaus.«
»Meistens. Ja.«
Sie begann nun die Speisekarte sorgfältig zu studieren, das gab ihm Gelegenheit, ihr Gesicht eingehender zu betrachten.
›Wenn ich sie mir so richtig ansehe, möchte ich vielleicht sagen, eigentlich hübsch‹, dachte er. ›Wenn ich doch nur wüßte, was sie eigentlich von mir will! Warum war sie so sehr erfreut, mich unerwartet wieder zu treffen? Braucht sie es wirklich so sehr dringend? Verflucht noch mal, möchte doch gern wissen, ob sie die Beine breit macht, wenn ich sie an der richtigen Stelle leise kitzeln sollte. Aber wahrscheinlich kalt wie ein Eisblock. Kalt und trocken wie alle diese eleganten Fähnchen. Zum Ansehen gut. Im übrigen ohne aufmunternde Herumschwänzelei. Aber freilich, was weiß ich? Bis heute habe ich nie auch nur das geringste mit dieser Ausgabe von hochnäsigen Schlippchen zu tun gehabt. Sicher verheiratet mit einem Krüppel, viel älter als sie, mit dem sie sich sterblich langweilt, weil er ihr den Zimt nicht genügend besorgen kann. Denkt nur immer an Geldmachen. Wenn er über ihr ist, zählt er in Gedanken die Papiere, die er morgen oder übermorgen an der Börse kaufen oder verkaufen möchte. Ich lasse aber doch lieber meine Finger von dem Kuchen. Ist von der Sorte, die Kopfschmerzen bereiten kann. Und was für Kopfschmerzen, wenn man sich zu tief verhakt! Einmal richtig verhakt, und man will loskommen, fummelt sie in ihrer dicken Handtasche nach dem Revolver, bläst los, und dann sagt sie, ich hätte sie vergewaltigen wollen. Notwehr. Und dann heult sie den Geschworenen etwas vor, läßt ihre schönen Beine herumspielen, und die Geschworenen

bringen ein ›Nichtschuldig‹ in den Saal. Verflucht noch mal, bis jetzt habe ich mir noch nicht ein einzigesmal ihre Beine angesehen! Sicher eine von der Sorte, die jede liebe Nacht verlangt, dreimal gefüttert zu werden.‹ So sehr ließ sich Beckford in seinen Gedanken gehen, daß er die letzten Worte laut aussprach, was ihn erschreckte, und er sich hart auf die Lippen biß.
Er wurde rot im Gesicht, weil er glaubte, er habe vielleicht viel mehr laut gesagt, als er sich im Augenblick erinnern konnte.
»Gefüttert«, wiederholte sie, »gefüttert. Gut, daß Sie das sagen. Sie müssen hungrig sein wie ein – wie ein –«
»– wie ein Löwe«, half er ihr aus.
»Ich glaube nicht, daß ich wirklich Löwe sagen wollte.« Sie lachte ihn dabei an. »Ich weiß nichts von Löwen. Wenigstens nicht viel. Von allen Löwen, die ich je in einem Zoo sah, schien mir keiner an Hunger zu leiden.« Sie wechselte den Ton ihrer Stimme. »Glauben Sie, Mr. Beckford, daß Tiere in einem Zoo oder sonstwie in Gefangenschaft glücklicher sind als die in Freiheit?«
»Daß sie glücklicher leben, möchte ich nicht behaupten; aber ich denke, sie sind zufriedener. Brauchen sich nicht um ihre Nahrung zu sorgen, haben stets Wasser und ein Dach und sind gegen ihre Feinde geschützt, selbst gegen Flöhe, Läuse und Zecken, die das Leben eines Tieres unerträglich machen können.«
Er war nicht gefragt worden, was er von den zwanzig verschiedenen Gerichten, die sich auf der Speisekarte befanden, für seinen Lunch zu haben wünsche.
Als der Kellner nun die Weizenfladen zum Tisch brachte und noch zwei große Gläser mit Jocoque hinzusetzte, sagte sie lächelnd und wie beiläufig: »Ich denke, es wird Ihnen zusagen, was ich für Sie ausgesucht habe.«
Er wollte gerade herausplatzen: Ich bin alt genug, um zu wissen, was ich essen möchte und was nicht, als ihm zum Bewußtsein kam, daß dies ungeschliffen sei und daß die Dame auf keinen Fall eine so unhöfliche Abfuhr verdiene, um so weniger, als er von diesen arabischen Gerichten absolut nichts wußte und sich vor dem Befesten und besonders vor der Dame nur lächerlich machen würde. Alles, was ihm in diesem Augenblick einfiel, war sein stereotypes »As you wish, Madame«.

Nun war sie es, die nahe daran war, unhöflich zu werden.
»Wissen Sie, ich könnte Ihnen diese Zwiebel gleich so mitten ins Gesicht bombardieren wegen Ihres ewigen gedankenleeren ›As you wish, Madame‹. Wenn Sie es wenigstens hin und wieder in einem anderen Tonfall sagten, aber immer und ewig so halb schlafend. Warum sagen Sie nicht einmal ›Goddam hell, leave me in peace!‹, das hält ja kein nasser Hund aus.«
Ihm stockte der Atem.
Sie weidete sich an seiner erschreckten Miene. »Ja, nun bleibt Ihnen das Wort im Munde stecken.«
Darauf änderte sie den Ton. »Wie schmeckt Ihnen das Essen?«
»Nie zuvor etwas Ähnliches gegessen. Sehr gut. Und was das ›As you wish, Madame‹ anbetrifft, ich verspreche, mich zu bessern.«
»Gut. Aber bessern Sie sich nicht zu sehr. Zuviel des Verbesserns könnte Ihrem Charakter schaden.«
Die Mandelküchelchen waren gegessen, der dicke sämige Kaffee getrunken; die Dame verlangte die Rechnung und bezahlte. Der Befeste hatte sich um einen Dollar verrechnet. Anstatt der drei, die er, sich für einen vortrefflichen Menschenkenner haltend, von der Dame erwartet hatte, erhielt er nur zwei, was immerhin, wie er sich tröstete, etwa viermal mehr war, als er von den gewöhnlichen Gästen, die dieses Lokal besuchten, bekam. Ob er damit zufrieden war oder nicht, darum kümmerte sich niemand. Überhaupt war er froh, in diesem Lokal arbeiten zu dürfen. Er besaß keine Papiere. Er war von einem griechischen Frachtschiff, auf dem er als Koch segelte, im Hafen von New York zurückgeblieben.

4

Als die Dame und Beckford auf der Straße standen und sie die Tür ihres Cadillac öffnete, fragte sie ihn: »Wo wünschen Sie abgeworfen zu werden?«
»Wenn es Ihnen nichts ausmacht, Madame, am Rockefeller-Institut.«
»Gut. Rockefeller-Institut.« Sie ließ den Wagen anschnurren.
Nach einer halben Meile Fahrt, während er sich vom Inneren des Autos aus nach allen Seiten umsah und sich beinahe den Hals

dabei verrenkte, sagte er: »Entschuldigen Sie, Madame, das ist aber nicht die Richtung zum R. I.«

»Freilich nicht. Aber ich habe dort in jenem Gebäude« – sie streckte ihre Hand aus, auf ein zwanzigstöckiges Bürohaus weisend – »einen kurzen Besuch abzustatten.«

»Ich warte hier, Madame.«

»Es wird zu lange dauern. Aber wenn Sie es eilig haben, zum Rockefeller-Institut zu kommen, dort links um die Ecke finden Sie eine Sub-Station, und in wenigen Minuten sind Sie dort.«

»Vortreffliche Idee.«

»Würden Sie mir wohl eine Bitte gewähren, Mr. Beckford?«

»Mehr als eine. Auf alle Fälle schulde ich Ihnen ja den ausgezeichneten arabischen Lunch.«

»Reden Sie nicht so unhöflich.«

»Gut, was kann ich für Sie tun?«

»Ist es Ihnen möglich, morgen halb zwölf hier am Eingang dieses Gebäudes auf mich zu warten?«

»Nichts leichter.«

»Frage ist, wollen Sie mich hier erwarten – morgen, halb zwölf?«

»Gut, Madame, ich will pünktlich zur Stelle sein.«

»Very good. Then until tomorrow.«

Beckford ging zur Untergrundstation.

Am nächsten Tage genau halb zwölf Uhr befand er sich vor dem Bürogebäude.

Zehn Sekunden später erschien die Dame, die ihren Wagen in einer nahen Garage gelassen hatte.

»Freut mich, daß Sie so pünktlich sind, Mr. Beckford«, begrüßte sie ihn.

»Man lernt das im Marine Corps, Madame. Nichts Neues.«

Beide gingen in das Gebäude.

Mit dem Fahrstuhl sausten sie zum zehnten Stockwerk hinauf.

Nun standen sie in dem Korridor, von dem nach beiden Seiten Türen in Büros führten, an deren Glasscheiben die Namen von Firmen so aufdringlich geschrieben standen, daß man den Eindruck gewann, sie schrien sich heiser nach neuer Kundschaft.

Die Dame wanderte den Korridor entlang und blieb vor einer der Türen stehen.

Beckford war ihr gefolgt. Als er einen Blick auf die Glasscheibe warf, die die obere Hälfte der Tür bildete, ließ er ein laut ausgesprochenes Ausrufungszeichen hören mit einem hinzugesetzten »Waw – waw! Das bin nicht ich.«
»Wer sonst?« sagte die Dame. »Natürlich Sie.«
Da stand auf der Glasscheibe, von innen aufgemalt, in dicken schwarzen Lettern, diskret und geschmackvoll in Gold gerahmt:

River Regulation & Canal Projects, Inc.
Clement Beckford
President

Beckford starrte für einige Sekunden auf die Inschrift.
»Treten Sie ein in Ihr Büro«, sagte sie, ohne auch nur durch einen Blick zu verraten, wie sehr sie sich an seiner Überraschung ergötzte.
Er öffnete die Tür, warf einen Blick in den vollständig mit Büromöbeln ausgestatteten Raum.
Hinter einer nagelneuen großen Schreibmaschine, die auf einem nagelneuen stählernen Bürotisch stand, saß ein etwa dreiundzwanzigjähriges hübsches Schreibmaschinenfräulein, das im Augenblick, als die Tür aufging, die neueste Nummer der ›True Confessions‹ aus ihren Händen unter den Tisch gleiten ließ. Sie wurde rot im Gesicht, weil sie in dieser Weise angetroffen wurde.
Sie stand rasch auf und trat höflich einen Schritt von der Schreibmaschine zurück, wie sie es in der Handelsschule gelernt hatte, und wartete darauf, angesprochen zu werden.
Die Dame, mit einer leichten Kopfneigung auf das Fräulein weisend, sagte zu Beckford: »Miß Amy Greengold, Ihre vorläufige Sekretärin.« Dann mit einem Blick auf Miß Amy und von ihr zu Beckford: »Mr. Clement Beckford, der President«, worauf Amy pflichtschuldigst antwortete: »How do you do, Mr. Beckford?«, worauf er ebenso pflichtschuldigst antwortete: »How do you do yourself, wie geht es Ihnen selbst, Miß Greengold?«, worauf ebenso pflichtschuldigst Miß Greengold antwortete: »You may

call me Amy, nennen Sie mich Amy, Mr. Beckford.« Worauf ebenso pflichtschuldigst Beckford antwortete: »So I will, Amy«, womit die feierliche Zeremonie der gegenseitigen Vorstellung vorüber war und das Feld für weitere Belustigungen ähnlicher Art offenlag.

Beckford dachte bei sich: »Wenn ich mir die Amy so näher betrachte mit einigen Gedanken an häufiges Alleinsein, natürlich nur des Diktierens wegen, da kann vielleicht etwas Ernstes daraus werden. Hauptsache, sie ist hübsch. Schade, wirklich schade, daß ich ihre Beine nicht sehen kann. Vielleicht hat sie sehr fette und noch dazu krumme Beine und klappert darum sich ihr tägliches Brot im Büro zusammen und läßt sich anschnauzen wie ein Rekrut.«

»Wie lange soll ich die Tür offenhalten, damit Sie sich mit Ihrem Privatbüro bekannt machen können, Mr. Beckford?«

Und richtig, da stand die Dame in der offenen Tür, ihn mit einer leichten Handbewegung einladend, in den zweiten Raum zu treten.

Er wurde verwirrt, daß er ständig seine Gedanken herumwandern ließ.

»Entschuldigen Sie, Madame, ich dachte gerade darüber nach, ob ich nicht vielleicht die beiden Kartenkabinetts günstiger in jener Ecke aufstellen lassen sollte, damit Miß Greengold in ihrer Bewegungsfreiheit weniger behindert wird.«

»Gute Idee«, sagte die Dame, »wirklich gute Idee von Ihnen. Die Leute, die hier die Möbel herschleppen, kümmern sich wenig darum, wie und wo die Sachen stehen, sie werden ja auf alle Fälle umgestellt, wie das auch in einer neuen Wohnung geschieht.«

Als Beckford das zweite Büro sah, konnte er einen Ausruf der Überraschung und des Erstaunens nicht unterdrücken. »Aber, das ist ja – das ist ja – aber ich weiß doch gar nicht –«

Da lag auf einem großen Tisch ausgebreitet ein Modell in Hochrelief, das vollständige Kanalsystem Mitteleuropas von der Rhone bis zur Weichsel. Ein Museum konnte kaum ein schöneres und genauer ausgearbeitetes Modell besitzen.

Der Maßstab war in der rechten unteren Ecke angegeben, und obgleich Beckford wenig von der Geographie Europas wußte, erkannte er doch auf den ersten Blick, daß die Proportionen richtig sein mußten, so richtig, wie es bei einem solchen Modell überhaupt möglich war. Wie ein Kind ein noch nie gesehenes Spielzeug bewundert, staunte er dieses Modell an.

Seine Blicke blieben nun an der gegenüberliegenden Wand haften, die von oben bis unten voller Karten hing, auf denen ausschließlich Kanäle eingezeichnet waren. Der Sueskanal in allen seinen Einzelheiten, der Panamakanal, der Nord-Ostsee-Kanal. Kanäle in Holland, in Rußland, in Ostindien, in Afrika, in Nordamerika. Kanäle, von denen er nie vorher gehört oder gelesen hatte. Selbst die Kanäle Amerikas, mit Ausnahme des Panamakanals, waren ihm fremd.

Die Dame deutete auf einen Tisch, wo ein Berg von zusammengerollten Karten lag. »Auf diesen Karten finden Sie noch mehr Kanäle, außerdem die detaillierten Zeichnungen aller Kanäle, die Sie auf den Karten an den Wänden sehen, bis ins kleinste erläutert, alle Schwierigkeiten, die überwunden werden mußten, die Reparaturen, die seit der Eröffnung eines jeden der Kanäle nötig waren, und in den Büchern dort finden Sie die Geschichte eines jeden Kanals von dem Tage an, als die Idee, diesen Kanal zu bauen, zum erstenmal auftauchte, bis zu dem Tage, an dem das erste Schiff durch den Kanal fuhr.«

Er trat näher zu den Büchern. Ohne eines in die Hand zu nehmen, überflog er mit einem Blick die geradezu unglaubliche Menge der Bücher, aufgereiht in Regalen, die von der Decke bis zum Boden reichten. Selbst im Technologischen Institut, wo er zuweilen Stunden in der Bibliothek zugebracht hatte, war ihm eine solche Menge von Werken, die sich ausschließlich mit dem Bau von Kanälen, Deichen, Dämmen und Flußregulierungen beschäftigten, nicht zu Gesicht gekommen.

Niemals vorher in seinem Leben hatte Beckford auch nur geahnt, wie groß das Interesse nicht nur von Ingenieuren, sondern der Menschen im allgemeinen an allen Werten, Größen und Dingen war, die mit Wasser, Wasserwegen und verwandten Naturerscheinungen zu schaffen haben.

Kein Wort vermochte er zu sagen. Er rückte einen Stuhl vor die Regale und setzte sich, die Bücher zu betrachten, wie er sich vielleicht in einer Bildergalerie vor ein großes Gemälde setzen würde, um das Werk in Muße und in all seinen Einzelheiten zu studieren. Er vergaß die Anwesenheit der Dame. Er war allein mit sich und mit seinen Gedanken, mit offenen Augen träumend, während die Hunderte von Büchern hinter einem dünnen Nebel langsam verschwanden.

Infolge der ihm aufgezwungenen aktiven Teilnahme an einem ihm völlig gleichgültigen Kriege, der niemand im Grunde sonst diente als einer ungemein einflußreichen Gruppe von Ölproduzenten, Großindustriellen und Börsenspekulanten, hatte Beckford nicht nur das Interesse an seiner Persönlichkeit als Mensch verloren, nicht nur jeden ehrgeizigen Trieb, es im Leben zu etwas Nützlichem zu bringen, sondern es war ihm in den letzten Monaten überhaupt gleichgültig geworden, ob er lebte oder nicht. Er vermochte sich nicht einmal mehr aufzuraffen, auch nur für einige Minuten darüber nachzudenken, ob der Mensch überhaupt einen Daseinszweck habe oder ob dieser sogenannte Daseinszweck nur eine absichtlich erzeugte, durch nichts bewiesene Selbsttäuschung des Menschen sei, um sich einreden zu können, er unterscheide sich vom Tier, sei von einem persönlichen Gott nach dessen Ebenbild geschaffen und dürfe darum, ohne Skrupel zu empfinden, mit Tieren, Vögeln, Insekten und allem, was er auf Erden vorfand, machen, was ihm beliebt, ohne Rücksicht darauf, daß seine Eingriffe in das Naturleben letzten Endes ihn selbst auslöschen und das Insekt als unbesiegbaren Herrn der Erde zurückläßt.

Beckford vegetierte dahin. Er verträumte sein Leben. ›Wofür leben? Wofür sich anstrengen? Kinder zeugen, damit sie eines Tages, und aus denselben Gründen wie ich jetzt, vor dieselben Fragen gestellt werden, die sie sowenig wie ich heute beantworten können? Sich abrackern, seine Nerven zerreißen, sich mit Sorgen belasten? Für wen? Warum? Was kümmert mich die Welt? Was die Menschen? Was sind Ideale? Wofür Ideale haben? Ein neuer Krieg, und ich bin wieder mittendrin. Mittendrin mit dem gleichen Endresultat. Ein betrunkener Flieger, der sich mit seiner Molle entzweit hat, läßt, weil ihm das Leben wurscht und Suppe geworden ist, aus Wut eine Wasserstoffbombe auf die Stadt los-

platzen, wo seine Molle mit einem anderen im Bett liegt. ‚Das hat der böse Feind getan.' Der Grund ist gegeben. Um nicht etwa eine halbe Stunde zu spät zu kommen, wird die Erde mit Wasserstoffbomben so dick bepflastert, daß selbst Läuse, Wanzen und Flöhe, weil es kein warmes Blut mehr geben wird, sterben müssen.
Dann wäre alles sowieso und auf alle Fälle zu Ende. Warum soll ich mich mit Gleichungen plagen, die nie aufgehen. Was für einen Wert hat es denn, daß ich mit Kubikwurzeln, Parabeln, Tangenten, Logarithmen, Potenzen, der Quadratur des Kreises und der Zirkulatur des Quadrats geschickter herumjonglieren kann als ein trainierter Seehund mit Gummibällen im Zirkus?
Wofür sich anstrengen? Die Wasserstoffbombe, das aus einer sicheren unterirdischen Befestigung ferngeleitete zehn Tonnen schwere Atomgeschoß beantwortet und löst alle Fragen und alle Probleme, die Menschen jemals hatten, in Sekunden. Und gleich für immer. Warum sich abquälen, wenn es auf jeden Fall auf dasselbe herauskommt?‹
Beckford stand von seinem Stuhl auf und begann einzelne Bücher herauszuziehen. Er las den Titel des Buches, den Namen des Autors, wann das Vorwort geschrieben und wann das Buch gedruckt worden war. Dies tat er wohl mit einem Dutzend der Bücher, und aufs neue fand er sich in einem Zustand der Verwirrung.
›Wie ist dies nun wieder zu verstehen?‹ fragte er sich. ›Hier ist ein Buch, beendet vor nur sechs Monaten und gedruckt vor acht Wochen. Es ist gedacht für die nächsten zwei Generationen, wenigstens. Und hier ist ein anderes Buch, vor einem Jahr gedruckt. Zu jener Zeit war jedem Menschen, besonders aber dem Architekten, der dieses Buch schrieb, bekannt, daß es Wasserstoffbomben gab, und zwar in großen Mengen, sowohl im Westen als auch im Osten. Und es war dem Ingenieur, der dieses Buch hier schrieb, bekannt, daß von der Erde aus gelenkte Luftfahrzeuge Wasserstoffbomben abwerfen konnten, fünftausend Kilometer entfernt von der Station, von der das Flugzeug abgeschickt wurde. So müssen also diese gelehrten Herren, die alle Konsequenzen dieser Postsendungen von Massenmordspielzeugen kennen, die Hoffnung nicht aufgegeben haben, daß die Welt weiterbestehen wird. Andernfalls hätten sie sich gewiß die Mühe gespart, so schwerwiegende Bü-

cher zu schreiben und in Druck zu geben. Für wen? Für die überlebenden Insekten? Sie, diese ernsten Männer, sind vom Fortbestand der Menschen, die diese Bücher benötigen, felsenfest überzeugt. Und wenn jene ernst arbeitenden Menschen an einen Fortbestand der Welt glauben, wer bin ich dann, mit diesen Männern verglichen, wenn ich mir einrede, es sei nutzlos, für den kommenden Tag zu arbeiten?‹

Während Beckford so vor sich hinphilosophierte, studierte die Dame die an der Wand hängenden Karten mit größerer Sorgfalt, als man es von einer Frau im allgemeinen erwarten sollte.

»Jene Tür dort«, unterbrach sie nun plötzlich Beckfords Gedanken, auf eine zweite Tür im Raum weisend, »führt ebenfalls hinaus auf den Korridor. Sie können also Ihr Büro verlassen, ohne von Besuchern, die im vorderen Raum sitzen sollten, gesehen zu werden, was, nebenbei bemerkt, zuweilen von Vorteil ist.«

›Merkwürdig‹, dachte Beckford bei sich, ›merkwürdig, daß sie für mich ein Büro mit zwei Eingängen gemietet hat, so daß mich also jemand hier aufsuchen kann, ohne von Amy gesehen zu werden. Was will diese Frau von mir? Eine Liebschaft hat sie offenbar nicht im Sinn. Sie macht es deutlich genug. Alles hier sieht sehr geschäftsmäßig aus. Kanäle. Deiche. Dämme. Was hat sie damit zu tun? Das sind Unternehmungen, die ausschließlich von Männern geleitet werden. Vielleicht will sie eine Bewässerungsregulierung auf ihrer großen Farm im Westen vornehmen lassen, und ich, der ich kein Diplom als Ingenieur habe, soll es billig machen. Aber warum dann dieses elegante Büro hier in diesem teuren Geschäftsviertel von New York, wo die Mieten in die Tausende gehen? Kein Wort spricht sie von Lohn, den sie mir zu geben beabsichtigt. Da stimmt etwas nicht, sage ich, da stimmt etwas nicht.‹

»Und dort in der Ecke«, unterbrach sie seine Gedanken wieder einmal, »ist der stählerne Geldschrank.« Sie deutete mit einer leichten Kopfbewegung darauf hin, gleichzeitig dabei ein kleines Kärtchen aus ihrer Handtasche fischend. »Hier auf dieser Karte finden Sie die Nummer der Kombination. Verlieren Sie die Karte nicht. Ich habe absichtlich keine Abschrift für mich zurückbehalten.«

›Nun sieh mal einer an‹, dachte Beckford. ›Keine Abschrift? Und ich soll es glauben und in diesem Möbelstück meine französischen Postkarten aufstapeln zu ihrer Belustigung. Fehlgeschossen, mein Liebchen.‹ Er nahm die Karte, warf einen kurzen Blick darauf und schob sie in seine Brusttasche.

»Wenn Sie Geld benötigen, Mr. Beckford, Sie finden es im Geldschrank. Alles, was nötig ist, Sie hinterlegen nur eine Quittung!«

Dann ging sie zu dem Schreibtisch, auf dem zwei Telephone standen. »Dieses hier«, sie deutete auf das eine, »ist das Geschäftstelephon. Das andere ist Ihr Privatapparat. Die Nummer ist im Telephonbuch nicht eingetragen. Ihre Sekretärin, oder wer immer im ersten Raum sitzt, kann nicht mithören, das kann sie nur am Geschäftstelephon.«

›Sehr geschickt alles bis ins kleinste vorgesehen‹, sagte Beckford zu sich. ›Aber vorläufig halte ich meine Hände weit davon weg, bis ich klarsehe, was eigentlich bei dieser Zauberei im Hute versteckt ist.‹

Die Dame hob den Hörer des Privatapparates ab.

Beckford ging zur Tür, um den Raum zu verlassen, so daß sie ungestört sprechen sollte.

»Danke für die Aufmerksamkeit«, sagte die Dame mit einem Lächeln, während sie die Nummernscheibe drehte, »aber bleiben Sie nur hier. Was ich zu sagen habe, geht auch Sie an.«

Sofort kam ihm der Gedanke: ›Nun wird die Falle aufgestellt. Nicht so rasch, Püppchen, Papa muß dabeisein.‹

»Meinen Mann, bitte«, sagte die Dame in das Telephon.

Und gleich darauf: »How do you do, my Dear? Wie geht es dir, Liebster? Gut? Freut mich. Ich wollte dir nur sagen, ich bringe einen Gast für heute abend zum Essen. – Ein junger hoffnungsvoller Ingenieur. Ja, Ingenieur. – Ja. – Wo ich ihn aufgeschnappt habe? – Nun, hör mal, ich schnappe meine Gäste nicht auf. Ich bin ihm in den Weg gefahren. Das ist alles. Und ich möchte gern, daß du ihn kennenlernst. Er weiß wundervoll zu erzählen von entsetzlichen Überschwemmungen und von Logarithmen und Gleichungen, die nie aufgehen, und von Parabeln und Tangenten und Pythagoras. – Ja, Pythagoras. – Pythagoras, fragst du? Nein, ich weiß nicht, wo der Mann gegenwärtig wohnt. Er muß so etwas wie ein Schullehrer sein, der am hellichten Tage mit einer Laterne herumläuft. – Ach, rede doch nicht so dumm. Laß dich doch nicht immer so leicht von mir einseifen! Kennst mich doch lange genug. Also zum Abendessen. – Nein, nein. Natürlich kommt er nicht im Smoking. Kommt gerade, wie er ist. Brauchst den Frack nicht belästigen. Überhaupt, soviel ich weiß, sind dein Frack und deine beiden Smokings in der Reinigung. Bye, bye.«

Sie legte den Hörer auf und sah Beckford an. »Also Sie sind eingeladen.«

»Ohne mich zu fragen?«

»Unter alten Freunden, wie wir es sind, braucht man doch nicht lange zu fragen. Und damit Sie es gleich wissen: Unser Haus ist stets offen für Sie. Sie dürfen es als das Ihre betrachten.« Und damit überreichte sie ihm eine Karte: »Unsere Adresse«, sagte sie gleichzeitig.

Beckford wußte nun wirklich nicht, wo und wie er sich gegenüber diesem völlig unerwarteten Rösselsprung der Dame verhalten sollte. Einfach ablehnen? Dafür war es nun zu spät. Alles, was er in Gedanken sich sagen konnte, war: ›Die Falle ist aufgestellt, und ich sitze bereits schön und mollig mittendrin.‹

Aber während er das dachte, kam ihm zugleich die Erkenntnis, daß er heute abend endlich erfahren würde, was die Frau eigentlich von ihm wollte. Es gab ihm eine gewisse Genugtuung, daß er von vornherein und in jedem Augenblick recht gehabt hatte; dies geheimnisvolle Herbeizaubern von Dingen, die er nicht verlangt hatte, das große Büro war nur der Vorhang, hinter dem die Beseitigung des schwerreichen, nie geliebten, unendlich langweiligen ›Mein Gatte, bitte!‹ vor sich gehen sollte, so geräuschlos und so technisch vollkommen, daß auf niemand, am allerwenigsten auf die treue und sonst niemand liebende Ehegattin, auch nur der geringste Verdacht fallen würde. ›Obgleich ich in der Falle sitze, sie verrechnet sich am Ende‹, sagte er zu sich.

5

Beckford, vor einer Stunde frisch rasiert, in einem gut abgebürsteten Anzug, den er vor mehr als einem Jahre gekauft hatte, in blitzblank polierten und mit neuen Gummiabsätzen versehenen Schuhen, in einem frisch gestärkten und mit Maschine geplätteten Hemd, dazu eine lange dunkelbraune Krawatte, stand vor dem eisernen Tor einer geräumigen Villa, die von einem großen parkähnlichen Garten umgeben war.

Er zog einen Taschenkamm hervor sowie ein winziges Spiegelchen und kämmte sich sorgfältig sein dunkles Haar, das, da er niemals einen Hut trug, auf dem Wege von der nächsten Omnibushaltestelle reichlich zerzaust worden war.

Abermals blickte er auf die Nummer in Bronze, die am Betonpfosten des eisernen Tores befestigt war, und vergewisserte sich nun bereits zum fünften Male, daß dies das richtige Haus war, in dem er zu einem frühen Abendessen eingeladen war.

Neben der Bronzenummer befand sich ein kleiner gelber Knopf. Unter ihm ein dünnes Pfeilchen, das nach rechts zeigte, wo eine schmale, ebenfalls eiserne Tür in den Vorgarten führte.

Über dem polierten Bronzepfeil sah er ein kleines, aristokratisch aussehendes Bronzeschildchen, auf dem in einfachen schwarzen Lettern ein Name eingraviert war.

›Suthers‹, las er. Nichts weiter.

›Also das ist ihr Name‹, sagte er zu sich. ›Hat verteufelt lange gedauert, bis ich ihren Namen erfuhr. Suthers. Das kann alles mögliche bedeuten. Vielleicht ihr Name. Vielleicht der Name ihres reichen und impotenten Ehestecken, den sie leicht und fröhlich mit meiner wohlwollenden Mithilfe aus dieser Welt knipsen möchte, um die hohe Versicherung abzuheben. Wahrscheinlich sechs oder sieben Millionen. Und dann wird sie sich auf eigene Weise irgendwo in Europa belustigen, mit Gigolos oder verarmten Grafen. Was weiß ich? Freilich, ich kann mich noch immer in jedem Augenblick herausklammern. Sage einfach, ich mache den Salat nicht mit. Und gehe meiner schlottrigen Wege.‹

Er ging wirklich seiner Wege, um sich die ganze weite Anlage näher anzusehen und zu studieren, wie und wo er entkommen könnte, falls da einige Gorillas ihn in ihre Fänge nehmen sollten, um ihm Gehorsam einzubleuen.

Er wanderte die ganze Front nach rechts hinunter, dann nach links. An beiden Enden der verhältnismäßig langen Front begrenzte das Gebiet eine ähnliche fürstliche Residenz.

›Also hier ist es, wo die Multimillionäre ihre Nächte verbringen. Während des Tages können sie diese Ausstellung nicht genießen. Während des Tages müssen sie das Geld herankratzen, um diese kostbaren Schlösser nicht zu verlieren, die ihnen zu nichts anderem dienen, als dort zu schlafen. Auch ein Leben!‹ philosophierte er.

Inzwischen war er zum eisernen Tor zurückgekehrt und stand zögernd für eine lange Weile, ehe er sich endlich entschloß, auf den gelben Knopf zu drücken.

›Möchte wissen, ob dieser Knopf aus Plastik ist oder aus Elfenbein. Sicher Elfenbein. Plastik ist für den Proletarier. Ich bin zwar kein Proletarier; ich bin gar nichts, lungere nur herum. Immerhin, die Dame könnte vielleicht wirklich ein zuckriges Spielpüppchen sein. Warum nicht? Mollig. Alles Samt und Seide. Aufreizend parfümiert.‹

Zu seiner Rechten ertönte ein melodisches Summen, während gleichzeitig der dünne Pfeil unter dem gelben Knopf aufglühte.

Beckford, zwei Schritte zurückgehend, bemerkte, daß die schmale eiserne Tür zur Seite des weiten Tores sich wie von Geisterhand öffnete. Er trat in den Vorgarten. Als er drei Schritte von der Tür entfernt war und sich rein zufällig umblickte, sah er, daß die Tür sich hinter seinem Rücken von selbst wieder geschlossen hatte.

Für einige Sekunden blickte er auf die Tür. ›Nun bin ich doch, gottverflucht noch mal, richtig und sauber in der Falle. Tür öffnet und schließt sich automatisch. Offenbar durch den eigenen Schatten.‹

Er ging auf die Tür zu, aber sie blieb geschlossen. ›Also keine elektronische Zauberei. Wird vom Haus aus reguliert.‹

Mit seinen Augen maß er die Höhe des eisernen Tores und die hohe, steile Mauer aus tiefbraunem Stein, die den Park einrahmte. ›Wenn sie vielleicht glaubt, dieses Tor und diese Mauer könnten mich hier festhalten, na, mein süßes Kleckerchen, da bist du doch

wieder einmal verflucht im Irrtum. Im elenden, unvergeßlichen Korea, wo es so oft um meine Schwarte ging, setzte ich über Mauern, zweimal höher als diese, oder ich wäre nicht hier.‹
Er durchquerte den weiten Vorgarten und fand die Tür zum eigentlichen Hause weit offen.
Ein Neger in schwarzen Hosen und einer lederbraunen Weste mit langen grünen Ärmeln empfing ihn.
»This way, please, Sir«, sagte der Diener, mit einer leichten Handbewegung Beckford einladend, ihm zu folgen.
Er öffnete an der hinteren Seite des geräumigen Vorsaals eine Tür, ließ Beckford eintreten und schloß die Tür geräuschlos hinter ihm.
»Vorzüglich, wirklich ganz vortrefflich, daß Sie so früh kommen, Mr. Beckford«, begrüßte ihn die Dame, die von einem Sessel nahe den großen Fenstern, die bis auf den Boden reichten, aufstand und mit ausgestreckter Hand auf ihn zukam.
›Nach der Art zu urteilen, wie sie mit ihrem ausgestreckten Arm auf mich lossegelt, erwartet sie wahrscheinlich, daß ich ihr die Hand küsse, wie sie es wahrscheinlich hier und da in einem Film gesehen hat. Aber da ist sie doch wieder einmal ganz verflucht böse vorbeigeschlittert‹, dachte er bei sich, und so unhöflich wie nur irgend möglich ließ er sie weiter auf sich zukommen. Aber er behauptete ja nie, ein Mann von guter oder überhaupt irgendwelcher Erziehung zu sein, ausgenommen der des Marine Corps.
›Wer fragte mich nach guter Erziehung, wenn die Chinks auf uns zukamen, wie Wölfe heulend, so schrill, daß einem das Rückenmark gefror und die Ohren platzen wollten. Schlachte, gottverflucht noch mal, schlachte, oder du wirst selbst geschlachtet! Gute Erziehung. Ha! Alles Schitt und Schutt, wenn du nicht weißt, ob du in zehn Sekunden noch atmest.‹
Die Dame bot ihm einen Sessel an und schob diesen Sessel dicht neben den ihren.
Sie lachte ihn vertraut an.
»Endlich können wir einmal vertraulich miteinander reden«, sagte sie, seine Gedanken unterbrechend.
Der Neger fuhr ein Wägelchen in den Salon, auf dem, über drei Stockwerke verteilt, Flaschen standen, Gläser, Zangen, kleine Schüsseln mit Eiswürfeln, Nüsse, eine große Auswahl von kleinen,

dünnen gerösteten Brotscheiben, bedeckt mit Kaviar, Anchovis, Rochefort.

Der ernst blickende kohlschwarze Diener fuhr das Wägelchen dicht zur Seite der Dame und entfernte sich geisterhaft durch eine vorher von Beckford nicht bemerkte Seitentür, die sich öffnete und schloß, ohne daß sie berührt wurde.

»Whisky? Kognak? Bourbon? Napoleon? Tequila? Jamaica? Wodka? Aquavit? Kirsch? Gin? Grand Marnier? Benedictine? Bols? Dubonnet? Was wünschen Sie?« fragte die Dame mit einem Lächeln, von dem er dachte: ›Wahrscheinlich glaubt sie, sie sei bezaubernd. Mich kann sie nicht bezaubern.‹

»Scotch, please.«

Sie schenkte ihm drei Finger voll ein.

»Mit Soda? Oder Jaeger?«

»Plain straight, please.«

Sie füllte ein kleines Gläschen. Ihr Glas leicht hebend, sagte sie: »There it goes«, und laut lachend setzte sie hinzu: »Mud in your eyes. Ist vulgär, aber es tut gut, sich zuweilen vulgär ausdrücken zu können. Es ist wie ein Aufatmen, wie wenn man sich Schuhe ausziehen kann, die eine halbe Nummer zu eng sind und in denen man getanzt hat.«

Er trank sein Glas zur Hälfte leer.

»Ich sehe nichts Besonderes darin, mich vulgär auszudrücken. Es ist dies die einzige Sprache, die ich kenne, mit Ausnahme einiger koreanischer Phrasen und des griechischen Alphabets, das ich im Technischen Institut lernen mußte, um die Elemente der Mathematik begreifen zu können. Englisch kann das nicht gelehrt werden, es muß griechisch sein.«

»Nun warten Sie mal! Dies mit dem griechischen Alphabet ist eine ganz vorzügliche Sache. Damit können Sie prunken, besonders in der richtigen Umgebung von Schimpansen, die Millionen anlegen möchten, aber nicht wissen, wo und wie. Ich rate Ihnen dringend, üben Sie das griechische Alphabet tüchtig vorwärts und rückwärts und, wenn möglich, ein Dutzend lateinischer und französischer Redensarten und Floskeln, mit denen die Finanzgötzen nichts anzufangen wissen. Sie hinterlassen dann einen gewaltigen Eindruck. Ein jeder läßt sich einseifen von links und rechts, wenn

Sie über einen reichen Wortschatz verfügen. Sie brauchen nicht einmal zu wissen, was alle die Worte genau bedeuten, die Sie herunterrasseln. Aber die Wirkung ist verblüffend. Ich habe diesen Trick wiederholt in Hollywood angewendet. Nirgends wirkt er besser als unter den Leuchten der Filmindustrie.«

Verwundert blickte Beckford auf.

»In der Filmindustrie, sagen Sie?«

»Ja, in der Filmindustrie.«

»Ich habe Ihren Namen nie gelesen. Habe Sie auch nie in einem Film gesehen«, sagte er, an den Worten herumschluckend.

»Freilich konnten Sie meinen Namen nirgendwo lesen, denn Sie kennen ihn ja gar nicht.«

»Richtig, richtig. Sie haben mir Ihren Namen niemals genannt.«

»Aslan Norval.«

»Aslan Norval?« wiederholte er mit einer Miene, als versuche er, sich zu erinnern, ob er je diesen Namen gehört habe und in welcher Verbindung. »Aslan Norval?« fragte er noch einmal. »Wirklich, noch nie gehört.«

»Konnten Sie nicht. Ich gehörte zu der großen Armee der völlig Unbekannten, die hinter der Kamera arbeiten. Das Publikum kennt nur die, die vor der Kamera herumgaukeln. Dennoch war meine Arbeit in zahlreichen Fällen wichtiger für einen guten Film als die Darstellerin, die glaubte und jedermann glauben machte, sie sei der Film. Ein Film, sogar ein sehr guter Film, kann ohne Darsteller und besonders ohne Berufsdarsteller produziert werden. Aber kein einziger Film wurde bis heute geschaffen ohne Mitwirkung der Schar derer, die hinter der Kamera ihre Nerven zerrütten, ihre Haare zerraufen, sich Schlaganfälle anärgern. Zu denen gehörte ich.«

»Gehörte? Und nun nicht mehr?« fragte Beckford, sie dabei ansehend, als hätte er eine völlig neue Person vor sich.

»Nein, heute nicht mehr. Seit ich mich verheiratet habe. Vor etwas mehr als drei Jahren. Zuweilen sehne ich mich zurück.«

»Unglücklich verheiratet? Darum?« Als er das fragte, kam es ihm plötzlich aufs neue zum Bewußtsein, warum er hier in diesem Hause war, was diese Frau von ihm erwartete.

»Unglücklich verheiratet? Ich? Vorbeigeraten. Gänzlich vorbei-

geraten. Ich bin glücklich verheiratet. Bin glücklich, daß ich diesen Mann, meinen Gatten, getroffen habe und daß er mich geheiratet hat.«
»Also dann haben Sie nicht die Absicht, ihn –« Er erschrak so sehr, daß er absichtlich hustete, um jedes falsche Wort zu vermeiden.
»Absicht? Ich? Was für eine Absicht meinen Sie?«
»Ich – ich – ich dachte, Sie wollten sich vielleicht – oh – eh – ja – scheiden lassen.«
»Sie dachten? Ich mich scheiden lassen? Aber, mein Lieber, Sie wußten ja gar nicht einmal, daß ich verheiratet bin. Wie konnten Sie denn da an eine mögliche Scheidung denken?«
»Nun, man nimmt so etwas heute gewöhnlich an, wenn man eine junge hübsche Frau, wie Sie es sind, stets allein in ihrem Auto herumfahren sieht und sie einen Mann meines Alters hier und da einlädt und ihm allerlei Geschenke macht.«
»Hier und da einlädt? Hier und da? Einmal in einem arabischen Restaurant! Und heute hier. In meinem Hause. Und Geschenke? Ah, Sie meinen das Büro, nicht wahr?«
»Allerdings. Das Büro, Das kann man doch wohl ein Geschenk nennen. Oder nicht?«
»Das Büro! Oh, das Büro! Ha, wenn Sie wüßten, was dieses Büro für mich bedeutet!«
»Was, zum Beispiel?«
»Das kann nicht so ohne weiteres erklärt werden. Wenn alles sich entwickelt, wie ich es plane, mögen Sie vielleicht heute, später am Abend, eine Ahnung davon bekommen, wofür ich dieses Büro benötige.«
Aufs neue wurde Beckford verwirrt.
›Also haben das Büro und die heutige Einladung doch etwas mit der Falle zu tun, in die ich gelockt werde‹, sagte er im stillen zu sich selbst.
Und laut: »Ihr Mann ist offenbar sehr reich.«
»Sehr. Alles selbst verdient. Durch seinen Weitblick, seine Tatkraft, seinen Unternehmungsgeist. Was er anfaßt, verwandelt sich in Gold.«
»Auch Sie, wenn er Sie anfaßt?« Beckford grinste, weil er glaubte, er habe gezeigt, daß er witzig sein konnte.

»Ja, auch ich, wenn Sie es wissen wollen.«
»Und wenn er Sie losläßt?«
»Verwandle ich mich zurück in das, was ich bin.«
»Hübscher Mann?«
»Nicht gerade. Für mich freilich der hübscheste aller Männer auf Erden.«
»Jung?«
»Kommt darauf an, was Sie oder die Leute im allgemeinen jung nennen. Für mich ist er jung. So jung, wie ich mir meinen Gatten wünsche.«
»Also alt. Wie ich mir gedacht habe.«
»Ganz wie Sie wollen. Aber wenn Sie vielleicht glauben oder daran gedacht haben sollten, sei es aus welchen Gründen auch immer, daß ich mit Ihnen eine Liebelei anzetteln könnte, dann sind Sie weit, sehr weit aus der Schußrichtung.«
In gleichgültigem Ton oder wenigstens mit einem Ton, von dem er glaubte, er wirke uninteressiert, sagte er nun: »Mag sein. Um aber die Wahrheit zu gestehen: Hin und wieder, wenn ich in Ihrer Gegenwart war, dachte ich mir ganz ernsthaft, ich könnte mich eines Tages vielleicht um Ihre Liebe bewerben.«
»Um meine Liebe bewerben? Meine Liebe? Und meine Liebe ist wahrscheinlich gerade gut genug, wie Sie vielleicht sagen würden, Ihren grauen Alltag aufzuhellen? Ich glaubte, sie sei mehr wert, meine Liebe. Versuchen Sie nicht, romantisch zu werden. Wenigstens nicht mir gegenüber. Die Rolle liegt Ihnen nicht. Die eines Ringkämpfers liegt Ihnen bei weitem besser.«
»Nie daran gedacht, romantisch zu sein. Glauben Sie mir.«
»Vielleicht glaube ich Ihnen sogar, daß Sie im vollen Ernst daran dachten, sich um meine Liebe zu bewerben. – Einen zweiten Whisky?«
»Yes, Madame, please.«
Er sah lange in das Glas, während er es in den Händen drehte, ohne einen Schluck zu nehmen.
Seinen Blick so auf das Glas konzentriert, sagte er mit halblauter Stimme: »Ja, es ist wirklich wahr, ich glaubte, Sie seien leicht zu erobern, und ich hätte nichts anderes zu tun, als Ihren Kopf zwischen meine Hände zu nehmen, so wie ich jetzt dieses Glas hier

zwischen meinen Händen halte, und da hätte ich Sie auch schon. In der Weise, wie Sie sich mir anboten –«

»Anboten? Ich? Nun warten Sie mal! Ich hätte mich Ihnen angeboten? Nie daran gedacht.«

»Wieder einmal mißverstanden. Scheint, ich drücke mich unbeholfen aus, da Sie mich jedesmal, wenn ich etwas Ernstes sagen will, falsch verstehen. Mit dem Sichanbieten meinte ich die Art und Weise, wie Sie vom ersten Tage an meine Freundschaft suchten und mir sogar jenes atemberaubende Büro aufhalsten.«

»Aufhalsten! Großer Gott im Himmel, Sie gebrauchen wahrhaftig merkwürdige Ausdrücke. Aber daß ich mich für Sie interessiere und Ihnen helfen möchte, ist doch kein Beweis, daß ich erwarte, Sie sollten nun aus Dankbarkeit eine Liebschaft mit mir anfangen. Ich mag meine besonderen Gründe haben, warum ich mich für Sie so angestrengt interessiere. An Liebe habe ich dabei nie gedacht. Und wissen Sie, selbst wenn ich je an Liebe, an eine Liebe mit Ihnen, gedacht hätte, was nie der Fall war, wäre es jetzt auf alle Fälle zu spät. Sollte ich in Ihrer Gegenwart mich einmal unerwartet weich fühlen und es käme zu einer beschränkten Intimität – ich bin ja nicht aus Stein –, ich versichere Sie, es würde nicht lange dauern. Nicht einmal drei Tage.«

»Vielleicht habe ich fünf Jahre zu warten.«

»Möglich«, antwortete sie, »sehr gut möglich. Vielleicht zehn Jahre.«

Er gedachte aufzustehen, ihr nun die Hand zu küssen, unterdrückte jedoch diesen Wunsch und sagte nur: »Ich danke Ihnen für Ihre Antwort.«

»Nichts zu danken. Es ist die einzige Antwort, die ich ehrlich geben kann, ohne etwas zu verlieren.«

Mit einem Schluck leerte er seinen Whisky und stellte das Glas hart auf die Glasplatte des kleinen niedrigen Tisches, der zwischen ihnen stand.

Und als ob sie ihn beleidigt hätte, fragte er nun eisig: »Wie alt ist er?«

»Welchen ›er‹ meinen Sie?«

»Mr. Suthers. Wen sonst?«

»Oh, Mr. Holved Suthers. Meinen Gatten?«

»Ja, wie alt ist er?«
»Alt. Meinen Sie, wieviel Jahre er angibt, wenn ihm ein neuer Paß ausgestellt werden soll?«
»Natürlich meine ich das. Was sonst?«
»Man kann alt und jung auf verschiedene Weise auslegen. Ich habe Männer und Frauen gekannt, besonders in der Illusionsindustrie –«
»Illusionsindustrie?«
»Filmfabrikation, wenn Sie das besser verstehen. Da habe ich Männer und Frauen gekannt, die mit fünfunddreißig Jahren so heruntergewirtschaftet, so müde, so interesselos am Leben waren, daß sie für nichts mehr zu brauchen waren, nicht einmal für sich selbst. Also, was hat die Zahl der Jahre mit dem wirklichen Alter eines Menschen zu tun?«
»Wahrscheinlich dreht sich Ihr Mann auf der Straße noch nach Mädchen um, deren Beine zu begutachten.«
»Sehr wohl möglich. Würde mich nicht wundern. Ich bin überzeugt, er studiert die Beine einer jeden Frau, wenn er Gelegenheit dazu hat.«
»Trotz alledem bin ich sicher, er ist viel älter als Sie.«
»Ich wüßte nicht, was ich mit einem Mann Ihres Alters anfangen sollte oder gar mit einem fünf Jahre jüngeren.«
»Also fünf Jahre älter als Sie?«
»Nein, nur dreißig Jahre älter als ich, damit Sie es nun endlich ganz genau wissen. Vielleicht sogar noch etwas darüber.«
»Nur dreißig Jahre älter? Nur? Great God in Heaven, das ist einmal etwas gesagt. Nur dreißig Jahre älter! Nur dreißig Jahre.«
Beckford nickte mehrere Male, ohne sich jedoch klar zu sein, warum er nickte.
Aber dann dachte er bei sich: ›Da habe ich doch von vornherein richtig den wahren Zucker geschmeckt. Sie will ihn loswerden. Kein Wunder. Dreißig Jahre älter. Und sie jung, hübsch und lebensfrisch. Voll von Lebenskraft. An ihrer Stelle versuchte ich dasselbe, und einmal ausgeführt, würde ich es niemals als Sünde betrachten, eher als menschliche Pflicht. Und das ist es, wofür die versprochene Belohnung auf mich wartet. Vielleicht lasse ich mich doch noch erweichen. Freilich, wenn es herauskommt, gibt

es den elektrischen Stuhl. Aber sicher hat sie alles so gut organisiert, daß es unter uns bleibt.‹

»Möchten Sie noch einen Whisky?« fragte sie, seine Gedanken unterbrechend und auf sein leeres Glas weisend.

»Drei Finger, bitte.«

Er sah auf das Glas, während sie den Whisky einschenkte, und folgte ihrer Hand, als sie die Flasche auf das Wägelchen zurückstellte. Dann betrachtete er das Glas eine Weile, als ob er überlege, soll er trinken oder soll er warten.

»Sie haben ihn natürlich seines Geldes wegen geheiratet?« fragte er unerwartet.

»Ich wünschte, daß Sie endlich einmal irgend etwas, von dem wir sprechen, richtig raten. Völlig vorbeigeschlagen wie immer.«

»Nun, ist denn das nicht richtig? Eine junge hübsche Frau wie Sie, wenn sie einen Mann heiratet, der dreißig Jahre älter als sie ist –«

»– heiratet sie ihn natürlich, ganz und gar natürlich, nur seines Geldes wegen«, beendete sie seinen Satz. »Hat denn ein Mann keine andere Werbekraft, keine andere Anziehungskraft als sein Geld? Geld ist durchaus nichts Sicheres. Ein Börsensturz, ein verunglücktes Unternehmen, in das jemand sein ganzes Vermögen hineingesteckt hat, kann einen Millionär innerhalb vierundzwanzig Stunden zu einem armen Manne machen. Kommt jede Woche vor. Und was mache ich dann, wenn ich jemand seines Geldes wegen geheiratet habe?«

»Dann lassen Sie sich eben scheiden und heiraten einen, der in seinen Geschäften mehr Glück hat.«

»Schäbig. Nicht mein Geschmack. Aber damit Sie es wissen, wie weit Sie vorbeigeraten haben und wie sehr Sie mich unterschätzen, ich besitze ein mehr als fünfzigmal größeres Vermögen als er.«

»Schwer zu glauben. Sie haben in der Filmindustrie gearbeitet, um sich Ihr Brot zu verdienen.«

»Wieder vorbeigeraten. Nicht um mein Brot zu verdienen, sondern um eine Beschäftigung, die mich interessierte, zu haben. Wenn ich von meinem Mann nicht durch die ganze Breite eines Kontinents getrennt leben müßte, würde ich jene Beschäftigung wohl nie aufgegeben haben. Freilich, wie sich nun die Dinge entwickelt haben, seit ich Hollywood verlassen habe, geht es dort mit gutbezahlten Beschäftigungen langsam, aber sicher zu Ende. Die Filmindustrie leidet an einer tödlichen Krankheit, genannt: Television. Wenig Hoffnung auf Genesung. Selbst eine perfekte dreidimensionale Injektion würde sie kaum wieder auf die Beine bringen. Warum auch? Mögen sie nun in Frieden ruhen!«

»Alles gut und richtig, Madame. Aber immer noch verstehe ich hier eines nicht.«

»Und das wäre?«

»Wenn Sie, wie Sie sagen, Ihre Stellung in Hollywood so sehr interessierte und die gewiß auch gut bezahlt wurde, warum heirateten Sie dann überhaupt einen um so viel älteren Mann, wenn nicht des Geldes wegen und offenbar auch nicht, um in der Gesellschaft eine, sagen wir, hervorragende Rolle zu spielen?«

»Warum? Haben Sie jemals etwas von Liebe gehört?«

»Welche Frage. Natürlich. Haufenweise.«

»Wahrscheinlich nicht.«

»Wahrscheinlich doch«, protestierte Beckford energisch.

»Was wissen Sie von Liebe? Nichts. Gar nichts. Als ich entdeckte, daß ich meinen zukünftigen Mann liebte, wußte ich überhaupt nicht, ob er vermögend war oder nicht. Ich wußte, er leitete mehrere Konstruktionsunternehmungen. Aber das bedeutete durchaus nicht, daß er wirklich reich sein mußte. Ich liebe ihn, weil er mich liebt.«

»Und dennoch nicht zufrieden?«

»Wer hat Ihnen den Gedanken eingegeben, ich wäre nicht zufrieden? Sicherlich habe ich keine solche oder ähnliche Bemerkung gemacht.«

Sie runzelte die Stirn und sah ihm forschend ins Gesicht. »Ich vermute beinahe, Sie können hin und wieder Gedanken lesen. ›Nicht zufrieden‹ ist nicht der richtige Ausdruck. Die Wahrheit ist, ich bin nie zufrieden, mit Ausnahme jedoch in meinem Eheleben, damit Sie das wissen. Aber es fehlt mir etwas, mich völlig abgerundet zu fühlen, wenn ich so sagen soll. Es ist, als wäre in mir eine Leere, ein Vakuum, eine Hohlheit, ein Unerfülltsein, ein Drang nach – nach – wie soll ich sagen, nach –«

Sie ballte ihre Fäuste, als ob sie dadurch die rechten Worte zu finden hoffte.

»– nach – nach – nach – nun, kurz gesagt, ich explodiere manchmal fast vor Schaffenslust – ich möchte etwas wirklich Großes, etwas weithin Sichtbares schaffen, etwas, was bleibt. Eine zwanzig Meilen lange Brücke. Eine zweitausend Meter hohe Pyramide. Eine Autobahn, die von New York nach Seattle, Washington, führt, schnurgerade, ohne eine einzige Kurve, alle Berge durchschnitten oder durchtunnelt, Flüsse und ganze Städte untertunnelt. Ach, ich weiß wirklich nicht, was ich eigentlich will.«

»Was Ihnen fehlt, ist ein Kind«, sagte Beckford trocken und brutal. Wahrscheinlich dachte er ihr damit auf den Zahn zu fühlen, um herauszufinden, woran es ihr in Wahrheit fehlte.

»Ein Kind? Zuwenig. Obgleich es viel scheint. Ein Kind! Jede arme Schluckerin kann ein Kind haben. Bedeutet so gut wie nichts. In meinem besonderen Falle würde ein Kind kaum etwas anderes bedeuten als einen weiteren Teil des wohlgeordneten und gutgeölten Haushaltes, der erweitert wird durch ein Kindermädchen. Ich brauche mehr als ein Kind, um mich zu fühlen, um mich als Persönlichkeit und vollkommen erfüllt zu fühlen.«

»Sagten Sie nicht vor wenigen Augenblicken, daß Ihre Liebe Sie völlig erfülle?«

Sie verfiel in Sinnen. Blickte vor sich nieder. Faltete ihre Hände und legte sie in ihren Schoß.

»Das sagte ich nicht; aber es ist wahr, soweit es meine Liebe betrifft.«

›Warum erzählt sie mir das alles?‹ dachte Beckford. ›Etwas ist nicht in Ordnung mit ihr. Läßt mich erst glauben, ich solle ihr helfen, ihren Mann ganz oder in Würfeln in einer Kehrichttonne oder im Hudson zu verstauen. Nun gut, ich bin bereit und sage ›ja‹. Und dann stürmt sie wie besessen auf mich los, daß sie ihn zum Auffressen liebt. Und endlich kommt es darauf hinaus, daß sie nicht weiß, was sie überhaupt will. Vielleicht möchte sie zum Theater gehen und Tragödin werden.‹ Beckford gedachte dies vor ihr zu erwähnen, als der Neger die Tür öffnete und Holved eintreten ließ.

Holved, einen kurzen Blick auf Beckford werfend, ging auf seine Frau zu und küßte sie leicht.

»How do you do, my Dear?« begrüßte er sie.

»Fine, and you?« sagte sie, ihre Hand auf seine Backe legend.

Beckford war inzwischen aufgestanden, in lässiger Weise, um anzudeuten, daß Aslans Gatte ihm auch nicht den geringsten Respekt einflöße.

»Mein Mann«, sagte Aslan mit einem Blick auf Beckford und einem zweiten auf Holved. Dann, mit gleichem Mienenspiel halb auf Beckford, halb auf Holved weisend: »Clement Beckford.«

»Pleased to meet you. Sehr angenehm«, sagte Holved.

»Pleasure's mine. Ganz meinerseits«, erwiderte Beckford absichtlich kühl.

Sie gaben sich leicht die Hand.

Beckford setzte sich wieder, und Holved schob einen Sessel dicht heran.

»Holved, ich habe Mr. Beckford zum Abendessen eingeladen.«

»Gut, sehr gut. Sagtest es mir bereits telephonisch.«

Aslan füllte ein Glas zur Hälfte mit Eiswürfeln, goß Whisky darauf und füllte den Rest des Glases mit Sodawasser.

Mit einem Blick auf Beckford: »Und Sie, Mr. Beckford? Einen neuen?«

»Yes, Madame, please!«

»Weißt du, Holved, Mr. Beckford trinkt seinen Whisky rein. Nicht einmal einen Jaeger hinterher.«

»Das ist das einzig Richtige, Mr. Beckford. Whisky und Bourbon sollten getrunken werden, ohne mit Wasser getauft zu sein. Aber ich, frommer und tiefgläubiger Mann, der ich nun einmal bin, ziehe es vor, mit getauftem Whisky gesellschaftlichen Umgang zu pflegen.«

Er nahm sein Glas, neigte es leicht gegen Aslan, dann gegen Beckford und tat einen langen Zug.

Aslan lachte. »Fromm und tiefgläubig? Du? Seit wann?«

»Seit wann? Lange, ehe ich dich kannte. Aber seitdem habe ich keine Zeit mehr übrig, meine Frömmigkeit praktisch zu betätigen.« Sich nun gegen Beckford wendend: »Und Sie, Mr. Beckford, wie stehen Sie zu der Sache?«

»Ich?« Beckford zuckte leicht die Schultern. »Ich? In Korea, zwischen Haufen zerfetzter und wimmernder Menschen, in Dreck, Schlamm und Blutlachen, wurde ich jeden Ballast los.«

»Verstehe, verstehe. Ich habe auch neunzehnhundertvierzehn bis neunzehnhundertachtzehn im Dreck und Schlamm gesteckt, vor mir, unter, hinter mir und an beiden Seiten halbe und dreiviertel Körper von Menschen, Pferden und Hunden, und nur wenn es absolut nötig war, nahm ich das Feldglas auf; denn wenn ich hindurchblickte, sah ich noch mehr Körper, die sich in den Drahtverhauen zu Tode zappelten.« Er unterbrach sich und sagte mit veränderter Stimme: »Lassen Sie uns von etwas Angenehmerem sprechen! Meine Frau schüttelt sich vor Grauen.«
»Nicht im geringsten. Ich liebe Schauergeschichten.«
»Zu lesen, ja. Sie mit eigenen Augen sehen zu müssen und nicht fortlaufen zu können, ist eine andere Sache. Lesen! Wenn es dir zu grausig wird, klappst du das Buch zu, und die Geschichte ist zu Ende. Nicht so leicht, wenn du mittendrin bist.«
Holved trank sein Glas leer und wendete seinen Kopf zur Tür, die sich in diesem Augenblick öffnete.
»Dinner is served, Sir«, sagte der Schwarze von der Tür aus und verschwand wie ein von der Sonne verschluckter Schatten.
Das Mahl war ungemein einfach. So einfach in der Tat, daß Beckford sich fragte: ›Sind Millionäre zu geizig, ein richtiges, magenfüllendes Essen aufzutischen? Oder verträgt ihr Bäuchlein nichts Besseres? Nicht einmal ein Glas Wein oder Bier haben sie auf dem Tisch, diese reichen Geizhälse. In irgendeiner Cafeteria esse ich für einen und einen halben Dollar dreimal besser und viermal mehr als in diesem fürstlichen Palast. Was ist los mit diesen Leuten?‹
»Weißt du, Holved«, sagte Aslan, während sie einige armselige, in übertriebener Sparsamkeit verkümmerte Fleischkrümchen aufspießte, »Mr. Beckford ist der junge hoffnungsvolle Mann, von dem die Polizei behauptete, ich hätte ihn mit meinem Auto zu Brei zerquetscht.«
»Ja, ich erinnere mich.«
»Er ist Ingenieur, weißt du. Präsident einer erst kürzlich gegründeten Konstruktionsgesellschaft.«
»Konstruktionsunternehmen?« Holved horchte auf. Das berührte sein eigenes Gebiet. »Welche Art von Konstruktionen sind es, die Sie übernehmen?«

Beckford stocherte auf seinem Teller herum.
»Meine – unsere – eh –« Er schluckte und blickte ratlos auf Aslan.
»Seine Gesellschaft beschäftigt sich hauptsächlich mit Kanalbau und solchen Dingen«, half Aslan dem stotternden Beckford aus.
»Kanalbau? Das ist interessant, junger Mann. Sehr interessant.«
Holved hielt seine Augen auf seinen Teller gerichtet. Offenbar waren seine Gedanken ganz woanders, als er das sagte.
»Ja, und denke dir nur, was für einen gewaltigen Plan Mr. Beckford hat.«
»So? Was denn für einen Plan?« Holved brach sich ein Stück Brot ab, tippte es leicht in die Sauce und schob es in seinen Mund.
»Er will einen großen Schiffskanal quer durch Nordamerika bauen.«
Beckford blieb der Bissen am Gaumen kleben. Er hustete so hart und scharf, daß er dachte, sich für eine Minute vom Tisch entfernen zu müssen, um sich völlig auszuhusten.
»So?« sagte Holved mit ganz und gar uninteressierter Stimme. Offensichtlich hatte sein Hirn den wirklichen Gedanken nicht erfaßt. Nun aber drang der Satz in seiner vollen Bedeutung in sein Bewußtsein.
»Was sagtest du? Einen Kanal? Quer durch Nordamerika?«
»Ja, quer durch Nordamerika. Das ist Mr. Beckfords Plan.«
»Verrückt. Verrückt, sage ich. Ganz und gar und in jeder Hinsicht verrückt Ihr Plan, junger Mann.«
Aslan jonglierte seelenruhig einen Bissen in ihren Mund und sagte ohne irgendwelche Aufregung in ihrer Stimme: »Ich denke nicht, daß diese Idee so verrückt ist. Es hat weit verrücktere Ideen gegeben, die eines Tages verwirklicht wurden.«
»Aber nicht eine so durch und durch verrückte Idee wie diese«, warf Holved ein.
»Mr. Beckford und ich wissen recht gut, was wir wollen. Wir haben alle Pläne fertig. Fehlt nur das Geld.«
»Also ›dein‹ Plan und nicht Mr. Beckfords Plan! Hätte es mir gleich denken können. Nur du kannst einen so verrückten Plan aushecken, ohne vor Schreck einen Schlaganfall zu erleiden. Filmidee. Reine Filmidee. Ein solcher Kanal kann in Wahrheit nie gebaut werden.«

»Und warum nicht?« fragte sie unschuldig wie ein kleines Mädchen, dem soeben erzählt worden ist, daß ihre Puppe nicht zu einer jungen Dame heranwachsen kann.

Beckford vergaß zu essen, trank einen Schluck Wasser und fingerte dann verlegen an seiner Serviette herum.

Holved legte langsam Messer und Gabel hin. »Junger Mann, haben Sie sich auch nur für einen kurzen Moment die Frage vorgelegt, was für eine Summe es kosten würde, einen solchen Kanal zu bauen? Viele Tausende, ich wage gar nicht daran zu denken, wie viele Tausende von Millionen Dollar. Ach, was sage ich? Viele Tausende von Milliarden Dollar.«

»Kosten, Holved?« fragte Aslan ebenso unschuldig wie kurz zuvor. »Nach einer vorläufigen Schätzung dürfte ein solcher Kanal diesem Lande weniger kosten, als die beiden Weltkriege, der Krieg in Korea und die finanzielle Aufpäppelung europäischer, asiatischer, südamerikanischer und afrikanischer Nationen gekostet haben, aller jener Nationen, die sich infolge korrupter Regierungen, unfähiger Verwaltungen ständig nahe dem Bankrott befinden.«

Holved starrte seine Frau an, als wisse er nicht, wie sie zu diesem Tisch gelangt war und was sie hier überhaupt wollte.

»Geld – für Kriege hinausgeworfen«, fuhr Aslan fort, »mit denen wir, einmal richtig auf den Grund gesehen, so gut wie nichts zu tun hatten, die uns nicht einmal einen verdorrten Strohhalm einbrachten und nichts anderes zurückließen als nationale und internationale Verwirrung, materielle und moralische Zerstörung und Verkommenheit, wohin man auch nur blickt.«

»In der Tat, es ist vieles richtig an dem, was du da sagst. Ich bin erstaunt, wie geschickt du deinen Plan verteidigst.« Holved sah über Aslan hinweg, als ob er nach neuen Gedanken suche. »Man könnte wirklich darüber nachdenken. Vielleicht ist, alles in allem, doch etwas an deiner und Mr. Beckfords Idee. Wert, sie sich genauer anzusehen.«

»Ja, und wie bereits gesagt«, erklärte Aslan weiter, »keiner der kostspieligen Kriege, kostspielig an Menschenleben und an Geld, hat uns irgend etwas eingebracht außer Haß, Undankbarkeit, Mißtrauen, Neid und Eifersucht. Ein solcher Kanal, ganz gleich, was er kostet, würde nicht nur seine Kosten hereinbringen, sondern nach einiger Zeit sogar einen ansehnlichen Profit. Daß du es weißt, ich lege die Hälfte meines Vermögens in Aktien der Gesellschaft an, die ich zur Ausführung meiner Idee in den nächsten Tagen gründen werde.«

Für zwei Sekunden stockte sie. Dann fuhr sie fort: »Holved, du bist eingeladen, mitzumachen.«

Er trank seinen Kaffee, goß einen Kognak hinterher, faltete seine Serviette langsam und gedankenvoll zusammen, legte sie hin und sagte: »Laß uns das einmal ruhig und ohne Aufregung besprechen, und gleich jetzt, wenn Sie«, sich an Beckford wendend, »Zeit dazu haben.«

»Mr. Beckford hat stets Zeit, wenn es sich um den Kanal handelt.«

»Weißt du, Liebe, willst du nicht wenigstens hin und wieder einmal Mr. Beckford erlauben, ebenfalls etwas zu sagen? Du scheinst mehr darüber zu wissen als er.«

»Natürlich weiß ich mehr darüber. Die ganze Idee kommt ja überhaupt nur von mir.«

Holved kannte seine Gemahlin wohl besser, als sie glaubte; denn er sagte: »Ich hätte es mir gleich von Anfang an denken sollen. Aber das ist im Grunde nebensächlich.« Ein wenig später hockten die drei im Salon auf dem dicken Teppich, der den Fußboden bedeckte, vor ihnen ausgebreitet eine Karte.

»Nur daran zu denken«, sagte Holved, während er auf der großen Karte von Nordamerika mit dem Zirkel herumfegte. »Nur daran zu denken, daß die Entfernung zwischen New York und San Francisco über den Panamakanal fünftausendzweihundertdreiundsechzig Seemeilen beträgt und die Entfernung von New York nach San Francisco direkt über Land, Luftlinie, zweitausendfünfhundertundsiebzig Landmeilen lang ist –«, hier unterbrach er sich. »Nun wartet mal, wie groß ist der Unterschied zwischen einer internationalen Seemeile und einer Landmeile? Laß mal nachsehen!«

»Brauchst nicht nachzusehen, Holved. Weiß es auswendig. In Kilometer umgerechnet, ist die Länge einer internationalen Seemeile eintausendachthundertzweiundfünfzig Meter und die Länge einer Landmeile eintausendsechshundertundneun Meter.«

»Nun sieh mal einer meine Frau an! Wo hast du denn das aufgeschnappt?«
»Wenn ich einen Kanal bauen will, muß ich natürlich solche Kleinigkeiten wissen.«
»Kleinigkeiten, Madame?« fiel Beckford ein. »Bis dahin bin ich im Technologischen Institut noch nicht gekommen. Um das zu lernen, hätte ich wahrscheinlich zwei Jahre länger studieren müssen.«
Inzwischen schrieb Holved einige Ziffern auf ein Stück Papier. »Also da haben wir es: Eine Seemeile ist ungefähr ein wenig mehr als ein Achtel einer Landmeile länger als die Landmeile. Da wäre also die Entfernung von New York nach San Francisco zweitausendzweihundertvierunddreißig Seemeilen.«
Schnell rechnete er auf dem Papier aus: »So würde also ein Schiff, über einen solchen Kanal geleitet, dreitausendneunundzwanzig Seemeilen sparen. Was dadurch an Zeit und Fahrtkosten gespart wird, bei Gott, das geht ja in die Millionen, allein für eine einzige Schiffahrtsgesellschaft. Geradezu unglaublich. Aslan, das muß ich nun wirklich sagen, es scheint, da ist etwas sehr Ernstes dran an deinem Plan. Gratuliere!«

6

Einen Monat später war die Kompanie gegründet, unter dem Namen: ›Atlantic-Pacific Transit Corporation‹, kurz ›A. P. T. C.‹. Präsident: Aslan Norval. Vizepräsident: Grayson Brady, ein angesehener Bankier in New York. Holved gehörte dem Aufsichtsrat an. Sein Name und der des Bankiers Brady gewährten der Öffentlichkeit die Sicherheit, daß es sich um ein seriöses Unternehmen handelte.
Zu seiner großen Überraschung war Beckford auf Vorschlag Aslans zum Generalmanager der Kompanie ernannt worden. Vor kaum drei Monaten war er niemand gewesen. Nicht einmal mehr ein Studierender des Technologischen Instituts. Er lebte von seiner Veteranenpension, die ihn gerade notdürftig am Leben hielt und die nun auch noch ablief. Und immer noch nicht wußte er, was Aslan eigentlich von ihm wollte, zu welchem endgültigen Zweck

sie ihn zu gebrauchen gedachte. Er würde das Verhältnis zweifellos verstanden haben, hätte sie ihn zu ihrem Liebhaber gemacht. Aber dies zu tun oder auch nur zu versuchen, war sie weiter entfernt als je.

In der Finanzwelt war es bekannt, daß Aslan eine ungemein reiche Frau war, so war es nichts Auffälliges, daß eine Frau, besonders eine so reiche wie Aslan, Präsident einer Gesellschaft war, die mit einem Kapital von Billionen Dollar arbeitete.

Aslan war zu einer Berühmtheit geworden, als sie im Alter von elf Jahren achtundzwanzig Millionen Dollar erbte. Ihr Name schoß drei Jahre später abermals über die erste Seite der Zeitungen, als ihr eine Erbschaft von neun Millionen Dollar zufiel. Bis zu dem Tage, an dem sie Holved zum ersten Male traf, hatte sie sechs Erbschaften angetreten, und nicht eine war angefochten worden. Im Laufe der Jahre durfte sie auf weitere hohe Erbschaften hoffen, da sie einer der ältesten und reichsten Familien des Landes angehörte.

Nur wenigen Vertrauten war es bekannt, daß sie die Gattin Holveds war, denn sie behielt ihren Mädchennamen bei, was im Geschäftsleben von Vorteil für sie war. Es war offenes Geheimnis, daß ihr ungeheures Vermögen von der angesehensten und stärksten Bank Amerikas verwaltet wurde. So war es nur natürlich, daß jeder, der sich mit Spekulationen befaßte, bemüht war, herauszubringen, welche Absichten diese neue Kompanie verfolgte, deren Präsident sie war. Etwas Großes war mit Sicherheit zu erwarten. Darum war es kein Wunder, daß die Aktien der ›A. P. T. C.‹ fortgingen wie warme Brötchen.

Die Kompanie mietete ein ganzes Stockwerk in einem Bürogebäude im unteren Manhattan. Beckford blieb in seinem eigenen Büro als Präsident seiner Kompanie, wo er die Aufgabe erhielt, auf weitere Befehle ›von oben‹ zu warten, wie, wo und wann er sich als Generalmanager betätigen solle.

Und es war in Beckfords Büro, wo Aslan die Karte des Panamakanals betrachtete, die sie auf dem Tisch ausgebreitet fand und die Beckford offenbar deshalb studierte, weil er nichts anderes zu tun wußte.

»Wissen Sie, Madame«, sagte er, am Tische stehend und auf die

Karte zeigend, »ich habe heute etwas sehr Interessantes herausgefunden.«
»Und das wäre?«
»Obgleich der Panamakanal eine Breite von hundert Metern hat, breit genug, um zwei oder gar drei Schiffe nebeneinander durchzulassen, können die großen Passagierschiffe, wie die Queen Elizabeth und die Queen Mary, den Kanal nicht benutzen.«
»Und warum nicht?«
»Der Schleusen wegen. Als der Kanal gebaut wurde, dachte man offenbar nicht daran, daß es einmal Schiffe geben könnte, die, wie die Queen Elizabeth, eine Länge von dreihundertvierundvierzig Metern und eine Breite von siebenunddreißig Metern haben würden. Jedoch die Schleusen des Panamakanals haben nur eine Länge von dreihundertunddreißig und eine Breite von vierunddreißig Metern. Es gibt sogar Petroleumtankschiffe, die eine Breite von zweiundvierzig Metern haben.«
»Das ist mir neu«, sagte Aslan, »aber es zeigt mir, daß unser Kanal so gebaut werden muß, daß gleichzeitig zwei Schiffe wie die Queen Elizabeth aneinandervorbeifahren können, ohne sich gegenseitig die Farbe abzukratzen.«
»Wird teuer werden, Madame.«
»Vergessen Sie die Kosten! Die Kosten auszurechnen, überlassen wir unseren Kalkulatoren. Wir beginnen mit der Arbeit, sobald wir die Konzession haben. Einmal begonnen, möchte keiner der Aktionäre sein Geld verlieren. So wird das nötige Geld zum Weiterbau herangeschafft, auf Biegen oder Brechen.«
Ihr Blick fiel auf eine andere Karte. »Der Kanal scheint hier Seen zu durchqueren.«
»Richtig«, bestätigte Beckford, »das sind in der Tat Seen.«
»Seen können gewiß den Bau eines Kanals wesentlich erleichtern und verbilligen, denken Sie nicht?«
»Dessen bin ich nicht so sicher. Ein See oder ein großer Sumpf im Wege mag vielleicht den Ingenieuren mehr Sorgen bereiten als trockenes Land oder mäßige Höhen.«
Aslan rollte die Karten gedankenvoll zusammen. Für eine Weile sah sie auf die Rollen, ohne etwas zu sagen.
Dann plötzlich: »Wir brauchen Daten, Massen von genauen und

überzeugenden Daten. Ziffern. Ziffern, die sich mit allem befassen, was auch nur im entferntesten mit unserem Kanal zu tun hat. Ziffern, deren Richtigkeit nachgeprüft werden kann und die Sie ungemein rasch und überzeugend herunterzuschnurren vermögen. Machen Sie sich darüber her, Mr. Beckford, studieren Sie, so hart wie es Ihnen möglich ist. Ziffern, die richtig sind! Lernen Sie sie auswendig! Geben Sie eine Reihe von Zahlen in einem Ton von sich, als ob man Sie für alle Sünden der Welt verantwortlich machen wolle, und wieder eine andere Reihe von Ziffern in einer Weise, daß die Leute, die Ihnen zuhören, Weinkrämpfe bekommen oder, je nachdem, sich ihren Bauch vor Lachen halten müssen.«

»Madame, entschuldigen Sie, ich bin kein Schauspieler«, unterbrach Beckford Aslan.

»Wenn Sie keiner sind, versuchen Sie, einer zu werden. Es geht vielleicht ums Ganze. Also los, hingesetzt und Daten, Ziffern und Zahlen gebüffelt, bis es Ihnen schwarz vor den Augen wird.«

Aslan griff nach ihren Handschuhen, dann nach ihrer Handtasche und verließ das Büro durch die Tür, die direkt zum Korridor hinausführte. Da sie auch bei ihrem Kommen denselben Eingang benutzt hatte, konnte Amy nicht wissen, daß Aslan überhaupt im Büro zu Besuch gewesen war.

Amy mochte nicht einmal wissen, ob Beckford selbst sich in seinem Büro befand. Solange sie nicht von ihm gerufen wurde, verbot es ihre Höflichkeit, ihn in irgendeiner Weise zu stören. Da immer noch nichts Geschäftliches zu tun war, langweilte sie sich während der Arbeitsstunden. Es begannen sie selbst die heißesten ›Wahren Bekenntnisse‹ tödlich zu langweilen, Geschichten, wo auf jeder zweiten Seite wenigstens einmal ein Pärchen in einem Auto sitzend oder auf einer Wiese lang ausgestreckt so dicht aufeinander bockt, daß nur gerade ein halber Zentimeter fehlt, um die Aktion endlich zu einem normalen und darum gesunden Abschluß zu bringen. Da diese Zeitschriften jedoch leicht kleinen, noch mit Puppen spielenden Mädchen in die Hände fallen können, wird dieser halbe Zentimeter von der Zensur strikt verlangt. Obgleich nun diese ›Wahren Berichte‹ so blöd und so tölpisch aufgebaut waren, daß sie Amys Intelligenz beleidigten, so hielten diese Geschichten Amy und Zehntausende von Stenotypistinnen, genauso gelangweilt, genauso unbefriedigt wie Amy, dennoch in steter sexueller Erregung, was freilich die Verleger dieser erlogenen Beichten beabsichtigten, jedoch nicht eingestanden.

Nachdem Aslan gegangen war, wußte Beckford nicht, was er mit sich anfangen sollte. Zahlen üben, um sie bei passender Gelegenheit aufzusagen, einmal im Tone eines Tragöden und ein andermal wie ein Zirkusclown, dazu fühlte er sich jetzt nicht in der Laune, während noch das elegante Parfüm Aslans wie eine dünne Wolke im Raum schwebte. Das Einpauken von Zahlen mochte warten, bis die Sache dringend wurde, um so mehr, da er die Zahlen, die ihn in keiner Weise interessierten, inzwischen sowieso vergessen haben würde und er sich dann gezwungen sähe, mit dem Einpauken oder Büffeln, wie Aslan es nannte, von vorn zu beginnen.

Er nahm einen Handspiegel hervor, um sich das Haar durchzukämmen.

Dann studierte er sein Gesicht im Spiegel, drehte es nach rechts, dann nach links, dann die Nase herunter, dann die Nase hoch hinauf. Als ihm das noch nicht genügend erschien, brachte er ein kleineres Spiegelchen hervor, hielt es im Winkel zu dem größeren Handspiegel und betrachtete aufmerksam sein Profil. Er war sehr stolz darauf, obgleich seine Bataillonskameraden und seine Institutskollegen ihn ewig zur Verzweiflung und zuweilen zu einem grün und blau gefärbten Backenknochen trieben mit der eiskalten Behauptung, er habe ein Gesicht wie eine von einem Wolkenbruch aufgerüttelte Gebirgslandschaft und ein Profil wie ein Hahn, der ständig um seine ihm abhanden gekommene Potenz trauert.

Einen letzten, sich selbst bewundernden Blick in den Spiegel werfend, sah er auf seine Uhr. »Vier Uhr dreißig«, sagte er halblaut zu sich. »Was tun?«

Er gab sich einen Ruck und trat in das Büro, in dem sich Amy mit sexuell aufreizenden Berichten langweilte.

Amy überhörte Beckfords Hereinkommen völlig. Denn ihre erhitzten Gedanken waren in diesem Augenblick auf die heikle Situation konzentriert, in der sich ein junges, sehr hübsches und natürlich unschuldiges und unerfahrenes Ladenfräulein eines großen Warenhauses befand. Dieses arme, bemitleidenswerte

Opfer brutaler kapitalistischer Profitgier erhielt den unheilverkündenden Auftrag, dem Ladendekorateur zu helfen, im Möbelausstellungssaal ein reizendes und zugleich aufreizendes Schlafzimmer für Brautleute einzurichten. Es war elf Uhr nachts, und das Ladenfräulein sah sich allein mit dem robusten Ladendekorateur in dem geisterhaft einsamen Warenhaus. Beckford räusperte sich recht vernehmlich. Mit einem erschreckten Glucksen versuchte Amy, ein »Entschuldigen, bitte!« herauszuwürgen und gleichzeitig das Heft unter den Tisch fallen zu lassen.

Es gelang ihr – ungesehen von Beckford. So glaubte sie wenigstens. Sie wurde tiefrot. Halb von dem, was sie gerade in diesem Augenblick zu lesen erwartet hatte, nämlich, daß der kraftstrotzende und erbarmungslose Wolf von einem Dekorateur das Brautbett mit dem hübschen Ladenfräulein einweihen würde, und halb darum, weil sie, Amy, nun bereits zum sechsten Male von ihrem Chef überrascht worden war, als sie pornographische Bekenntnisse las, anstatt aufrecht hinter ihrer Schreibtrommel zu sitzen und auf den Ruf ihres Lohnherrn zu harren, in seinem Büro zu erscheinen und das Diktat für einen ungemein wichtigen Brief in schuldiger Ehrfurcht entgegenzunehmen.

»Hier unmoralische, den weiblichen Charakter schädigende Liebesgeschichten zu lesen während der Stunden, die ich Ihnen bezahle, und sehr gut bezahle, das ist fürwahr unerhört. Amy, ich sollte Ihnen wirklich einmal das Fell gerben. Denken Sie nicht ebenso?«

»Wenn Sie im Ernst glauben, ich habe es wirklich verdient, gut, bedienen Sie sich, Mr. Beckford. Verzeihen Sie mir, bitte.«

Die Bereitwilligkeit, mit der sie ihm anbot, sich ihrer zu bedienen, was freilich von seiten Amys eine Höflichkeitsbemerkung war, den Boß milder zu stimmen, änderte die Gedanken, mit denen Beckford in Amys Büro gekommen war. Er hatte ihr sagen wollen, da gegenwärtig nichts Besonderes zu tun sei, könne sie nach Hause gehen und möge ihm morgen alle Zeitungen bringen, deren sie habhaft würde. Aus einer hingeworfenen Bemerkung Aslans durfte er schließen, daß vielleicht innerhalb weniger Stunden der erste Propagandaschlag der neugegründeten Gesellschaft zu erwarten sei.

»Wie gefällt es Ihnen hier bei uns?« fragte er unerwartet.
»Gut, sehr gut. Danke.«
»Gegenwärtig ist wenig zu tun, wie Sie wohl bemerken.«
»Bei einer neugegründeten Firma ist das nicht anders zu erwarten, Mr. Beckford. Ihre Firma wird sicher in kurzer Zeit gut auf den Beinen sein.«
Beckford lehnte sich mit dem Rücken gegen das Fenster, seine Augen auf Amy geheftet. ›Wirklich ein schönes Püppchen, wenn ich sie so recht ansehe‹, sagte er zu sich. ›Weiche Formen.‹ Laut sagte er, während er, scheinbar gedankenlos, mit einer Nagelfeile an seinen Fingernägeln herumkratzte: »Es wird nicht lange dauern, kann ich Ihnen sagen, und Sie werden so tief in der Arbeit stecken, daß Sie es allein nicht bewältigen können.«
»Ich bin an harte Arbeit gewöhnt, Mr. Beckford. Je härter es kommt, desto mehr liebe ich es. Ich scheue mich nicht vor Überstunden. Nicht im geringsten. Auch wenn es bis elf oder zwölf nachts gehen sollte.«
»Das wird wohl nur in seltenen Fällen vorkommen, Amy. Sobald das Geschäft etwas hochkommt, erhalten Sie jede Hilfe, ganz besonders für die rein mechanischen Arbeiten, die Mädchen von geringerer Erfahrung ebensogut tun können. Ich benötige Sie für den wichtigsten Posten hier, als meine wirklich private Privatsekretärin, der ich in allen geschäftlichen und persönlichen Angelegenheiten unbedingtes Vertrauen schenken kann.«
»Sie dürfen sich in jeder Hinsicht auf mich verlassen, Mr. Beckford. Ich werde es als ein Privileg betrachten, Ihre bevorzugte Privatsekretärin sein zu dürfen.«
Beckford ging einige Schritte auf und ab, hielt sich jedoch in gewisser Entfernung von ihr.
»Da fällt mir ein, ich habe einen wichtigen Brief abzusenden«, sagte er, in der Mitte des Raumes anhaltend.
Mit einem Ruck hatte Amy ihr Stenogrammheft zur Hand.
»Kann bis morgen warten«, sagte er.
Plötzlich, sich an etwas erinnernd und sich ein wenig von ihrem Sitz erhebend, zog sie tief den Atem ein, ihn absichtlich mit einem leisen Pfeifen verstärkend. »Oh, Mr. Beckford, beinahe hätte ich es vergessen. Ich möchte Ihnen herzlich danken für die Zulage von

zehn Dollar pro Woche, die ich von nächstem Montag an erhalte. Vielen Dank. Wissen Sie, Mr. Beckford, das Geld rinnt heute aus den Händen wie Wasser.«

»Wer hat Ihnen denn das gesagt von der Gehaltserhöhung?« fragte er, obgleich er wußte, die Nachricht konnte nur von einer Stelle kommen. »Ich gedachte es Ihnen persönlich zu sagen, um Ihnen eine Weekendfreude zu bereiten.«

»Oh«, rief sie aus, sich mit einer entsetzt aussehenden mädchenhaften Geste auf den Mund klopfend, »oh, ich hätte es Ihnen nicht sagen sollen. Aber Miß Norval telephonierte vor einer Stunde und sagte mir, daß von nächster Woche an die wirkliche Arbeit losgehe und daß Sie mir aus diesem Grunde eine Gehaltserhöhung von zehn Dollar bewilligen.«

»Wie gesagt, ich gedachte Sie persönlich mit der Nachricht zu überraschen. Aber ich sehe, Miß Norval trug sich mit genau der gleichen Absicht. Hauptsache ist, daß Sie hier zufrieden sind, Amy.«

»Ich bin sehr zufrieden hier. Möchte es gar nicht besser haben«, sagte sie, leicht ihr Haar streichend.

Er ging zum Fenster, sah für einige Sekunden gelangweilt hinaus auf die Straße.

Amy bürstete die Typen der Maschine sauber. Die Maschine war brandneu, und bisher war nichts auf ihr geschrieben worden, es sei denn, dachte Beckford, daß Amy ein halbes Dutzend Liebesbriefe getippt hätte. Dies brachte ihn auf Gedanken, die ihm gekommen waren, als er Amy zum ersten Male hier begegnete.

»Was tun Sie denn heute abend?« fragte er so unvermittelt, daß Amy für einige Sekunden glaubte, nicht recht gehört zu haben.

»Heute abend?« wiederholte sie, mehr um sich zu vergewissern, daß sie recht gehört habe, als um seine Frage zu beantworten.

»Ja, heute abend.«

»Oh – ich – eh – ich habe nichts Besonderes vor. Eigentlich wollte ich ins Kino gehen. Das einzige, was man an einem Wochentage, und wenn man am nächsten Tage arbeiten muß, tun kann.«

»Also ins Kino?«

»Ja, da läuft ein Film, der höchst interessant zu sein scheint. Gepfeffert und so. Saftig, wissen Sie.«

»Titel?«
»›Ihre Vergangenheit – die Verzweiflung ihrer Gegenwart.‹ Und der Untertitel heißt: Was jede Frau und jedes Mädchen im heiratsfähigen Alter wissen muß, um ein gleiches Schicksal zu vermeiden. Klingt interessant, denken Sie nicht, Mr. Beckford?«
»Klingt mir wie ein Schmarren der übelsten Sorte.«
»Auf alle Fälle«, sagte sie, während sie in ihrer Handtasche nach ihrem Lippenstift suchte, »auf alle Fälle muß es ein Film sein, der aufreizend wirkt, denken Sie nicht?«
»Brauchen Sie denn Aufreizung, Amy?« fragte er in einem Ton, als ob er sie zu fragen gedächte, was sie heute morgen zum Frühstück gegessen habe.
»Ich weiß nicht recht, ob ich wirklich Aufreizung brauche oder nicht«, antwortete sie lässig, den nun endlich gefundenen Lippenstift in der einen Hand haltend und mit der anderen nach einem kleinen Handspiegel in ihrer Handtasche fischend. »Wissen Sie, zuweilen bin ich wirklich mächtig aufgereizt, so daß ich beinahe den größten Unsinn begehen könnte.«
›Sie nimmt es nicht sehr tief‹, dachte Beckford, als er beobachtete, wie sorgfältig sie die vollen Kurven ihrer Lippen zeichnete.
»Und dann auch wieder«, setzte sie fort, »kann mich absolut nichts, aber auch gar nichts aufreizen. Selbst der heißeste Film läßt mich eiskalt, und die wilden Küsse, die von der Silberwand heruntergeschmatzt werden, langweilen mich. Und warum langweilen sie mich? Weil sie so unglaublich dumm und albern und ohne Empfindung aufgeschmiert werden, genau wie der Regisseur mit der Stoppuhr in der Hand es anordnet. Können Sie mir sagen, warum ein Mädchen heute knochentrocken fühlt und morgen innerlich verbrennen könnte?«
Beckford spielte mit einigen Papieren, die auf einem Seitentisch lagen, ohne Amy anzusehen.
»Warum fragen Sie mich, Amy? Ich bin nie ein Mädchen gewesen, und vielleicht könnte ich diese Frage nicht einmal dann zufriedenstellend beantworten.«
»Freilich nicht; denn ein Mann hat seinen Beruf, der ihn ganz und gar beschäftigt, so daß er keine Zeit hat, seinen Empfindungen nachzuhängen.«

»Aber Sie haben doch ebenfalls einen Beruf, Amy.«

»Er füllt mich aber nicht aus. Ich sitze hier herum, habe absolut nichts zu tun, da kommt man auf alle möglichen Gedanken, wissen Sie.«

Plötzlich unterbrach sie sich, und ein Ausdruck des Schreckens huschte über ihr Gesicht, während sie gleichzeitig Lippenstift und Spiegelchen in ihren Schoß sinken ließ.

»Oh, entschuldigen Sie bitte, daß ich mich gehenließ und meine Toilette in Ihrer Gegenwart machte. Aber es ist Zeit für mich, heimzugehen, und ich tat es rein automatisch. Verzeihen Sie mir bitte.«

»Es ist in der Tat Zeit für Sie, heimzugehen. Und immer noch ist meine Frage, was Sie heute abend tun, nur halb beantwortet.«

»Wieso halb?«

»Sie haben mir bis jetzt noch nicht geantwortet, ob Sie meine Einladung annehmen oder nicht!«

»Einladung? Welche Einladung?« fragte sie mit hochgezogenen Augenbrauen, gleichzeitig Lippenstift und Spiegelchen von ihrem Schoß wieder aufnehmend. »Sie haben nichts von irgendeiner Einladung gesagt. Wenigstens nicht bis zu diesem Augenblick.«

»Ich spreche von meiner Einladung, mit Ihnen heute abend auszugehen«, sagte Beckford, ohne ihr näher zu kommen und ohne seine Blicke auf sie zu richten.

»Nun, das klingt deutlicher.« Abermals ließ sie Lippenstift und Spiegel in ihren Schoß zurücksinken und drehte ihr Gesicht ihm voll zu. »Einladung also.«

»Ich möchte Sie etwas näher kennenlernen, Amy. Da wir ja nun für einige Zeit hier eng miteinander zu arbeiten haben, ist es gewiß von beiderseitigem Interesse, zu erfahren, wie wir über dies und jenes im alltäglichen Leben denken.«

»Auch meine Meinung. Auch ich möchte wissen, wie ich mich hier zu verhalten habe, um unnötige Mißverständnisse zu vermeiden, soweit das in einem Büro möglich ist.«

Nun endlich wendete auch Beckford sich ihr zu und lachte sie an.

»Ob wir uns den Film ansehen oder gleich zu Abend essen und das Abendessen in die Länge ziehen, wird besprochen, wenn wir uns treffen. Einverstanden?«

»Von Abendessen haben Sie bisher nichts gesagt.« Ganz offensichtlich begann Amy nun zu spielen.

»Auf alle Fälle, daß Sie das nun wissen, Amy, Abendessen unter allen Umständen, ob wir den Film sehen oder nicht. Wo wünschen Sie, daß wir uns treffen, und wann?«

»Acht Uhr – nahe Ausgang Sub-Station North Times Square.«

»Vortrefflich, dort erwarte ich Sie«, sagte Beckford nun in einem geschäftsmäßigen Ton. »Gut. Acht Uhr. Bis dann.«

Damit verließ er den Raum durch die allgemeine Tür.

Amy, in Gedanken versunken, hielt den Lippenstift und das Spiegelchen auf ihrem Schoß und sah hinter Beckford her, als sekundenlang der Umriß seines Körpers außen an dem aus gefrorenem Glas bestehenden Türfenster sichtbar war, während er die Tür zudrückte.

»Abenteuer oder wirkliches Geschäftsinteresse?« fragte sich Amy, nun rasch ihre Toilette beendend. »Um zwölf Uhr heute nacht weiß ich mehr darüber.«

Sie schob Lippenstift und Spiegel in ihre Handtasche, strich sich das Haar zurück, stand auf, holte ihren leichten Mantel, warf ihn über ihren linken Arm, verließ, eine Melodie leise vor sich hinsummend, das Büro und schloß die Tür hinter sich sorgfältig zu.

Beckford, denselben Anzug tragend, den er angehabt hatte, als er das Büro verließ, war an der verabredeten Stelle zwei Minuten vor acht. Um acht Uhr drei Minuten erschien Amy.

»Tut mit unsäglich leid, Mr. Beckford, daß ich Sie warten lassen mußte, aber ich konnte die Siebenzweiundvierzig mit dem besten Willen nicht erreichen. Raste ab in der Sekunde, als ich die unterste Stufe der Treppe erreichte.«

»Kein großer Zeitverlust«, sagte Beckford, »der Film läuft uns nicht fort.«

Er war verlegen geworden und fühlte sich keineswegs als ihr Arbeitgeber. Viel schlimmer noch war, daß ihm plötzlich die Vorstellung, in Amy eine leichte Eroberung zu finden und an diesem Abend die Kriegsbeute unter sich zu haben, abhanden gekommen war. Er fühlte sich ihr gegenüber in diesem Augenblick wie ein junger Bursche, der zum ersten Male einen Tanzboden besucht, eine Reihe hübscher Mädchen vor sich sieht und nun den Mut verliert, auch nur ein einziges dieser Mädchen zu einem Tanz aufzufordern.

Die Miß Amy, die auf ihn wartete, war nicht seine Sekretärin. Er erkannte sie kaum, als er sie sah. Hätte sie ihn nicht angeredet und wäre sie ihres Weges gegangen, würde er weiter auf Amy gewartet haben. Sie war keineswegs aufgedonnert, wie es eine Büroangestellte seiner Meinung nach gewöhnlich zu sein pflegte, wenn sie zum Abendessen eingeladen war. Amy war elegant in jener ruhigen, vornehmen Art, die sowohl bei Männern als auch bei Frauen einen guten Eindruck erwecken möchte, aber unter keinen Umständen aufzufallen wünscht.

An ihrer Seite fühlte sich Beckfort wahrhaft schäbig aussehend. Nicht einmal frisch rasiert war er. Das einzige, was er getan hatte, war, seine Schuhe erneut polieren zu lassen.

Sie nahm seinen Arm, und beide stelzten los, Richtung 34. Straße.

»Also gut«, sagte er, »Sie gewinnen, Miß Amy. Zuerst: ›Ihre Vergangenheit – die Verzweiflung ihrer Gegenwart‹ – ist der Titel richtig?«

»Richtig.«

»Und dann das Abendessen.«

»Und dann das Abendessen«, wiederholte sie.

Sein Blick fiel auf eine große, hell beleuchtete Uhr inmitten der turmhohen Anzeige einer Nagelpoliercreme.

»Es bleiben uns noch dreißig Minuten bis zum Anfang des Films«, sagte er. »Wie denken Sie über eine Tasse Kaffee?«

»Vortrefflich«, stimmte sie ihm zu, »man könnte durstig werden, der Film läuft wenigstens eine Stunde und fünfundvierzig Minuten.«

Als er im Café den Zucker verrührte, sagte er, ohne aufzusehen, als ob ihm in diesem Augenblick nichts wichtiger wäre als seine Tasse Kaffee: »›Ihre Vergangenheit – die Verzweiflung ihrer Gegenwart‹. Sie glauben also, daß es ein aufreizender Film ist?«

»Bin davon überzeugt«.

Im stillen dachte Beckford: »Vielleicht war es doch ein kluger Gedanke, mir an ihrer Seite den Film anzusehen, auch wenn er ein elendes Machwerk sein sollte. Aber aufreizend. Aufreizend. Gerade, was sie heute später abends benötigt.«

Dieser Gedanke gab ihm seine Angriffslust vom Nachmittag zurück, und er fühlte, wie seine Verlegenheit sich langsam legte. ›Auf alle Fälle bin ich ihr Chef‹, bestärkte er sich in seinen Gedanken, ›und als ihr Chef brauche ich mich von ihr nicht einschüchtern zu lassen. Ich bin es, der die Aufgabe, wenn nicht gar die Pflicht hat, sie einzuschüchtern. Sie lebt von mir. Ich zahle ihr das Gehalt.‹ Hier unterbrach er sich, als ihm zum Bewußtsein kam, daß nicht nur Amy, sondern auch er selbst vom Gelde Aslans lebte. ›Kümmert mich in der Tat recht wenig, wo das Geld herkommt. Auf alle Fälle muß ich ihr das Geld und das Büro doch wert sein, sonst würde sie es nicht so leicht auf mich abladen. Also verdiene ich es ehrlich und anständig. Habe sie nicht gebeten, mir das Büro einzurichten und im Geldschrank einen solchen Haufen flüssiges Geld zurückzulegen. Und immer noch weiß ich mit keiner Silbe, was sie eigentlich von mir will. Möglich, daß diese neue Gesellschaft, in der ich anscheinend eine wichtige Rolle spielen soll, keinen anderen Zweck verfolgt, als einen gewaltigen Fischzug auszuführen, bei dem ein halbes Tausend idiotischer Biedermänner bis auf die Haut ausgeplündert außerhalb des Zaunes liegen bleibt und der ganze Schwindel mir, dem Generalmanager, aufgehalst wird. Und dann sitze ich fünf Jahre im Kasten ab, und wenn ich rauskomme –‹

Plötzlich sah er Amys Augen hart auf sein Gesicht gerichtet. »Woran denken Sie, Mr. Beckford? Geschäftssorgen? In diesen Tagen hat ein jeder seine Sorgen, auch wenn er kein eigenes Geschäft besitzt, sondern von seinem Lohn leben muß. Vergessen Sie einmal für einige Stunden Ihre Sorgen.« Sie warf einen Blick auf ihre Uhr. »Scheint, es ist nun so langsam Zeit für das Kino.«

»Richtig geraten, Miß Amy, ich habe in der Tat schwere, sehr, sehr schwere Sorgen, Befürchtungen und Kümmernisse. Gut, lassen Sie uns loshüpfen. Vielleicht lenkt mich die Vergangenheit einer mir völlig unbekannten Frau von der Verzweiflung meiner eigenen Gegenwart ein wenig ab.«

Amy lachte laut auf. »Wie geschickt Sie den Filmtitel auf Ihre persönlichen Verhältnisse übertragen!«

»Wenn Sie wüßten, meine liebe Miß Amy, wie ich –«

Er wollte sagen: ›wie ich leide‹, um ihr Interesse und vielleicht sogar ihr Mitleid zu gewinnen, was die Überwindung ihres zu erwartenden Widerstandes gewiß erleichtern würde. Aber es schlug fehl. Sie nahm den halben Satz nicht auf und fragte ihn nicht, was er sie wissen zu lassen wünschte. Für einige Sekunden überlegte er, ob er sie nicht unter dem Vorwand, daß er sich nicht wohl fühle, einfach stehenlassen und seiner Wege gehen sollte. Aber die Neugierde, zu erfahren, wie dieser Abend letzten Endes ausgehen würde, überwog seinen Wunsch, sich ihrer gleich jetzt und hier zu entledigen, ehe er nicht wenigstens einen kleinen Versuch unternommen hatte, herauszufinden, ob sie leichten Kaufes sei und nichts anderes erwarte, als sich mit ihm intim zu vergnügen.

Sie saßen nun im Kino. In tiefe, weiche Sessel geschmiegt. Eingehüllt in Dunkelheit. Vor ihnen die Filmwand, mit deren unschuldiger Unterstützung sich eine erfahrene und vorzüglich dressierte Gruppe von Illusionstechnikern geschäftsmäßig, kaltschnäuzig und leeren Herzens abmühte, die Hintergründe und inneren Zerwürfnisse eines durch und durch zerbrochenen menschlichen Schicksals aufzudecken. So nackt und brutal aufzudecken, daß selbst ein geistig zurückgebliebener Straßenkehrergehilfe, ob er nun wollte oder nicht, gezwungen war, zu begreifen, daß es genau so und nicht anders im Leben zugehe. Denn wahrscheinlich: Ein jedes Männlein, wichtig oder nicht wichtig, hoch oder niedrig, sobald es mit gut trainierten Filmschustern in Berührung kommt, muß für seine in der Vergangenheit begangenen Irrtümer und mehr oder minder erfolgreich ausgeführten Beischläfe mit der richtigen oder unrichtigen Bettgenossin in der Gegenwart bezahlen. Im Jenseits werden keine Schecks angenommen, und Versprechen, selbst die heiligsten, bleiben unerfüllt.

Die Sessel waren ungemein bequem. Es tat gut, in ihnen zu sitzen und andere auf der Filmwand im Schweiße ihres Angesichts sich abrackern zu sehen.

Beckford hatte sich alles wunderschön ausgemalt. Es waren die Sitze, ausschließlich die Sitze, derentwegen er sich hatte überreden lassen, mit Amy ins Kino zu gehen. Die üblichen Sitze in den Kinos ließen es zu, daß man seinen weiblichen Nachbar leicht mit den Knien zu interessieren begann, nachdem das Halten der

Hände seine Schuldigkeit getan hatte. Wurde die Annäherung des Knies erwidert, zuerst natürlich sehr leise und in einer Form, als wäre die Berührung ganz und gar unabsichtlich erfolgt, wurde der Druck entsprechend verstärkt. Zog sich das weibliche Knie nicht tiefbeleidigt zurück, war der Beweis erbracht, daß die Widerstandskraft bereits erheblich geschwächt worden war.

Diese Sessel hier aber waren ganz zweifellos erfunden, befürwortet und den Kinos aufgezwungen von einer Sittenkommission, die zur Hälfte aus Impotenten und zur anderen Hälfte aus von Selbstsucht aufgefressenen Heuchlern bestand, die ihr Geld mit niedlichen Schrullen verhurten, jedoch eine gleiche oder ähnliche Belustigung keinem anderen Sterblichen gönnten. So raffiniert waren die Sessel gebaut, daß es für Beckford schwer, um nicht zu sagen unmöglich, war, seine Künste spielen zu lassen, mit denen er so häufig weitreichende Erfolge zu erzielen vermocht hatte.

Aus diesem einfachen Grunde verlor der Film das geringe Interesse, das er ursprünglich für ihn gehabt hatte. Es war nicht einmal möglich, Amy etwas ins Ohr zu flüstern. Selbst dafür war, infolge der lächerlich breiten Armlehnen, die Entfernung zu weit.

Erklärlich, daß Beckford übler Laune war. Sogar die Episoden, die in der Tat an Aufreizung bis zur letzten Grenze des Zulässigen gingen, ließen ihn kalt.

Da Beckford diese geschickt angeheizten Episoden jedoch uninteressiert ließen, beobachtete er Amy von der Seite und bemerkte, daß sie sich in ihrem Sessel ständig unruhig hin und her schob, als säße sie unbequem. Das erinnerte ihn daran, daß sie ihm erzählt hatte, ihre Freundinnen hätten ebenfalls nicht stillsitzen können, während gewisse Szenen auf der Filmwand abschnurrten.

Es war nicht der Film, es war das stete Hinundherrutschen Amys in ihrem Sessel, das ihn aufregte. Zuweilen dachte er: ›Schade, daß wir uns als zivilisierte Menschen benehmen müssen, andernfalls würde ich sie einfach überkippen und gleich hier – finster ist es ja.‹

Endlich erschien unter dem betäubenden Getöse einer ohrenzerreißenden Blechmusik ›The End‹.

»Nun, wie hat Ihnen der Film gefallen, Mr. Beckford?« fragte Amy, ihre Handschuhe anziehend und gemächlich mit ihm dem Ausgang zuschleifend.

»Nicht schlecht, der Film. Bei weitem besser, als ich erwartet hatte. Da war besonders die Episode, wo er sie mitleidlos übers Bett wirft, während er doch dasselbe erreicht hätte, wenn er zarter mit ihr umgegangen wäre . . .«

»Nicht wahr, diese Roheit war durchaus nicht nötig. Ich dachte dasselbe, als ich es sah.«

Inzwischen erreichten sie die Straße, und sie nahm seinen Arm.

»Denken Sie auch wie so viele und besonders die Geistlichen, die behaupten, es sei einer der sittenlosesten Filme, die in den letzten Jahren hier in New York gezeigt wurden?«

»Nein, das denke ich nicht. Im Gegenteil, ich denke, es ist ein sehr zahmer Film, wirklich lächerlich zahm. Besäße ich eine Tochter, ich würde sie hineinschicken. Absolut nichts Unmoralisches in der ganzen Geschichte. So geht's im Leben zu.«

»Das sage ich auch. Der Film ist durchaus nicht sittenlos. Er wirkt erzieherisch. In jeder beliebigen Tageszeitung können Sie jeden Tag mehr von Unsittlichkeit und Vergewaltigungen lesen. Wissen Sie, Mr. Beckford, in Massachusetts und in Connecticut darf der Film nicht aufgeführt werden. Es steht eine Gefängnisstrafe von sechs Monaten darauf.«

»Ich bedauere die armen Leute aufs tiefste, daß ihnen nicht erlaubt ist, an der erzieherischen Wirkung dieses Dokuments menschlicher Schwächen und Verirrungen teilzunehmen.«

Beckford bemühte sich, seine Meinung mit der sonoren Stimme eines Predigers vorzutragen im Glauben, er könnte dadurch einen tieferen Eindruck auf Amy machen, um so mehr, als sie kurz vorher von Geistlichen gesprochen hatte.

Obgleich er den Film kaum zur Hälfte gesehen und sich nur für Amys Hinundherschieben im Sessel interessiert hatte, fand er bestätigt, was er sich ja gleich gedachte hatte: daß es sich bei diesem Film um einen elenden Schmarren der billigsten Sorte handelte. Jedoch unterstrich er mit Eifer jedes Wort, das Amy zugunsten des Films äußerte. ›Wenn du eine Frau erobern willst‹, dachte er, ›so streite dich nicht mit ihr herum; du verlierst deine kostbare Zeit und kommst am Ende zu nichts. Gib ihr recht in allem, was sie sagt und glaubt. Dein an und für sich reichlich kompliziertes Leben erleichtert sich, und was Frauen anbetrifft, erreichst du dadurch dein Ziel schneller und auf schnurgeradem Wege.‹

Jedoch es lief alles fehl. In diesem besonderen Falle bewährte sich seine Philosophie nicht. Er war nicht genügend vertraut mit dem unabhängigen Charakter eines intelligenten Mädchens, wie es Amy war, die, auf eigenen Füßen stehend, sich ehrlich ihren Lebensunterhalt verdiente.

7

Nach den unendlich lang erscheinenden Jahren, die Beckford in Korea verbracht hatte, sich jede Stunde fragend, ob er den nächsten Sonnenaufgang oder den nächsten Sonnenuntergang noch sehen würde, verfiel er, in die Heimat zurückgekehrt, in eine wütende Raserei des Sichaustobens. Seine Vorstellung davon, wie sich ein gesunder, normaler junger Mann, endlich erlöst von der harten Disziplin des Militärdienstes, austoben müsse, um sich zu vergewissern, daß er aus der Hölle ins irdische Leben zurückgekehrt sei, bestand ausschließlich darin, seine wiedergewonnene Freiheit in ungehemmtem und kritiklosem Umgang mit dem weiblichen Geschlecht auszukosten. Ein unerklärliches, instinktives Drängen überwältigte ihn, sein inneres Gleichgewicht wiederzugewinnen, das er in Korea verloren zu haben glaubte.

Die Mädchen, mit denen Beckford seit seiner Rückkehr aus Korea in Verkehr gekommen war, hatten ausnahmslos der Kategorie leichter Eroberungen angehört. Er wählte nicht lange. Meist wählte er überhaupt nicht, sondern las auf, was ihm der gute Gott über den Weg schickte. Und das war nicht Qualität, sondern Quantität. Groß und klein, dick und dünn, blond, brünett und ungewiß, schwarz und weiß, jung und gerade noch so auf den Beinen. Es war alles ohne Bedeutung, sobald sie besaß, worauf es ihm allein ankam. Und alle besaßen es.

In den Hörsälen des Technologischen Instituts, in dem er wieder ein nützliches Mitglied der menschlichen Gesellschaft zu werden gedachte, nachdem er gegen seinen Willen zu einem unnützen, ausschließlich der Zerstörung dienenden herabgewürdigt worden war, vermochte er sich nur mit Anstrengung auf den Unterricht zu konzentrieren. Seine Gedanken schweiften ständig ab, weit weg von den Formeln und Hieroglyphen, die auf die Wandtafeln geschrieben wurden. Er sah die zerfetzten Körper seiner Kameraden und derer, die nicht seine Kameraden waren, sondern seine Feinde, wie ihm klargemacht wurde, um den Unterschied zu begreifen. Er sah die langen Reihen armseliger menschlicher Geschöpfe, Männer, Frauen, Kinder, in Lumpen gehüllt, vor Hunger zusammenbrechend, die sich ohne Schuld genötigt sahen, ihre heimatliche Erde zu verlassen, entweder auf höheren Befehl oder weil ihre Häuser und Felder verwüstet worden waren.

Um alle diese entsetzlichen Eindrücke loszuwerden und weil der Unterricht ihn ermüdete, da er die Fähigkeit verloren hatte, länger als 20 Minuten dem Unterricht aufmerksam zu folgen, lenkte er absichtlich seine Gedanken auf sexuellen Umgang mit Frauen. Der bloße Gedanke daran gab ihm Erlösung. Wenn endlich spät am Abend das intime Erlebnis mit einem Mädchen, das er suchte oder das er traf und das ihn mit einem vertraulichen Lächeln einlud, sich ihrer gefällig anzunehmen, erfolgreich war, glaubte er, daß er nun zum Leben zurückgekehrt sei. Es war in seinem Falle kein eigentliches Betäubungsmittel, kein Narkotikum. Es war für ihn, nach und nach, das einzige Beruhigungsmittel seiner Nerven geworden, das ihn von Alpdrücken sowohl am Tage wie in der Nacht erlöste.

In den ersten Wochen nach seiner Heimkehr versuchte er, sich mit Tabak zu betäuben. Der Tabak verfehlte seinen Zweck durchaus. Er machte ihn schlaflos und wirkte auf seine Nerven in einer Weise, daß er an sich halten mußte, um nicht mitten auf der Straße laut aufzuschreien.

Er schwor dem Tabak für immer ab an dem Tage, als er fürchtete, er könnte unrettbarer Sklave des Tabaks werden.

Ein ehemaliger Kriegskamerad, den er zufällig traf und der ihn einlud, sich mit ihm zu betrinken, beichtete ihm, daß nur ein völliges Betrunkensein am Abend, und zwar an jedem Abend, ihm Erlösung bringe und ihn vom Selbstmord oder gar von einem Verbrechen zurückhalte.

Beckford folgte dem Rat und betrank sich täglich. Nicht in einer Bar. Das wurde zu teuer. Er kaufte sich eine volle Flasche und leerte sie am Abend in seinem billigen Hotelzimmer. Alles, was er erreichte, war ein fürchterliches Kopfweh am nächsten Morgen, das bis um zehn Uhr anhielt, es ihm aber erlaubte, dem Studium um einige Grade besser zu folgen als bisher.

Häufig jedoch fühlte er sich nach einer halben Flasche nach Korea versetzt und begann wie ein Kind zu schluchzen, aus Trauer um gefallene Kameraden. Und vor seinen Augen zogen wieder die unendlichen Reihen verhärmter, halb verhungerter Menschen vorüber, die ihre gesamte Habe auf armseligen Karren, die Kinder oben aufgepackt, hinter sich herzogen oder vor sich hinschoben.

»Nicht mehr! Nicht mehr! Ich kann es nicht sehen! Ich kann nicht! Hilf mir, Gott im Himmel, hilf mir!« schrie er in diesem Zustand auf, gluckste auf einen Zug ein volles Glas hinunter, und der Alpdruck schien zu verschwinden. Nun sang er kreischend: »From the halls of Montezuma, To the shores of Tripoli, We fight our country's battles, On the land as on the sea, Admiration of the nation, We're the finest ever seen, And we glory –« In diesem Augenblick klopfte jemand an die Tür seines Zimmers, ihm androhend, wenn er sich nicht sofort ruhig verhalte, werde man die Polizei rufen, man wolle endlich schlafen.

Der Bourbon mochte gewiß seinem Kameraden Hank Erlösung und Beruhigung bringen, jedoch für ihn, Beckford, war Bourbon oder Gin oder Jamaica, oder was sonst er versuchte, eine Art Zaubergetränk, das ihn behexte und zu gleicher Zeit aus seinen Gedächtnisbildern gerade diejenigen hervorsuchte und in grausiger Gestalt, unverbrämt durch patriotische Floskeln, vor seine Augen springen ließ, die er mit allen seinen physischen und seelischen Kräften zu vergessen sich bemühte.

Zur Religion konnte er sich nicht retten. Denn bereits in der Sonntagsschule, wo ihm als Junge der Katechismus in den Schädel gehämmert werden sollte, verlor er den unschuldigen Kinderglauben an fromme Märchen.

Das wenige, was ihm von Religion verblieben war, begrub sich wie von selbst, ohne daß er sich anzustrengen brauchte, auf den Schlachtfeldern von Korea, wo jüdische, katholische und protestantische Pfaffen die Soldaten und deren Maschinengewehre,

Flammenwerfer, Handgranaten und Tanks vor einer Schlacht und häufig auch noch nach der Schlacht einsegneten, um die Farmerjungen von Minnesota, Idaho, Indiana, Nebraska, Dakota, Wyoming zu überzeugen, daß es sich um einen heiligen Krieg handele und Gott natürlich und selbstverständlich auf ihrer Seite sei, da ja sonst die Götzenfabrikanten auf Erden die Finger von dem Einsegnen lassen würden.

In der Kunst, Beruhigung für seine Seele zu finden, kam es letzten Endes auf dasselbe heraus wie bei der Religion: eine Ablenkung von der Wahrheit und Wirklichkeit, wenn auch mit Ausnahmen, jedoch auf alle Fälle eine Flucht weg vom Leben, wie es ist.

So verblieb ihm endlich als einziges wirksames Betäubungsmittel lediglich die Frau.

Die Frau gab ihm zwei Dinge, die ihm Erlösung brachten und die Erinnerung an Korea verwischten, ohne gleichzeitig seine Nerven, seine Gesundheit und sein Hirn zu zerstören, wie es Alkohol und Tabak taten.

Es war nun von ihm ein Zustand in seinem Leben erreicht worden, wo, sobald er eine Frau selbst nur beim Vorübergehen erblickte oder in einem Restaurant oder ihr im Autobus oder in der Sub gegenübersaß, er in ihr nichts anderes sah als das menschliche Wesen, das ihm die zwei Dinge zu geben vermochte, die er so dringend benötigte, um sich im Gleichgewicht seiner Existenz zu halten: ihren Körper und ihre Unterhaltung. Er hatte entdeckt, daß, wenn er sich mit einer Frau unterhielt, stets, gewollt oder nicht von ihm gewollt, ein bestimmter Gedanke in die Unterhaltung hineinspielte: ›Ich möchte wohl wissen, ob sie es sich von mir machen ließe, wenn alle Bedingungen sich auf diesen Punkt vereinigen lassen und sie nicht von Eindrücken behindert ist, auf die ich keinen Einfluß auszuüben vermag.‹

Ähnliche Gedanken beherrschten ihn, als er zum ersten Mal mit Aslan in Berührung kam, und die gleichen Gedanken nahmen von ihm Besitz, als Amy seiner Einladung folgte. Anstatt Aslan oder Amy hätte es ebensogut die als unnahbar geltende Filmdarstellerin Priscilla Hasnokitty oder das Küchenmädchen des Hotels, in dem er wohnte, sein können, oder die Zahnärztin, die ihn zuweilen behandelte. Sein Interesse für die Frau bewegte sich nie um etwas

anderes als stets nur um diese beiden Dinge, die eine Frau ihm geben konnte.
Und alle Frauen, die er aufsuchte oder auflas, gaben ihm, was er benötigte. Jedoch niemals auch nur ein Zucken ihrer Lippen mehr als gerade das. Mehr verlangte er auch nicht.
Von Liebe sprach er niemals. Nicht einmal zu sich selbst in seinen Gedanken. Liebe war für ihn ein Wort. Ein bloßes Wort und nichts anderes. Das Wort Liebe brauchte er nur in Verbindung ausschließlich mit dem, was er von einer Frau zu bekommen suchte.
Und nun saßen Beckford und Amy in einem Restaurant, das er gewählt hatte, damit es einen tiefen Eindruck von Vornehmheit auf Amy machen sollte. Die Preise waren hoch. Absichtlich hoch, um ein gewisses unerwünschtes Publikum, das der Exklusivität eines Lokals erheblich zu schaden vermochte, fernzuhalten. Nach den Preisen zu urteilen, mußte auch das Essen vorzüglich sein.
Als sie noch im Kino saßen und lähmende Verzweiflung über sich ergehen ließen, hatte Beckford im stillen ausgerechnet, wieviel ihn der Abend mit Amy kosten würde. Sie war kein zufällig getroffenes Schlippchen, zu dem man im Notfalle sagen konnte: »Sorry, ich trage heute abend nur das Äußerste an Geld mit mir, darum geh etwas vorsichtiger mit dem Bestellen um. Ein Doppeldecker und zwei Budweiser tun es ebensogut.«
Nicht mit Amy. Nein. Nicht mit ihr.
Obgleich sie seine Sekretärin war, heute abend gelangte er zu der Erkenntnis, daß sie außerhalb des Dienstes eine Dame war, die man als Dame behandeln mußte, wenn man etwas bei ihr zu erreichen hoffte.
Der Kellner deutete eine Verbeugung an, als er Amy die Speisekarte überreichte. Aber gleich darauf schien er sich zu erinnern, daß er ein amerikanischer Kellner war, und so hielt er in seiner Verbeugung plötzlich inne. Nur sein Kopf blieb leicht im Genick eingehakt, in einer Weise, als werfe er einen Blick auf die Hände Amys, wodurch der Eindruck, er habe eine Verbeugung, wenn auch nur eine sehr leichte, machen wollen, verwischt wurde.
Ohne auf die Karte zu sehen, legte Amy sie auf den Tisch und sagte, sich ihre Handschuhe ausziehend, mit einem weichen Lächeln: »Ich nehme nur ein Schinkensandwich und einen Kaffee.«

»Das ist alles, was Sie nehmen, Miß Amy?« fragte Beckford verwundert, als habe er gemeint, sie wolle das ganze Restaurant kaufen. Er war enttäuscht, denn es wurde ihm immer klarer, daß sie nicht halb so leicht zu nehmen war, wie er am Nachmittag im Büro geglaubt hatte. Sie schien plötzlich so fern von ihm zu sein, als habe er sie nie gekannt und sei ihr eben jetzt zum ersten Male begegnet.

»Ja, wirklich, Mr. Beckford, das ist alles, was ich Sie bitte für mich zu bestellen. Ich esse sehr selten etwas Schweres so spät am Abend. Ich schlafe besser und gesünder mit einem leichten Magen, wissen Sie.«

Beckfords Absicht allerdings war es gewesen, heute abend gut und reichlich zu essen, um einen Vorwand zu haben, das Beisammensein mit Amy so lange auszudehnen wie nur möglich. Mit Hilfe eines guten Weines hoffte er das Gespräch nach und nach sehr vorsichtig auf den Punkt zu führen, der für ihn allein von Interesse war und dessentwegen er den entsetzlichen Film über sich hatte ergehen lassen.

Im Gedanken an den Film sagte er, während Amy langsam und andächtig an ihrem Sandwich knabberte und er an seinem Steak herumstocherte: »Haben Sie eine Vergangenheit, Miß Amy?«

»Eine? Mehrere, Mr. Beckford. Und alle mit guten Zeugnissen. Eine jede meiner Vergangenheiten kann leicht nachgeprüft werden. Ich kann in jedes Büro, wo ich je gearbeitet habe, zurückkehren und werde mit Gehaltserhöhung aufgenommen.«

›Geschlagen‹, sagte Beckford zu sich im stillen, ›elendiglich geschlagen. Hält sie mich zum Narren, oder ist sie wirklich so dumm, daß sie nicht versteht, von welchen Vergangenheiten ich rede?‹ Laut sagte er: »Ich meinte eine andere Vergangenheit, Miß Amy.«

»Nun verstehe ich. Sie möchten etwas von meiner Kindheit und meiner Familie hören.«

Sie sah ihn dabei lammherzig an.

»Mein Vater besitzt eine Eisenwarenhandlung in Eldersville, Kansas, wo ich geboren wurde. Und hier in New York wohnte ich zuerst mit einer Tante, während ich die Handelsschule besuchte. Nun lebe ich in einer kleinen bescheidenen Wohnung: ein kleiner gemütlicher Wohnraum, ein Schlafzimmer, eine kleine Küche

und ein Baderaum. Das ist wohl so ziemlich alles, was ich von meiner Vergangenheit und meiner Gegenwart berichten kann.«
»So scheint es also«, sagte Beckford mit gekünsteltem Lachen, »daß Sie infolge Ihrer Vergangenheit keine besondere Verzweiflung Ihrer Gegenwart zu ertragen haben.«
»Richtig, Mr. Beckford. Ich fühle mich recht wohl in dem Leben, wie ich es führe.«
›Wie man sich doch verrechnen kann‹, dachte Beckford bei sich, ›und heute nachmittag im Büro, als ich sie einlud, redete sie, als warte sie nur darauf, daß ich es ihr gut besorge.‹ Dann laut: »Miß Amy, ich hoffe, wir arbeiten lange Zeit zusammen. Eine Sekretärin wie Sie, das ist es, was wir dringend im Geschäft brauchen.«
»Danke, Mr. Beckford, danke. Wissen Sie, ich studiere jetzt auch noch Französisch. Spanisch habe ich bereits in der Schule gelernt.
»Sehr gut, sehr, sehr gut, Miß Amy. Mit diesen Sprachkenntnissen werden Sie uns von großem Nutzen sein.«
»Das hoffe ich, Mr. Beckford.«
Eine halbe Stunde später brachte Beckford sie in einem Taxi zu ihrem Haus.
Er unternahm einen letzten Versuch, sich ihrer zu bemächtigen. »Wollen Sie mich denn nicht zu einer Tasse Kaffee in Ihrem, wie Sie sagen, gemütlichen Heim einladen, Miß Amy?«
»Es tut mir ungemein leid, Mr. Beckford. Aber es ist reichlich spät geworden. Ich stehe sehr früh auf, um pünktlich um neun im Büro zu sein, wissen Sie.«
»Nun, da ich Ihr Chef bin – gut, morgen können Sie um ein Uhr erscheinen, des Kaffees wegen, zu dem Sie mich jetzt einladen, Miß Amy.«
»Nichts von Kaffee und nichts von Einladung jetzt! Meine Arbeit beginnt um neun.«
»Aber Sie haben wohl bemerkt, daß bis jetzt so gut wie nichts von Wichtigkeit im Büro vorliegt.«
»Meine Arbeit beginnt um neun, Mr. Beckford«, wiederholte Amy eigensinnig, »und vielen Dank für den genußreichen Abend, Mr. Beckford. Es war ein wirklich unterhaltsamer Abend, wissen Sie; denn ich gehe selten aus. Nochmals vielen Dank.«
Sie reichte ihm die Hand.

Beckford versuchte eine laue Umarmung, um sie zu küssen. Jedoch mit einem wohlgezielten Stoß steckte sie den Schlüssel ins Schloß, glitt wie ein Aal durch die Tür ins Haus und zog diese schnell und energisch hinter sich zu. Ehe sich die Tür aber völlig schloß, rief sie durch den engen Schlitz Beckford ein hastiges »Good Night!« zu, worauf die Tür ins Schloß schnappte.

Beckford winkte einem Taxi, das in diesem Augenblick heranstöhnte, und fuhr zu einem Nachtlokal, wo er in weniger als einer halben Stunde fand, was er nun dringend benötigte.

Es dauerte nur drei Bourbons, dann gelangten beide, Beckford sowohl als auch die bereitwillige Dame in aufgedonnertem elegantem Abendkleid, zu einem zufriedenstellenden, das heißt natürlich beide zufriedenstellenden, Geschäftsabschluß.

Bei diesem Geschäftsabschluß, wenn er in Wahrheit beide zufriedenstellen sollte, handelte es sich freilich nicht allein nur um die Festsetzung des, sagen wir, tarifmäßigen Preises für die eigentliche Sportleistung, sondern ebenfalls um eine generöse Vergütung für etwa gewünschte Extragänge, die im Menue der Table d'hôte nicht so ohne weiteres einbegriffen waren.

»Okay, Mister, einverstanden. Abgemacht. Ich sehe, ich habe es mit einem wirklichen Gentleman zu tun«, sagte das freundliche, sehr gefällige, verständnisvolle und zu allem bereite weibliche Wesen, das in diesem für Beckford wirklich kritischen Augenblick ungemein bitter notwendig war.

Seit fünf Uhr nachmittags, beinahe ohne abkühlende Unterbrechung, hatte sich Beckford in einen Zustand hineingedacht und hineingeträumt, der infolge des kurzen und kalten Abschieds Amys jetzt in wahrhaft beängstigender Weise drohte, sich in einer nicht alltäglichen Explosion zu entladen.

Als Beckford später in der Nacht in seinem Hotel anlangte und sein Geld überzählte, sagte er zu sich: »God damn it und gottverflucht noch mal, dieser Abend ist mich reichlich hochgekommen.«

8

Die Regierung von Indonesien beabsichtigte, ein weites Netz modernster Flughäfen zu bauen, und wandte sich zu diesem Zweck an bekannte Konstruktionsfirmen in Japan, England, Holland und den USA. Holved reichte seine Pläne und die Berechnung der Kosten ein. Der von ihm übergebene Kostenvoranschlag belief sich um siebenundeinhalb Prozent höher als der von einer japanischen Gesellschaft vorgelegte. Holveds Kostenvoranschlag war auch höher als der von Firmen der beiden anderen Länder. Jedoch es wurde mit seiner Kompanie der Vertrag abgeschlossen, nicht etwa, weil die USA in Indonesien mit besonders freundlichen Augen angesehen wurden, sondern einfach darum, weil die anderen drei Länder bei weitem unbeliebter, ja in der Tat gründlich verhaßt waren. Hinzu kam, daß Holved Indonesien einen längeren Kredit gewähren konnte und imstande war, einen nicht unerheblichen Teil der Kosten durch Abnahme von Produkten des Landes auszugleichen. Holved vermochte die indonesischen Sachverständigen zu überzeugen, daß seine Kompanie größere und längere Erfahrung in dieser Art von Unternehmen habe, daß er den Gesamtplan in kürzerer Zeit ausführen könne als irgendeine der Konkurrenzgesellschaften und daß er volle Garantie übernehme für die vorzügliche und dauerhafte Güte der Baumaterialien, die er verwenden würde.

Er sah sich freilich genötigt, während der Bauzeit mehrere Male auf den verschiedenen Inseln Indonesiens für sechs oder acht Wochen anwesend zu sein, um die Ausführung der Arbeiten persönlich zu überwachen, was um so erforderlicher erschien, als er sich verpflichtete, soweit das möglich war, einheimische Bauleiter, Techniker, Handwerker und Arbeiter zu beschäftigen.

Am Mittwoch gedachte er nach Djakarta zu fliegen. Es war Sonntag nachmittag. Er wollte diesen letzten Sonntag vor seiner Abreise gemütlich mit Aslan verbringen, um mit ihr in Ruhe alles mögliche, was sich während seiner Abwesenheit ereignen könnte, zu besprechen.

»In vieler Hinsicht ist es wirklich zu bedauern«, sagte er im Laufe des Gesprächs, »daß ich gerade jetzt so weit fort muß. Ich kann dir versichern, sobald du bekanntgibst – und du hast es eher morgen als übermorgen bekanntzumachen –, daß die ›A. P. T. C.‹ plant, einen Schiffskanal quer über den nordamerikanischen Kontinent zu bauen, wirst du in einem Strudel von der bösesten Sorte herumgeschleudert werden.«

»Bin darauf vorbereitet, und ich erwarte nichts anderes«, sagte Aslan, ihren Kaffee trinkend.

»Höchstwahrscheinlich wirst du den Kongreß oder den Senat auf dem Halse haben. Und wie!«

»Ich denke, ich werde auch mit dem Senat fertig werden, wenn es einmal richtig heiß zu werden beginnt.«

»Gefällt mir. Nicht unterkriegen lassen. Gib ihnen Schlag für Schlag zurück, wenn sie versuchen, dich mürbe zu dreschen. Ich bin durch ähnliches gegangen.«

»Glaube ich dir. Und da draußen, in Java, Kalimantan, Sumatra, Celebes und wie alle diese Inseln heißen, wirst du dich manchen lieben Tag in solchen Schwierigkeiten befinden, daß du dich vergleichsweise lieber mit dem Senat in Washington herumschlagen würdest.«

»Möglich, sehr leicht möglich. Froh will ich sein, wenn ich mit nicht zu sehr geschundenen Nerven heimkomme.«

»Indonesien ist bei weitem höher zivilisiert, als man hier in Amerika gewöhnlich glaubt.«

»Hast recht. Eine zwei oder drei Jahrtausende alte Zivilisation. Und was die Leute dort getan haben, seit sie ihre Unabhängigkeit gewannen, ist mehr, als sie in den letzten sechzig Jahren unter holländischer Herrschaft erreichen konnten.«

»Auf alle Fälle, Holved, ich wünsche dir alles Glück.«

»Und ich dir, Aslan. Oh – und da fällt mir ein, wie bist du denn überhaupt jemals auf die Idee gekommen, diesen Kanal zu bauen? Obgleich ich ja nun ebenfalls daran beteiligt bin, zuweilen, in einer schlaflosen Nacht, denke ich noch immer, deine Idee ist verrückt.«

»Vielleicht. Vielleicht auch nicht so verrückt. Kommt darauf an, mit welchen Augen und unter welcher Perspektive du sie betrachtest.«

»Aber irgend jemand muß dir doch zum ersten Male die Idee vom

Bau eines so verrückt aussehenden Kanals eingeflüstert haben. Vielleicht Beckford?«

»Beckford? Der? Daß ich mich nicht totschreie vor Lachen. Der? Ein, wie er sich so oft nennt, ›ehrenvoll aus dem Heeresdienst entlassener Sergeant des Marine Corps‹. Der? Mach dich doch nicht lächerlich, Holved. Ich selbst kam darauf. Ohne andere Hilfe. Eigentlich mehr aus Protest gegen den verkalkten Unterricht, den ich von meinen Lehrerinnen erhielt.

Es trug sich ganz einfach zu. Ich war zwölf. Geographiestunde. Die Lehrerin war eine Miß Johnson. Ich erinnere mich ihres Namens gut. Sie machte uns aufmerksam darauf, welch großen Einfluß auf die Volkswirtschaft vieler Länder die beiden wichtigsten Kanäle, der Sueskanal und der Panamakanal, hätten. An Karten zeigte sie uns, wie viele tausend Seemeilen für den Schiffsverkehr infolge von Kanälen gewonnen würden und dadurch viel Zeit und Geld. Sie wies darauf hin, daß Hunderte von Produkten aller Art in London, in Paris, in New York, in San Francisco das Doppelte oder gar das Dreifache kosten würden, gäbe es keine Kanäle.

Ich erhob mich und fragte, wem diese Kanäle gehörten. Darauf erklärte Miß Johnson, diese Kanäle gehörten den Kompanien, die sie bauten und für den Verkehr erhielten. Nun fragte ich, ob denn die Länder, durch die jene Kanäle gezogen sind, also insbesondere Ägypten und die Republik Panama, nicht ein größeres Recht an diesen Kanälen hätten als fremde Kompanien. Ihre Antwort war: Diese Länder bekommen einen Anteil an dem Profit, den die Kanäle einbringen, und außerdem gewisse vorher bestimmte Ablösungssummen. Ich gab mich mit der Antwort nicht zufrieden und wollte nun wissen, was geschehe, wenn diese Länder eines Tages fremden Schiffen nicht mehr erlauben würden, durch ihr Land zu fahren, mit der Begründung, daß dies ihre Eigentums- und ihre Hoheitsrechte verletze, nicht zu reden von ihrem Nationalstolz. Da sagte Miß Johnson, dies könne niemals geschehen, denn diese Länder seien militärisch und ökonomisch viel zu schwach, als daß sie sich gegen die großen Mächte, wie USA, England, Frankreich, Holland, Italien, Belgien, verteidigen könnten, und ich solle mich nun endlich ruhig hinsetzen und keine weiteren Fragen stellen, da dies den geordneten Unterricht nur aufhalte und die Fragen selbst

völlig belanglos seien und nichts Wesentliches zum Unterricht beitrügen.
Als ich auf mein Zimmer kam, nahm ich den Atlas vor, betrachtete mir alle Karten näher und studierte sie hauptsächlich in bezug auf bestehende Kanäle – und auf Kanäle, die gebaut werden könnten und gebaut werden sollten. Und weißt du, Holved, seit jenem Tag wurde Geographie das Fach, das mich am meisten interessierte.«
»Und von alledem hast du mir niemals etwas gesagt?« fragte Holved.
»Warum sollte ich? Du hast mich niemals gefragt, was mich in der Schule interessierte, auch niemals, womit ich mich beschäftige, wenn ich allein im Hause bin.«
»Manchmal, wenn ich dich so ansehe, Aslan, denke ich, daß ich dich in Wahrheit überhaupt nicht kenne und keine, auch nicht die leiseste Ahnung habe, was in deinem Innern vorgeht«, sagte Holved, einen prüfenden Blick nicht nur über ihr Gesicht, sondern über ihre ganze Gestalt werfend.
»Siehst du, die Gründe, die ich habe, dieses Projekt auszuführen, liegen tiefer. Dieser Plan, einmal vor die Öffentlichkeit gebracht, mag vielleicht die verknorrte und heillos verworrene Gedankenwelt, in der wir alle gegenwärtig hilflos eingepfercht sind und die sich beinahe ausschließlich nur mit Krieg und den Möglichkeiten eines Krieges beschäftigt, von Grund auf durcheinanderschütteln und ihr neue Ideenrichtungen einflößen, weitreichender als die, die uns heute zu Gefangenen machen.«
»Aslan, du redest wundervoll, wirklich wundervoll. Ich verstehe nicht ein Wort von dem, was du so leicht und flüssig herunterrollst. Aber ich habe es ungemein gern, dich reden zu hören. Go on, my Dear. Fahre fort. Du hast eine bezaubernde Stimme, die mich immer wieder in Banden hält. Sie ist so weich, so melodisch tönend wie – wie –«
»Weiß schon. Tönend wie ein Gong aus reiner Bronze, mit Gold und Silber reichlich legiert und mit einem guten Schuß des feinsten Bergkristalls als Extrazugabe. Weiß ich. Weiß alles. Erzähle mir besser etwas Neues! Etwas durch und durch Neues. Etwa, daß du mich unsterblich liebst.«
»Das ist nichts Neues. Mehr als drei Jahre alt.«

»Aber weißt du, Holved, eine Frau kann es nicht oft genug hören. Du sagst es fünfhundertmal, und dann bittet dich die Frau, es wenigstens gerade nur einmal mehr zu sagen.«
»Gut denn, ich sage es gerade noch einmal mehr: Ich liebe dich mehr denn je.«
Es waren dieselben Worte, die Holved sagte, als er sich am Flughafen Idlewild von ihr verabschiedete, um nach Indonesien zu fliegen.
Inzwischen war die ›Atlantic-Pacific Transit Corporation‹, wie es der Federal Securities Act verlangte, rechtsgültig registriert worden, und ihre Aktien durften nun an der Stock Exchange, der Börse, gehandelt werden. Jedoch, es kamen keine Aktien auf den Markt; denn die der ersten Ausgabe befanden sich bereits in festen Händen. Solange nichts Bestimmtes von den Plänen der Kompanie öffentlich bekannt war, konnte nicht erwartet werden, daß die Aktien zu Spekulationszwecken ihre Besitzer wechselten. Ein jeder verhielt sich unter solchen Umständen abwartend. Vorläufig lag keine Notwendigkeit vor, neue Serien registrieren zu lassen und sie der Öffentlichkeit anzubieten.
Nun erschien in den Handelsteilen mehrerer Zeitungen von New York, Boston, Chicago, San Francisco eine kurze Notiz. Sie besagte, die ›A.P.T.C.‹ habe es unternommen, einen großen Kanal zu bauen, der, wie vorausgesehen werden könne, den allgemeinen Schiffsverkehr erleichtern würde, jedoch vor allen Dingen dazu beitragen solle, die Frachtsätze trotz steigender Operationskosten niedrig zu halten.
Wer diese Notiz las – und das waren ausschließlich Finanzleute und Industrielle –, fragte sich zuerst einmal, wer die ›A.P.T.C.‹, bis heute völlig unbekannt, eigentlich sei und wer die Gründer dieser Kompanie wären. Diese Leute waren wenig interessiert an dem, was die Kompanie wollte. Sie waren bei weitem mehr interessiert, zu wissen, ob sie vielleicht mit den Aktien dieser neuen Kompanie erfolgreich spekulieren könnten.
Wer sonst die Notiz las, dachte, wenn er überhaupt etwas dachte, daß es sich um einen Kanal irgendwo innerhalb des Landes handele, wahrscheinlich in den großen Seengebieten des Nordens. Niemand schenkte der Notiz weitere Beachtung, denn es kam alle

paar Wochen vor, daß hier oder da der Bau eines Kanals in Angriff genommen wurde, der in den meisten Fällen nur von rein lokaler Bedeutung war und vorzugsweise den Interessen einer Gruppe von industriellen Unternehmungen diente. So wenig wurde diese Notiz beachtet, daß nicht einmal Anfragen von Firmen einliefen, die Baumaterialien für solche Kanäle lieferten.

Holved, obgleich in Industrie- und Finanzkreisen wohlbekannt und als ernster und vertrauenswürdiger Unternehmer geachtet, drängte sich niemals vor. Weder im Geschäftsleben noch in der Gesellschaft trachtete er in der ersten Reihe zu sitzen. Niemals war er in einen Skandal verwickelt worden. Selbst seine beiden Ehescheidungen hatten die Öffentlichkeit in keiner Weise interessiert.

Völlig anders stand es mit Aslan. Zu wiederholten Malen war sie für mehrere Tage die Sensation gewesen, wenn sie, ›die amerikanische Erbschaftsprinzessin‹ genannt, wieder einmal die Erbschaft eines turmhohen Vermögens antrat. Reportern und Zeitungsphotographen zu entgehen kostete sie reichlich Mühe, aber es gelang ihr. Den Zeitungsspalten des öden Gesellschaftsklatsches aus dem Wege zu gehen, gelang ihr so vorzüglich, daß selbst ihre Heirat mit Holved ihr eigenes Geheimnis geblieben war und voraussichtlich für lange Zeit bleiben würde.

Darum war es nur natürlich, daß sich, nachdem den wesentlichsten Zeitungen telephonisch mitgeteilt worden war, sie habe der Presse etwas von weittragender Bedeutung mitzuteilen, mehr als siebzig Zeitungsmännlein und -weiblein so unbequem zusammengequetscht fühlten, daß der Empfang in einen kleinen Konferenzsaal des Waldorf-Hotels verlegt werden mußte.

Der Champagnercocktail, unübertrefflich wie er war, interessierte zwar die Zeitungsleute, die alle gewaltige Trinker vor dem Herrn waren, außerordentlich und nachhaltig, bei weitem mehr aber brannten sie darauf, zu hören, was Aslan ihnen mitteilen würde. Die Reporter wetteten unter sich, und keineswegs flüsternd, Aslan würde endlich kundgeben, mit wem sie sich verlobt habe, und daß der Glückliche einer der fünfhundert Söhne von entthronten Kaisern, Königen, Herzögen, Großfürsten und Grafen sein müsse, die gegenwärtig in Europa für zwanzigtausend Dollar das Dutzend auf offenem Markte feilgeboten werden.

Nicht zehn Reporter wären erschienen, hätten sie geahnt, Aslan würde ihnen lediglich eine rein geschäftliche Mitteilung machen, eine Mitteilung, gerade gut genug, eine Lücke im allgemeinen Text zu füllen. Aber die Verlobung der ›amerikanischen Erbschaftsprinzessin‹ war Stoff genug, eine halbe Seite der Zeitungen zu beherrschen.

In Hollywood lernte Aslan vielerlei, was nicht gerade völlig in ihr Fach als Chef des Research Departments schlug. Sehr häufig persönlich anwesend bei Filmaufnahmen, wo sie Irrtümer in historischen Lebensgewohnheiten und Vortritte in Rangstufen berichtigen mußte oder Vorschläge für einen Kompromiß zu machen ersucht wurde, sah und lernte sie manches Interessante, insbesondere den zuweilen sehr raffinierten Auftrittseffekt der Hauptdarstellerin, einen Effekt, der freilich in einem Erziehungsinstitut für die Töchter der oberen Fünfhundert als pöbelhaft, vulgär und absolut unschicklich für eine wirkliche Dame verurteilt worden wäre.

Ob alt oder jung oder gerade so na-na, hübsch oder weniger hübsch – es gibt keine häßlichen Frauen auf Erden, es gibt nur hübsche oder weniger hübsche –, in jeder Frau ist eine Schauspielerin versteckt. Eine Frau, die nicht zu schauspielern versteht, selbst im unrichtigen Moment, wäre besser daran, sich vorzeitig begraben zu lassen. Sie kommt nicht weit und wird in jedem Geschäft, besonders im Parfümerie- und Kosmetikladen, im Hutgeschäft und im Kleiderausverkauf schändlich betrogen. Nicht zu reden von der Absicht, wenn sie einen Mann zu angeln gedenkt, der ihr an jedem Wochenende die versiegelte Lohntüte überreicht und glücklich und zufrieden ist mit dem, was ihm seine Schauspielerin für ein gelegentliches Glas Bier und ein Päckchen der schäbigsten Zigaretten überläßt – überläßt mit dem in mütterlichem Ton gesprochenen Rat: »Nun gib nicht etwa alles gleich auf einmal aus, damit du am nächsten Sonnabend noch einige Gröschlein übrig hast, um sie in die Sparbüchse zu stecken und mir zu Weihnachten etwas Schönes zu kaufen.«

Die Zeitungsleute, gegenwärtig die machtvollsten Persönlichkeiten, wo die Presse nicht mit dem Militärstiefel in ›die Fresse‹ getreten wird, schossen ihre Cocktails hinunter wie Wasser. Während sie mit der linken Hand das leere Glas zurücksetzten, ergriffen sie mit ihrer rechten ein gefülltes und stürzten es so eilig hinunter, daß im selben Augenblick, da der Tablettdarreicher, tieftraurig und ernst wie ein Leichenbestatter, sich umwendete, eine halbe Sekunde Zeit blieb, um rasch nach einem neuen Glas zu schnappen. Champagnercocktail, und besonders ein so vortrefflicher mit importierter Madame Cliquet, war nicht täglich zu haben, noch dazu geschenkt und soviel man davon haben wollte.

Zwei Zeitungsleute, die miteinander sprechen, hört man eine halbe Meile weit. Drei: zwei Meilen weit. Es währte nicht zehn Minuten, und ein Hausdetektiv des Hotels erschien in der Tür und fragte mit erschrecktem Gesicht, wieviel Ambulanzen er herbeitelephonieren müsse, um die Verletzten vom Schlachtfeld abzuholen.

Als Antwort wurde ihm ein Cocktail angeboten, was ihn sofort davon überzeugte, daß er es mit gesitteten Menschen zu tun habe und nicht mit Gangstern, die ihn mit Revolvern in der Hand empfangen hätten.

Unter dem rasch wachsenden Einfluß des geradezu unbeschreiblich vorzüglichen Cocktails gingen mehrere der an sich friedfertigen Zeitungsmenschen mit Fäusten aufeinander los, sich gegenseitig beschuldigend, gewisse Reportagen und Artikel voneinander abgeschrieben und unter eigenem Namen verkauft zu haben. Jedoch im selben Augenblick erschien durch eine Tür, die bisher völlig übersehen worden war und die von einem sich tief verbeugenden Livrierten weit geöffnet wurde, Aslan, mit einem Lächeln, das am nächsten Tage zwei Reporter, natürlich männliche und nicht etwa weibliche, als ›nicht von dieser Erde‹ beschrieben.

Um den Effekt ihres Eintretens zu verstärken, ließ sie, für mehrere Sekunden in der offenen Tür stehend, ihre großen dunklen Augen über die Anwesenden fliegen, so wohlgezielt, daß jeder einzelne der Versammelten glaubte, ihre Augen hätten nur ihm und keinem andern gegolten.

Als wären plötzlich alle versteinert worden, herrschte, wie durch einen göttlichen Befehl angeordnet, sofort Totenstille im Raum, die nach dem ohrenbetäubenden Geschrei und Geschnatter beängstigend wirkte und einige lange Sekunden währte.

Dann brach ein tosender Beifall aus, der sich mehrere Male wiederholte, ehe die Bewunderer sich endlich bewußt wurden, daß sie nicht hergekommen waren, eine Miß Universum zu wählen, sondern um von Aslan zu hören, wen unter den Hunderten von Millionen unverheirateter Männer über zwanzig Jahre, die auf Erden lebten, sie zu ihrem zukünftigen Gatten erkoren habe.
»Gesegnet sei meine selige Großmutter«, flüsterte Barker seinem Kollegen Talker zu, »Gott im Himmel, ist diese Molle von Fleisch und Bein oder ist sie eine Fata Morgana?«
»Was weiß ich, Esel«, säuselte Talker zurück, »ich habe meine Hände noch nicht zwischen ihren Beinen gehabt. Wo hat sie sich so lange versteckt gehalten? Liefere täglich die infamste Klatsch- und Skandalspalte und habe von dieser Andromeda nie gehört.«
Nach allen Seiten mit dem Kopfe nickend und ihr verschleiertes, nichts verratendes Mona-Lisa-Lächeln beibehaltend, kam Aslan einige Schritte weiter in den kleinen Saal, umringt von siebzig Fälschern der Wahrheit und Erfindern von Verleumdungen, die ihre Büchelchen, Bleistifte und Füllfedern herumschwenkten mit einem Gesichtsausdruck, als ob ihnen Gott in einer Wolke erschienen sei, um neue Gesetze zu verkünden.
Talker, der von der Klatsch- und Verleumdungsspalte, bahnte sich einen Weg so nahe zu Aslan, daß er dicht an ihren Formen entlangstreichen konnte in einer so gut studierten Weise, daß Aslan infolge des Gedränges diesen sexuellen Genuß des Verleumdungsfabrikanten nicht bemerken konnte.
Barker jedoch beobachtete dieses billige Manöver Talkers und sagte später unter vier Augen zu ihm: »Spezialist in Berührungstechnik?«
»Jeder beschäftigt sich, so gut er kann«, erwiderte Talker, »und was du nicht zeitig im Leben tust, bringt dir keine Freuden, wenn du sie länger nicht mehr nötig hast.«
»Talker, du bist ein Schwein«, sagte Barker.
Talker stülpte seine Lippen hoch und grunzte: »Schwein oder nicht Schwein. Du gibst dem Objekt nur einen anderen Namen. Schwein ist anständiger als Mensch, wenn du mich fragst.«
Der Hotelkellner reichte Aslan mit der Verbeugung eines Kavaliers vom Hofe des Sonnenkönigs das silberne Tablett, so ge-

schickt, daß sie nur die Fingerspitzen leicht zu heben brauchte, um das Glas in den Händen zu halten. Die aristokratische Weise des Servierens verriet die wahre Herkunft des würdigen Kellners. Sie bewies, daß er zum Kellner geboren war und sich nur mit dieser Beschäftigung sein Brot ehrenhaft verdienen konnte.

Aslan hob das gefüllte Glas, sandte einen Blick nach allen Seiten, stieß leicht mit dem, der ihr am nächsten stand, an und trank das Glas auf einen Zug leer. Der würdige Herr, würdiger aussehend als alle anwesenden Zeitungsrepräsentanten zusammengenommen, näherte sich Aslan, reichte ihr das Tablett diesmal so, daß sie nur ihre Finger zu öffnen brauchte, und das Glas glitt auf das Tablett, während zu gleicher Zeit der Tablettfürst eine Verbeugung vorführte, tiefer und sonnenköniglicher als zuvor.

Aslan hielt ihren Blick fest auf einen der Wahrheitskrümeler gerichtet, der zufällig in der Mitte des Halbkreises stand.

»Ladies and Gentlemen of the Press«, redete Aslan nun ihre Gäste mit ruhiger Stimme an, und es schien, als spreche sie täglich zweimal zu einer ähnlichen Versammlung. »Ladies and Gentlemen, die Mitteilung, die ich Ihnen zu geben wünsche, ist kurz, klar und eindeutig. Es wird einigen von Ihnen bekannt sein, daß ich Präsident der vor kurzem registrierten ›Atlantic-Pacific Transit Corporation‹ bin, und ferner, daß ich, infolge der Zahl der in meinem Besitz befindlichen Aktien dieser Kompanie, einen entscheidenden Einfluß auf die Pläne und Tätigkeit der genannten Corporation ausübe und von nun an mehr als je auszuüben gedenke. Die Corporation, meinen Vorschlägen folgend, hat beschlossen, einen Kanal zu bauen, der den Atlantischen Ozean über den nordamerikanischen Kontinent hinweg mit dem Pazifischen Ozean verbinden soll. Einen Kanal, der den Panamakanal, soweit unsere Nation in Betracht kommt, überflüssig machen wird. Ich lade einen jeden, der sich für unser Projekt interessiert, ob Amerikaner oder Nichtamerikaner, hiermit ein, sich an diesem für die allgemeine Wohlfahrt notwendigen und nützlichen Plan moralisch und finanziell zu beteiligen. Dies, Ladies and Gentlemen of the Press, ist alles, was ich zu sagen habe. Thank you for your kind attention and, please, enjoy your cocktail. Vielen Dank.« Und damit verschwand Aslan rasch, geräuschlos und völlig unerwartet.

Die Zeitungshandwerker starrten sich verblüfft an. Die Photographen sprangen wie gestochen herum, als ihnen bewußt wurde, daß sie vergessen hatten, Aslan zu photographieren. Alles war zu plötzlich gekommen, weil die Gedanken eines jeden auf den Namen gerichtet waren, den Aslan als den ihres Verlobten nennen würde.

Drei Mann setzten mit einem akrobatischen Sprung zur Tür, rissen sie auf und schrien hinter ihr her: »And the engagement? Die Verlobung? Wann ist die Heirat? Wer ist der unglückliche Knabe, Miß Norval?«

Miß Norval saß bereits in einem Taxi, das in diesem Augenblick mit ihr absummte.

9

In den Abend-, erst recht aber in den Morgenzeitungen lief der Name Aslan und ihr Kanalprojekt in zollhohen Lettern quer über die ganze erste Seite.

Im Innern der Blätter beschäftigten sich zahlreiche Artikel mit Aslans Projekt.

Was bisher nur einer großen Katastrophe, die Hunderten von Menschen das Leben kostete, vorbehalten war, das gelang tatsächlich dem Plan Aslans.

Sechs aufeinanderfolgende Tage lang war in den Blättern nichts zu lesen von einem Aufstand in der Ukraine, von dem bevorstehenden Sturz eines Mannes mit Namen Chruschtschow, von einer Konspiration gegen den ägyptischen Ministerpräsidenten, von Studentenunruhen in Mexiko, die von Spionen der russischen Botschaft beeinflußt wurden, nichts von russischen Unterseebooten, die, nur fünfzig Meilen von New York entfernt, gesichtet worden seien, nichts von Arbeiterunruhen in Polen, Lettland, Ungarn und Ostdeutschland, künstlich aufgestachelt von faschistischen Verrätern, nichts von einem unvermeidlichen Zusammenbruch Chinas oder von einer Erschütterung der New Yorker Börse, verursacht durch einen Schnupfen des amerikanischen Präsidenten.

Die Zeitungen sahen sich überflutet mit Briefen an die hochwohllöbliche Redaktion, in denen die Hälfte der Briefschreiber Aslans

Idee als wahnsinnig erklärte und verlangte, die Obrigkeit solle Aslan sofort in ein Irrenhaus stecken, um fernere Ausgeburten ihres gestörten Denkvermögens zu verhüten. Die andere Hälfte der Briefschreiber pries Aslan als das bedeutendste Genie des zwanzigsten Jahrhunderts, dessen Plan sofort und gleich morgen ausgeführt werden müsse, auch wenn dadurch die USA zum Bankrott getrieben werden sollten.

Eine sich stetig steigernde Nachfrage nach Aktien der ›A.P.T.C.‹ war das erste praktische Ergebnis, das sich zeigte, nachdem sich die Blätter eine Woche lang mit dem Für und Wider, mit der Möglichkeit der Ausführung des Planes und seiner absoluten Unmöglichkeit beschäftigt hatten.

In der nächsten Aufsichtsratssitzung brachte Aslan den Antrag ein, das Kapital auf eine weitere Milliarde Dollar zu erhöhen und eine zweite Serie von Aktien auf den Markt zu bringen. Sie sei sicher, so erklärte sie, daß die Aktien sich wie von selbst verkaufen würden.

»Ist das nicht etwas gewagt, Miß Norval?« fragte Bankier Brady.

»Keineswegs, Mr. Brady. Wenn General Motors vor sechs Jahren ihr Arbeitsprogramm auf eine Milliarde Dollar ausdehnen konnte und damit Erfolg erzielte, können wir dasselbe.«

»Vergessen Sie nicht, Miß Norval, welche ungeheuren Vermögenswerte General Motors besitzt.«

»Das bedenke ich wohl. Aber Sie werden zugeben, Mr. Brady, daß nicht alle Assets materieller Natur sind. Eine Erfindung ist ebenfalls ein Asset. Unsere Assets sind eine Idee. Eine Idee, die, obgleich nicht leicht zu verwirklichen, dennoch eine Idee ist, die mit Energie und unerschütterlichem Willen verwirklicht werden kann.«

Der Aufsichtsrat erklärte sich einstimmig für Annahme des Vorschlags Aslans.

Natürlich nahmen die Zeitungen Notiz von dem Beschluß des Aufsichtsrats, und wie Aslan erwartet hatte, wurde das Kanalprojekt in der Öffentlichkeit aufs neue eingehend erörtert.

Bis zu diesem Punkt war noch nicht von kompetenter Seite mit Gewißheit festgestellt worden, ob ein solcher Kanal überhaupt gebaut werden konnte. Noch viel weniger war die Frage gelöst, woher die Kompanie die vielen Tausende von Millionen Dollar zu beschaffen gedachte, die der Bau eines so langen und breiten Kanals kosten mußte.

Diese beiden ungemein wichtigen, aber bis jetzt nicht zufriedenstellend beantworteten Fragen gaben gewissen Kreisen, die, sei es aus Neid oder Kurzsichtigkeit oder Eigennutz, das Unternehmen zu verhindern suchten, weil es ihren eigenen Interessen nicht genügend diente, willkommene Gelegenheit, eine erbärmliche Zeitungshetze zu veranstalten. Die ›A.P.T.C.‹ wurde in versteckter, aber doch klar verständicher Weise des beabsichtigten Betrugs und der Täuschung der Aktieninhaber beschuldigt.

Zum Erstaunen jener im Hintergrund tätigen Cliquen bot niemand, der Aktien der ›A.P.T.C.‹ besaß, sie zum Verkauf an. Dies durfte als ein untrüglicher Beweis dafür angesehen werden, daß die Aktionäre an die Durchführbarkeit des Projektes glaubten.

Schärfere Mittel mußten also angewandt werden, um die Kompanie zu Fall zu bringen, damit im Augenblick des Zusammenbruchs die Bankrotthyänen den Lohn für ihre kostspieligen Manöver einkassieren konnten. Eine skrupellose Meute von Lobbyisten, jenen Biedermännern, die in den Vorsälen, den Cafeterias, den Korridoren, den Barbierstuben, den Erholungsräumen des Senats und des Kongresses herumlungerten, dort den Senatoren und Abgeordneten Lügen oder dick aufgepolsterte Gerüchte in die Ohren flüsterten, brachte es zuwege, daß sich der Senat mit den Angelegenheiten der ›A.P.T.C.‹ zu beschäftigen begann. Der unmittelbare Anlaß dazu war gegeben, als die offizielle Genehmigung für die Ausgabe der neuen Serie von Aktien in Höhe von eintausend Millionen Dollar eingeholt werden mußte.

Der Senat beschloß, ein Senatorial Investigating Sub-Committee einzusetzen, das beauftragt war, den Fall der ›A.P.T.C.‹ zu untersuchen und Bericht zu erstatten. Der Antrag wurde damit begründet, daß die Öffentlichkeit ein unveräußerliches Recht habe, Klarheit über die wahren Absichten dieser Kompanie zu erlangen.

Es sollte untersucht werden, ob die Kompanie ein großangelegtes Betrugsmanöver, verbunden mit Börsenspekulationen, auszuführen beabsichtigte. Außerdem mußte festgestellt werden, ob die Kompanie gedenke, die Monopolgesetze zu verletzen und ein

Transportmonopol zu errichten. Schließlich galt es, herauszufinden, ob das Projekt, von privater Seite ausgeführt, das komplizierte Verteidigungssystem des Landes gefährden könnte.

Aslans Anwälte erklärten ihr, daß es, angesichts dieser Verdächtigungen, die außerordentlich geschickt gefaßt seien, sehr schwierig für sie sein würde, die Kompanie zu retten, ohne ihr Projekt von Grund auf zu ändern oder völlig aufzugeben. Aslan würde einen um so schwereren Stand vor dem Senatskomitee haben, als die Kompanie bis heute nicht den geringsten Beweis zu erbringen vermochte, daß sie eine auch nur entfernte Möglichkeit besäße, das geplante Projekt bis zu seinem Ende zu führen. Die Senatskommission könnte leichter, als Aslan glaube, entscheiden, daß es sich um eine absichtliche Verschleierung der wahren Motive der Gesellschaft handle. Entschied das Senatskomitee in einer solchen Weise, so war die Unterlage für ein Eingreifen der Justiz geschaffen, und eine Verurteilung wegen beabsichtigten Betrugs schien dann unvermeidlich zu sein.

Das sah böse aus. Aslan lud Beckford zu einer privaten Besprechung ein.

»Mr. Beckford«, sagte sie zu ihm ohne jede Einleitung, »wenn die Sache vor dem Komitee schiefgeht, werde ich wohl einige Jahre abmachen müssen. Sie natürlich auch.«

»Ich?« fragte Beckford erstaunt. »Ich? Was habe ich denn mit dem ganzen gottverfluchten Plan zu tun? Ich besitze nicht eine einzige Aktie.«

»Sie sind registriert als der Generalmanager der Kompanie. Und mitgegangen, mitgefangen, mitgehangen, wie die Pferdediebe sagen.«

»Nichts zu machen, Madame. Nichts zu machen mit mir. Gleich morgen gehe ich zum nächsten Rekrutierungsbüro und melde mich freiwillig zurück zum Marine Corps. Bin immer willkommen. Brauchen jederzeit einen guten Sergeanten, Rekruten zu drillen. Bin alle Sorgen los. Überhaupt habe ich das ganze Leben hier gründlich satt, damit Sie es wissen. Steht mir längst zum Halse heraus. Da gehe ich lieber meine eigenen Wege. Good Night!«

»Also, kurz gesagt, Sie wollen mich allein lassen in dieser heißen

Suppe, in der man mich unterzutauchen sucht. Und ich setzte so große Hoffnungen auf Sie.«

»Sie wissen so gut wie ich, Madame, ich wurde nicht gefragt.«

»So einfach, wie Sie denken, ist es nicht, sich stillschweigend und ungesehen über die Berge zu machen. Das Marine Corps wird nicht zugrunde gehen, auch wenn Sie keine neuen Rekruten anbrüllen. Vorläufig brauche ich Sie noch hier und brauche Sie dringend. Ehe es dazu kommt, daß wir einige Jahre aufgedonnert kriegen, haben Sie reichlich Gelegenheit, sich unsichtbar zu machen. Und sind Sie erst einmal wieder bei Ihren Ledernacken, so holt Sie kein Staatsanwalt zurück. Nicht wegen einer solchen Sache.«

»Gut denn, Madame, was wünschen Sie? Was soll ich für Sie tun? Einmal muß ich mich ja wohl erkenntlich zeigen für die unverlangten Wohltaten, die ich von Ihnen empfangen habe.«

»Nun, das klingt schon etwas besser«, sagte Aslan lachend.

Es war leicht für Aslan, bestimmte Notizen in die Zeitungen zu schmuggeln, die andeuteten, wenn auch sehr vorsichtig, daß die Direktoren und die Mitglieder des Aufsichtsrates der Kompanie mit dem Gelde, das ehrlichen, arbeitsamen und vertrauensseligen Bürgern schamlos abgeluchst worden war, das Land zu verlassen gedächten unter dem Vorwand, Erholungsreisen anzutreten. Ihre Pässe wären in vorzüglicher Ordnung und mit Visa für jene Länder versehen, die wegen Betrugs niemand auslieferten.

Andere Notizen besagten, daß die Senatskommission bereits Haftbefehle für die Betrüger – nun wurde bereits das Wort Betrüger gebraucht – auf ihrem Schreibtisch liegen habe, die, wenn nötig, sofort in Kraft treten könnten.

Dann erschien die vorläufig noch unwahre Nachricht, daß die Untersuchungskommission des Senats, verschiedener verdachterregender Umstände und Vorkommnisse wegen, sich genötigt sehe, die Vernehmung in wenigen Tagen anzuordnen, um noch rechtzeitig das Verschieben von Millionen in Schwesterkompanien zu verhindern.

Und nun schlug zur richtigen Zeit die Bombe ein, von Aslan fabriziert und gut gezielt.

Der Vorsitzende der Kommission, von den nach Gerechtigkeit

schreienden ›Pressure groups‹ in die Enge getrieben, gab bekannt, daß die Beschuldigten bereits vorgeladen worden seien und daß die Verhandlung, zu der die Öffentlichkeit zugelassen werden würde, am Donnerstag der zweiten Woche des nächsten Monats beginnen werde. Es war hinzugefügt worden: Da diese Vernehmung von weittragender Bedeutung für das ganze amerikanische Volk sei, werde die Sitzung mittels Television der Nation vorgeführt, als Beweis, daß die hochehrenwerte Senatskommission sich von der Finanzwelt in keiner Weise beeinflussen lasse und ›the little man of the street‹ selbst Richter sein könne.

Welch bessere Propaganda über das ganze Land hinweg hätte Aslan für ihren Plan haben können!

In höchst diplomatischer Weise war es ihr gelungen, das gesamte Televisionsnetz der Union zu interessieren. Der ›unerhörte Betrugsversuch einer skrupellosen Finanzgruppe‹ war so auftrompetet worden, die Zeitungen hatten ihn so eng mit gegenwärtig herrschenden Fragen und deren Lösungen verknüpft, daß man sicher sein durfte, niemand im ganzen Lande würde sich dieser sensationellen Theatervorstellung versagen, nicht einmal ein Sterbender, solange er noch die Kraft besaß, seine Augen offenzuhalten.

Diese Televisionübertragung versprach bei weitem interessanter zu werden als das historisch gewordene Verhör der Filmschreiber und Filmregisseure, die im Verdacht gestanden hatten, Kommunisten zu sein und ihre antiamerikanischen Ideen in echt bolschewistischer Art und Weise in ihren Filmen einem vertrauensseligen Publikum, geschickt versteckt in pornographischen Episoden, aufzudrängen versuchten.

Bei dieser Anhäufung von Verdächtigungen und offenen Beschuldigungen des Direktoriums der Kompanie hätte man vermuten sollen, daß sich endlich einige Aktionäre verleiten lassen würden, ihre Aktien loszuschlagen, mit oder ohne Gewinn, um sich aus der nun reichlich heiß werdenden Suppe sowenig wie möglich geschunden herauszuwürmeln. Wenn es der Senatskommission gelang, Betrug oder auch nur den Versuch eines Betruges nachzuweisen, waren die Aktien nur gerade so viel wert, wie aus der endgültigen Liquidation herausgeschlagen werden konnte, nachdem die Anwälte und Liquidationsverwalter dreimal Rahm abgelöffelt hatten. Aber merkwürdig, keine Aktie wurde zum Verkauf angeboten, wofür es nur zwei Erklärungen gab: die eine, daß alle Aktien sich im Besitz einer Person oder einer Familie befanden, und die andere, daß die Inhaber der Aktien von der Möglichkeit einer Ausführung des Projekts so felsenfest überzeugt waren, daß sie mit Sicherheit auf phantastisch hohe Dividenden rechnen durften, nicht gerade in der nächsten Woche, aber doch mit Wahrscheinlichkeit in zwölf oder fünfzehn Jahren. An solche und viel längere Wartezeiten waren die Gründer amerikanischer Kompanien aller Art gewöhnt. Je länger die Wartezeit, je weitreichender das Unternehmen, um so höher die späteren Dividenden.

10

»Sind Sie mit allem fertig, Mr. Beckford?« fragte Aslan am Dienstagnachmittag.

»Alles fertig, Madame, bis auf den letzten zugeknöpften Hosenknopf.«

»Wissen Sie, was Ihnen geschieht, wenn Ihrer Fahrlässigkeit wegen etwas fehlgeht?«

»Sie erschießen mich kaltblütig oder stoßen mich unversehens in einen tiefen Abgrund, wenn ich gerade verzückt die großartige Landschaft bewundere.«

»Nicht gerade das, ich bin ja keine Mörderin. Aber schlecht geht es Ihnen, das kann ich Ihnen sagen. Ich habe meine Methoden. In Hollywood gelernt. Sie werden von einigen bezahlten Gorillas gottserbärmlich verdroschen.«

»So ungefähr habe ich mir das gedacht. Aber ich muß dabeisein, und wer am Ende der Verdroschene ist, das werden Sie ja wohl zu rechter Zeit erfahren, Madame.«

»Ach, ich mache ja nur Spaß.«

»Natürlich machen Sie nur Spaß. Sie machen immer nur Spaß, wenn ich in Frage komme.«

»Werden Sie nicht tragikomisch, Mr. Beckford. Kein Grund dafür. Ich hoffe, Sie haben Amy die letzten genauen Instruktionen gegeben.«

»Sie wird erscheinen und verschwinden wie ein gutgeölter Geist, mit Karten und ohne, mit Listen und ohne.«

»Was Amy betrifft, ich hoffe, Sie haben nichts mit ihr angefangen. Tut dem Geschäft niemals gut, wenn sich der Chef mit seiner Sekretärin belustigt.«

»Keine Sorge, Madame, Amy sagt ›good night‹, wenn man sie auch nur um eine Tasse schwarzen Kaffees ersucht.«

»Also den Versuch haben Sie gemacht?«

»Warum nicht, Madame? Sie ist eine Frau.«

»Frau? Soviel ich weiß, ist sie nicht verheiratet, nicht verwitwet, nicht geschieden und aus guter Familie.«

»Ja, Eisenwaren in Eldersville, Kansas.«

»Scheint, Sie sind ziemlich weit gegangen mit ihr?«

»Ja, Madame, so weit, daß ihre Vergangenheit die Verzweiflung meiner Gegenwart wurde.«

»Gott, reden Sie keinen Unsinn.«

»Ich spreche von dem Titel eines Films, der schuld war, daß alles versumpfte.«

»Gut, daß es versumpfte. Verzaubern Sie eine erstklassige Sekretärin nicht in eine drittklassige Geliebte. Und daß Sie es wissen, Sie bekommen eine neue Sekretärin und ein junges, hübsches Mädchen, das die Gänge zur Post und zum Papierladen besorgt. Amy ist seit heute morgen meine persönliche, vertraute und private, sehr private Privatsekretärin mit einem Gehalt von dreihundert die Woche.«

»Mit diesem Gehalt heirate ich sie vom Fleck weg.«

»Amy kennt Sie zu gut, als daß sie sich von Ihnen vom Fleck weg heiraten ließe. Sie werden mit Ihrem neuen weiblichen Personal zufrieden sein, bei weitem zufriedener als mit Amy. Amy ist eine Dame. Eine Dame von unantastbarer Ehrlichkeit und Unbestechlichkeit.«

»Sie müssen sie offenbar sehr gut kennen, Madame?«

»Natürlich kenne ich sie sehr gut. Nun zur Sache. Sind die fünf Assistentinnen genau instruiert?«

»Sie werden herummarschieren wie lebende Zinnsoldaten. Bin doch nicht umsonst Sergeant im Marine Corps gewesen.«

»Gut. Ich möchte die fünf heute um sechs Uhr in meinem Hotel sehen. Sagen Sie dieser Hofgarde, sie möge in ihren Straßenkleidern erscheinen, aber ihre Uniformen mitbringen. Zu einer letzten Generalmusterung. Zwei Schneiderinnen werden anwesend sein, um die letzten Kleinigkeiten zu überwachen und Änderungen vorzunehmen, wo solche nötig sind. Und am Rande bemerkt, Mr. Beckford, Sie haben in den letzten zwei Wochen mehr und Besseres getan, als ich je von Ihnen erwartet hätte.«

»Lediglich Ihre Befehle und Anordnungen vollzogen, Madame.«

»Richtig. Aber Sie wissen so gut wie ich, und Sie haben es in Ihrem Militärleben gelernt, man kann Befehle oft in mehr als einer Form ausführen, und der Befehl ist nach seinem Wortlaut dennoch richtig ausgeführt. Manche Ihrer Ideen waren in der Tat vorzüglich und wirklich originell.«

»Gern getan, Madame. Keine Ursache zu ewiger Dankbarkeit. Gern getan, und außerdem gehörte es zu den Aufgaben, die mir gestellt waren, seit Sie mich aufgelesen haben.«

»Aufgelesen ist wohl nicht das richtige Wort. Aber wenn Sie wünschen, gut, lassen Sie es gelten. Die Wahrheit ist, Sie kamen mir zu rechter Zeit über den Weg.«

»Über den Weg Ihres Cadillac, Madame, sagen wir besser«, berichtigte Beckford lachend.

11

Mehrere Jahre in aktiver Tätigkeit in der Illusionswelt des Films zugebracht zu haben, kam Aslan außerordentlich gelegen.

Das Arrangement im Sitzungssaal des Senatskomitees hätte jeden Filmregisseur mit blassem Neid erfüllen können.

Die Herren Senatoren, aus denen das Komitee bestand, sahen höchst ehrwürdig aus. Und da diese so erschreckend ehrwürdig aussehenden Herren nicht nur Senatoren, sondern in erster Linie Männer waren, galt es für eine intelligente Frau, wie Aslan es war, als erstes Gebot, die hungernden Augen der Herren, die daheim von fleischigen, langweiligen Ehefrauen regiert und hin und her geschoben wurden, mit den atemberaubenden Formen wahrhafter Kronen der Schöpfung zu sättigen.

Aslan trug ein dunkelblaues, so vortrefflich gearbeitetes Straßen-

kleid, daß ihre Formen sich in einer diskreten Weise offenbarten, die um so verführerischer wirkten, da sie nur angedeutet waren, aber in jeder ihrer Bewegungen sich verdeutlichten und die Blicke der hochehrwürdigen Senatoren auf sich zogen.
Amy, ebenfalls im Straßenkleid, ließ ihre Kurven in stärkerer Weise spielen, insbesondere die hintere Rundung unter ihren Hüften, auch in diesem Falle um so aufreizender, als die Rundung kein Gummigerüst war. Nicht zuviel, nicht zuwenig.
Die fünf Assistentinnen, die in geschmackvolle, straff am Körper sitzende halbmilitärische Uniformen mit goldplattierten Knöpfen gekleidet waren und die ständig in Bewegung sein sollten, dies oder das heranzuholen, spielten ihre Rollen ebenfalls in vorzüglich studierter Weise. Eine war hübscher als die andere. Auf ihren Lippen vibrierte ein niemals verschwindendes, einladendes, alles versprechendes Lächeln. Zwei blonde, eine mit kastanienbraunem Haar, das stark ins Rötliche ging, und zwei dunkelhaarige. Jede ihrer Bewegungen offenbarte einen Rhythmus, der angenehm auf die Augen wirkte, ähnlich wie gutgedrillte sportliche Übungen. Nur die Musik fehlte, um den Zirkus vollständig zu machen. Die Musik würde Aslan liefern. Dessen durfte man sicher sein.
Beckford, in einfachem Anzug, versuchte den Eindruck zu erwekken, daß er der eigentliche Beherrscher der Situation sei. Niemand jedoch glaubte es ihm.
Das Ganze sah einer Filmaufnahme um vieles ähnlicher als einer ernsten Vernehmung vor dem hochehrwürdigen amerikanischen Senat, bei der es sich um Tod oder Leben einer milliardenschweren Aktiengesellschaft handelte.
Dieser Eindruck wurde verstärkt durch das halbe Dutzend Televisionkameras, die zu arbeiten begannen, sobald die hochehrwürdigen Herren Senatoren in den Saal traten und ihre Sitze einnahmen. Die Senatoren legten, wie vom Publikum sofort bemerkt wurde, großen Wert darauf, in der Television herauszukommen wie Filmdarsteller. Sie zupften ihre Krawatten zurecht, strichen ihre Haare glatt und klebten auf ihr Gesicht das stereotype, von väterlicher Güte überlaufende Grinsen des Berufspolitikers, der nichts für sich haben will, sondern lediglich zum Wohle der Nation

die schwere Bürde eines Volksvertreters auf sich nimmt und seine Gesundheit und sein Leben der Allgemeinheit zum Opfer bringt.
Zuerst kamen die üblichen Fragen. Wie die Kompanie gegründet worden sei und zu welchem Zwecke. Das war freilich registriert worden, so daß ein jeder es lesen konnte, aber die Herren Senatoren mußten davon hier unterrichtet werden, als ob sie nie etwas von der Kompanie gehört hätten.
Beckford gab die Erklärung ab, daß er die volle Verantwortung übernehme für alles, was sich seit der Gründung der Kompanie ereignet habe, denn er sei, wie aus den amtlichen Registern hervorginge, der Generalmanager, der Geschäftsführer der Kompanie.
Er wurde aufgefordert, die Namen der Aktionäre, besonders derjenigen zu nennen, die infolge der Zahl ihrer Aktien einen entscheidenden Einfluß auf die Politik der Kompanie ausüben konnten.
Dem Senator, der diese Namen zu hören verlangte, wurde von zwei seiner ehrwürdigen Kollegen eifrig etwas ins Ohr geflüstert. Selbst in der Television kam der geflüsterte Rat so deutlich heraus, daß jeder verstand, die beiden Senatoren fürchteten, einer oder der andere ihrer Freunde könnte vielleicht Inhaber dieser Aktien sein, und man täte ihm einen schlechten Dienst, seinen Namen hier vor aller Öffentlichkeit bekannt zu geben, er könnte es mißverstehen und mit einem viel schlechteren Dienst zurückzahlen.
Von den zweiundachtzig Millionen Televisionsapparaten des Landes waren in diesem Augenblick sicher vierzig Millionen erleuchtet. Aslan hatte richtig geurteilt. Ohne den Hollywoodaufbau der Szenerie, ohne die hübschen Mädchen in ihren geschmackvollen Uniformen, ohne deren schöne Beine und ihr gewinnendes Lächeln hätten einige Millionen der Zuschauer bald das Interesse an der Sitzung verloren; denn es wurden, besonders am Beginn, zu viele Fragen rein juristischer Natur gestellt und beantwortet, deren Bedeutung und Zweck nur wenige verstanden.
Eine Unterbrechung von fünfundvierzig Minuten wurde angeordnet. Nun war die Pause vorüber, und die Herren Senatoren traten würdevoll in den Saal.

Als sie bemerkten, daß sofort die Kameras auf sie gerichtet wurden, verzogen sich ihre Lippen wieder zu jenem väterlich wohlwollenden Lächeln, das den Wählern genügend bekannt war.
Beckford wurde gefragt, warum er glaube, daß ein Kanal quer durch das ganze Land, also etwa von New York nach San Francisco, gebaut werden könne, und wie nach seiner Meinung ein solcher Bau ausführbar wäre.
Er erklärte, ein solcher Bau sei ausführbar.
Wie er glaube, das Felsengebirge, die Rocky Mountains, zu durchschneiden?
»Das ist nicht meine Aufgabe, das ist Sache amerikanischer Ingenieure«, antwortete er. »Ich bin lediglich der Geschäftsführer der Kompanie, beauftragt, das Vermögen der Kompanie zum Vorteil der Aktionäre zu verwalten und alles Geschäftliche zu organisieren.«
»Wissen Sie, Mr. Beckford, wie weit die Entfernung von New York nach San Francisco ist? Luftlinie?«
»Es sind zweitausendfünfhundertundeinundsiebzig Landmeilen, sogenannte Statute-Meilen, oder zweitausendzweihundertvierunddreißig Seemeilen. Schiffe rechnen ihre Entfernungen nach Seemeilen, deren Länge durch internationale Vereinbarung am 1. Juli 1954 einheitlich festgelegt wurde.«
Der vernehmende Senator räusperte sich auffällig, offenbar verblüfft von der genauen Antwort Beckfords.
Aslan dachte bei sich: ›Ich habe es ihm mit großen Mühen vortrefflich eingebleut; aber er verdient für alle Fälle einen Applaus für sein gutes Erinnerungsvermögen.‹
»Wissen Sie, Mr. Beckford, wie hoch der höchste Punkt der Rocky Mountains ist, den Sie zu durchbrechen haben?«
»Er ist viertausendachthundertzweiunddreißig Meter hoch.«
»Und diese hohe Felsenmauer wollen Sie überqueren?«
»Natürlich nicht, Sir. Da aber der niedrigste Punkt des ganzen Landes von dem höchsten nur fünfundachtzig Meilen entfernt ist, werden unsere Ingenieure den besten Mittelweg finden; denn der niedrigste Punkt, von dem ich soeben sprach, liegt vierundsiebzig Meter unter dem Meeresspiegel, und das mag unseren Ingenieuren mehr Kopfzerbrechen bereiten als die höchsten Punkte.«

»Vortrefflich gesagt«, dachte Aslan bei sich.
Die vernehmenden Senatoren rückten nervös auf ihren Sitzen herum.
Senator Drake, der bisher nichts gesagt oder gefragt hatte, hielt den Augenblick für gekommen, sich seinen Wählern, die weit draußen im Westen vor ihren Televisionsapparaten hockten, bemerkbar zu machen als die wichtige Person, für die er sich hielt. So fragte er mit einem Grienen, von dem er hoffte, es würde Beckford vernichten und zugleich seinen Wählern Bewunderung ablocken wegen der Verfänglichkeit seiner geschickt formulierten Frage: »Wollen Sie mir sagen, Mr. Beckford, wie Sie diesen Kanal zu beenden gedenken, falls das Durchbrechen der hohen Felsen zu kostspielig wird oder sich gar als unmöglich erweist?«
»Dafür haben wir eine sehr einfache Lösung, Sir. Wir heben die Schiffe über die Felsen hinweg. Ist so einfach wie ein Pflaumenkuchenessen.«
»Heben die Schiffe über die Felsen hinweg«, wiederholte der hochehrbare Senator, während er gleichzeitig in ein kollerndes Lachen ausbrach, in das seine Kollegen einfielen, als er sie leicht in die Rippen stieß, »und das ist, wie Sie sagen, ganz einfach?« Er änderte seinen Ton: »Wir sind nicht hier, um uns Kindermärchen anzuhören.«
»Wenn die Gentlemen mich mißverstanden haben, bitte ich vielmals um Entschuldigung. Ich gedachte hinzuzufügen, daß die Schiffe, wo es sich als nötig erweisen sollte, durch Schleusen über die Höhen gehoben werden, wie es auch im Panamakanal und in vielen anderen Kanälen geschieht. Es kostet freilich mehr Zeit, als wenn ein Schiff glatt durchfahren kann. Aber ich wollte nur darauf hinweisen, daß, von den Kosten abgesehen, überall auf Erden ein Kanal gebaut werden kann, ganz gleich, in welcher Länge, und ganz gleich, welche Hindernisse ihm entgegenstehen.«
Die Senatoren steckten ihre Köpfe zusammen. Nachdem sie ihre Fragebogen, die vor ihnen ausgebreitet lagen, zu Rate gezogen hatten, entschieden sie sich über die Art und Weise, die Vernehmung fortzusetzen.
»Gesetzt den Fall, Mr. Beckford, dieser Kanal würde gebaut und wirklich vollendet – vergessen wir für einen Augenblick die Ko-

sten –, wieviel würde ein Schiff, das direkt von New York nach San Francisco quer über das Land fährt, an Zeit gewinnen, verglichen mit der Zeit, die ein Schiff benötigt, seinen Weg über Panama zu nehmen? Können Sie diesem Komitee diese Frage mit annähernder Genauigkeit beantworten?«

»Ich bitte vielmals um Entschuldigung, wenn ich bemerke, die Frage ist nicht richtig gestellt, Sir.«

»Nicht richtig gestellt? Wie meinen Sie das, Mr. Beckford?«

»Die Zeit, die ein Schiff benötigt, von einem Hafen zum nächsten zu gelangen, richtet sich nach der Geschwindigkeit, die bei jedem einzelnen Schiff eine andere ist. Manche Schiffe machen nicht mehr als acht Knoten, das will sagen, acht Seemeilen in der Stunde, während andere Schiffe, etwa das ›S. S. United States‹, fünfunddreißig und eine halbe Seemeile die Stunde bei günstigem Wetter machen können und wiederholt gemacht haben.«

»Wenn es also in bestimmten Fällen nicht ein Gewinn an Zeit ist, Mr. Beckford, wo liegt dann der Vorteil eines so kostspieligen Unternehmens wie der Bau dieses Kanals?«

»Letzten Endes ist es ein gewaltiger Gewinn an Zeit, wenn der Weg verkürzt wird. Die Entfernung von New York nach San Francisco über Panama beträgt fünftausendzweihundertdreiundsechzig Seemeilen. Die Länge von New York nach San Francisco quer über das Land beträgt nur zweitausendzweihundertundvierunddreißig Seemeilen. So würde also jedes Schiff dreitausendundneunundzwanzig Seemeilen sparen. Und da vom Zeitgewinn gesprochen wurde: Ein Schiff, das nur zwanzig Seemeilen die Stunde macht, würde demnach ungefähr sechs Tage Zeit sparen. Da freilich ein Schiff in einem Kanal nicht die gleiche Geschwindigkeit entwickeln kann wie in offener See, mag der Gewinn an Zeit vielleicht nur drei Tage betragen oder vier. Vier Tage an Zeit zu gewinnen bedeutet für den Schiffseigentümer einen Gewinn, der sich um so höher beläuft, je größer das Schiff ist.«

»Sie sind also völlig überzeugt, Mr. Beckford, daß der Bau eines solchen Kanals möglich ist?«

»Völlig überzeugt, Sir.«

»Gesetzt den Fall, die Kompanie, deren Geschäftsführer Sie sind und für deren Vermögen Sie die volle Verantwortung tragen, beginnt den Kanal zu bauen, und aus irgendwelchen Gründen können weitere Gelder nicht aufgebracht werden, was geschieht dann mit den Aktien der Kompanie?«

Diese Frage kam Beckford ganz und gar unerwartet. Aber Aslan begriff blitzartig, warum diese höchst verfängliche Frage gestellt worden war.

Beckford sah sich ratlos nach Aslan um, erhielt aber von ihr nur einen leeren Blick.

Er sah die Herren der Reihe nach an, zuckte hilflos die Schultern und sagte: »Was dann mit den Aktien geschieht, Gentlemen, das weiß ich nicht zu beantworten. Daran habe ich nie gedacht.«

Senator Drake blickte ebenfalls von einem seiner Kollegen zum andern, und ein befriedigendes Grinsen fegte über sein Gesicht, von dem eine Kamera durch Close-Up entsprechende Notiz nahm.

Wer immer im ganzen Lande in diesem Augenblick vor seinem Televisionsapparat saß und das triumphierende Grinsen des Senators auffing, fühlte: Dies ist die Entscheidung. Von nun an haben die ordentlichen Gerichte das Wort.

Sein von satter Zufriedenheit strotzendes Grinsen noch weiter ausdehnend, sein volles, breites Gesicht nicht Beckford, sondern den Kameras zuwendend, sagte er nun mit schneidender Stimme: »Sie haben hier soeben vor dem Komitee erklärt, daß, falls der Bau des Kanals infolge Ausbleibens der nötigen Gelder nicht vollendet, ja nicht einmal weitergeführt werden kann, Sie, als Generalmanager der Kompanie, nicht wissen, was dann mit den Aktien geschieht. Ist das richtig, Mr. Beckford?«

»Das ist richtig, Mr. Senator«, antwortete Beckford, sich mit flehender Geste suchend nach Aslan umwendend.

»Mit anderen Worten, Mr. Beckford, und um es ganz deutlich zu machen, die Aktien sind dann völlig wertlos. Mit klaren Worten ausgedrückt: Die Käufer der Aktien wurden betrogen, absichtlich, gewissenlos und schamlos betrogen.«

»Nein, sie wurden nicht betrogen, Mr. Senator«, tönte da die volle, sonore Stimme Aslans in den Saal.

Die Kameras waren auf diese plötzliche Veränderung der Situation in keiner Weise vorbereitet. Mit ersichtlicher Mühe nur ge-

lang es ihnen, Aslan einzufangen; denn sie sprach vom Hintergrunde aus, langsam sich dem Tisch, hinter dem die Senatoren saßen, nähernd.
»Sie wurden nicht betrogen, und sie werden niemals betrogen werden«, wiederholte Aslan, nun dicht vor dem Tische stehend.
Bis zu diesem Augenblick war Aslan weder von den Senatoren noch von den Zeitungsreportern noch von den wenigen Zuhörern der sogenannten Galerie noch von den Kameraleuten beachtet worden. Es sah so aus, als sei sie nur eine der Gehilfinnen, die das Material bereithielten für den Augenblick, in dem es verlangt wurde.
»Wer sind denn Sie?« fragte erstaunt der Vorsitzende, Senator Clifford. »Und ich warne Sie gleich jetzt und hier, diese Vernehmung zu unterbrechen, oder ich lasse Sie hinausführen.«
»Gentlemen«, sagte Aslan, die Senatoren mit einem verführerischen Lächeln hypnotisierend, »ich befinde mich hier, meine Aktien zu verteidigen und gleichzeitig die Kompanie, deren Generaldirektor ich bin und die ich infolge der Zahl meiner Aktien kontrolliere. In diesem Augenblick kann ich, wenn es mir so gefallen sollte, die Kompanie liquidieren und allen Aktieninhabern ihr Geld zurückzahlen oder, wenn nötig, offizielle Genehmigung vorausgesetzt, eine neue Ausgabe von Aktien auf den Markt bringen.«
Die Senatoren und Beckford fanden sich plötzlich völlig vergessen. Jede Kamera bemühte sich schnellstens, Aslan in voller Größe und allen Einzelheiten dem Televisionspublikum zu überreichen. Die Kameras krochen um Aslan herum, an ihr hinauf und wieder an ihr hinunter. Ihre Stirn, ihr Haar, ihre Augen, Nase, Mund, Hals, Büste, ihren Rücken, die Rundung unter ihren Hüften, die Form ihrer Oberschenkel, ihre Waden, ihre Schuhe, den Schnitt ihres elegant sitzenden Kleides, nichts, aber auch gar nichts übersahen die Kameraleute, um es der überraschten Welt zu zeigen. Man gewann den Eindruck, als würden die Kameras versuchen, Aslan vollständig auszuziehen. Und auch nicht ein einziger Zuschauer im Lande hätte sich verwundert, wenn ein Kameramann den Rock hochgehoben hätte, um ihr intimstes Untergewand und, wenn möglich, noch etwas mehr zu liefern.

Nicht nur ihnen, sondern auch den Herren Senatoren gab Aslan überreiche Gelegenheit, sich an ihrer Eleganz und ihrer herrlichen Figur zu erfreuen und zu sättigen. Man soll Feiertage feiern, wie sie fallen.
Die Senatoren waren sich für eine geraume Zeit nicht klar, wie sie sich in diesem so plötzlich veränderten Fall verhalten sollten. Etwas Ähnliches war bisher nie vorgekommen in irgendeiner der vielen Komiteeverhandlungen. Es lag darum kein Präzedenzfall vor, nach dem sie sich hätten orientieren können.
Nach einer kurzen geflüsterten Beratung entschieden die Herren schließlich, Aslan zu erlauben, in die Verhandlung persönlich einzugreifen, um so mehr, da sie als Generaldirektor der Kompanie und Hauptaktionär zweifellos besser über die Pläne der Kompanie unterrichtet sein mußte als Beckford.
Der Vorsitzende ordnete eine Vertagung an und erklärte, die Verhandlung würde am nächsten Tage um ein Uhr erneut aufgenommen, und Aslan habe als geladener Zeuge zu erscheinen, wenn sie sich nicht einer hohen Geldstrafe, im Wiederholungsfalle sogar einer Gefängnisstrafe aussetzen wolle.
Diese Vertagung kam niemand mehr gelegen als den Kameraleuten, die den Eindruck völliger Erschöpfung machten.
Das theatralische, wohlüberdachte Auftreten Aslans, ihre dominierende Persönlichkeit, ihre geradezu erschreckende Selbstsicherheit, ihre Eleganz, ihre volle wohltönende Altstimme trieben den Enthusiasmus des Televisionspublikums auf die Spitze. Wer bis jetzt vor seinem Apparat gesessen und gefürchtet hatte, dieses Verhör könnte in ermüdende juristische und finanzielle Wortklaubereien ausarten, war bereit, nun sogar für die Fortsetzung der Vorstellung zu bezahlen, sollte man dies von ihm verlangen. Die Vernehmung wurde das Gespräch des Tages, und wer heute das Theater vermißt haben mochte, brannte darauf, morgen wenigstens den zweiten Akt zu sehen.
Um ein Uhr des nächsten Tages sollte die Verhandlung erneut aufgenommen werden.
Jedoch bereits seit zwölf Uhr vierzig waren die Kameras geschäftig gewesen, die Räumlichkeiten in allen Einzelheiten dem neugierigen Publikum hinzuschießen, insbesondere die hübschen Assi-

stentinnen Aslans, die heute in Uniformen anderen Schnittes erschienen, jedoch genau so aufreizend wie am Tage vorher. Jede Gelegenheit wurde benutzt, scheinbar unauffällig und scheinbar ungewollt, die schön geformten Beine und die von den Uniformen zwar bedeckten, aber sehr deutlich sichtbaren Kurven dem Publikum zu offenbaren, während sie Bücher, Karten, Listen und Zeitungsausschnitte auf den Tischen, die ihnen zur Verfügung standen, sortierten, um sie im gegebenen Augenblick zur Hand zu haben.

Die ›Telepast Company‹, die das Privileg erhalten hatte, die Verhandlungen vor dem Senatskomitee dem Lande vorzuführen – wie, durch wen und zu welchem Preise, blieb für immer ein Geheimnis –, benötigte dieses Vorspiel mehr als die Verhandlungen selbst. Denn während dieses Zeigens der Örtlichkeiten, in denen sich das wirkliche Drama abspielen sollte, durfte die Television die Namen und Produkte jener Firmen, die für die Verbreitung der Komödie zahlten, dem Publikum nennen. Laut Kontrakt war es der Televisionkompanie streng untersagt, während des Verhörs irgendwelche Geschäftspropaganda einzublenden, andernfalls konnte sofortige Ausweisung aus dem Saale erfolgen.

Kurz vor ein Uhr erschien Aslan, und sofort schossen alle Kameras auf sie los. Sie trug ein neues Kleid, sehr unterschiedlich von dem, das sie gestern getragen hatte.

»Einfach hinreißend«, riefen die Kameraleute aus, als sie Aslan erblickten, und sie riefen es laut genug, daß Aslan es ebenfalls hören konnte.

»Wirklich?« fragte sie und gab ihnen ihr schönstes Lächeln, das die Kameraburschen dem ganzen Volke zukommen ließen. Wie gestern sausten die Kameras um sie herum, an ihr hinauf und hinunter. Eine der Kameras wurde auf einen Tisch gestellt, um Aslan von hoch oben nach unten, senkrecht beinahe, aufzunehmen.

»Dies ist ein besonders effektvoller Schuß, Madame«, erklärte ihr der Chef des Teams, »ich wünschte, Sie könnten sich selbst so sehen. Bitte, wenden Sie sich langsam nach rechts, dann nach links und bewegen Sie Ihre Lippen, als gäben Sie Ihren Assistentinnen einen Auftrag. Gut, vortrefflich, Madame. Vielen Dank.«

Wenige Augenblicke später schritten die Herren Senatoren in den

Saal, als ob sie dem Takt des Lohengrin-Hochzeitsmarsches folgten, ihre Gesichter, mit dem stereotypen Grinsen des professionellen Politikers bekleistert, auf die Kameras gerichtet.

Alle Anwesenden, eingeschlossen die Reporter, die so zusammengequetscht saßen, daß sie kaum ihre Arme bewegen konnten, erhoben sich, und alles, was Gelegenheit zum Sitzen vorfand, setzte sich wieder, nachdem die hochehrbaren Herren Senatoren ihre Sitze mit entsprechender Würde eingenommen hatten und nun begannen, ihre Nasen geräuschvoll zu schneuzen.

»Miß Norval«, redete der Vorsitzende Aslan an, »sind Sie bereit, dem Investigating Sub-Committee als Zeuge zu dienen?«

»Ich bin dazu bereit, Sir.«

»Sind Sie ebenfalls bereit, unter Eid auszusagen, Miß Norval?«

»Also ready, Sir.«

Der Clerk rasselte die Eidesformel herunter. Aslan erhob ihre Hand und sagte: »I do, so help me, our lo'jeschrist.« Nur als aufgerufener und vereidigter Zeuge war es ihr möglich, in dieser Vernehmung zu sprechen; denn der eigentlich Geladene, der sich und die Geschäftsführung der Gesellschaft verteidigen sollte, war ja Beckford. Beckford hatte es abgelehnt, seine Aussagen unter Eid zu machen, da er leicht in Irrtümer verfallen mochte, die später als Eidesverletzung ausgelegt werden könnten.

»Miß Aslan Norval, Sie sind identisch mit der Aslan Norval, die im Volksmunde ›the perpetual heiress, die ständige Erbin‹, genannt wird?«

»So ähnlich, Sir. Es ist eine Erfindung der Zeitungsreporter.«

»Ihr Vermögen geht also, sagen wir, in die Hunderte von Millionen, Miß Norval? Ich betone, Sie sind nicht verpflichtet, diese rein oberflächliche Schätzung zu beantworten, wenn es Ihnen unbequem ist.«

»Mein Vermögen beträgt viele Millionen, Sir. Ich habe keinen Grund, dies zu verschweigen.«

»Sie sind einer der Gründer –«, der Vorsitzende warf einen raschen Blick auf ein vor ihm liegendes Papier, »der ›Atlantic-Pacific Transit Corporation‹, kurz genannt: ›A. P. T. C.‹ Ist das richtig, Miß Norval?«

»Richtig.«

»Haben Sie einen entscheidenden Einfluß auf die Tätigkeit, die Unternehmungen und Projekte der Kompanie, Miß Norval?«
»Als die Teilhaberin, die von allen Aktieninhabern die höchste Zahl von Aktien in einer Hand vereinigt, bin ich imstande, die Kompanie bis zu einem hohen Grade zu kontrollieren. Zugleich bin ich Generaldirektor der Kompanie und erster Vorsitzender des Aufsichtsrats.«
»Mr. Clement Beckford, der gestern hier vor uns stand, ist der Generalmanager der Kompanie. Ist das richtig, Miß Norval?«
»Vollkommen richtig, Sir.«
»Kann Mr. Beckford irgendeine wichtige Entscheidung in Hinsicht auf die Pläne der Kompanie treffen?«
»Mr. Beckford kann keine Entscheidung von irgendwelcher Bedeutung treffen ohne meine Zustimmung, die gleichzeitig vom Aufsichtsrat bestätigt, in den Tagesordnungen eingeschrieben und vom Sekretär des Aufsichtsrates unterzeichnet sein muß.«
»Sie waren gestern während der ganzen Verhandlung hier im Saale anwesend und hörten alle Aussagen Mr. Beckfords. Geben Sie das zu, Miß Norval?«
»Ja, ich hörte jedes Wort, das Mr. Beckford hier sagte.«
Der Vorsitzende wendete sich zum Schreiber: »Clerk, lesen Sie laut von Ihrem Stenogramm, was die Zeugin soeben erklärte.«
Der Schreiber wiederholte die Worte: »Ja, ich hörte jedes Wort, das Mr. Beckford hier sagte.«
»Miß Norval«, wandte sich der Vorsitzende an Aslan, »Sie haben zu dieser Aussage nichts hinzuzufügen oder zu ändern?«
»Ich habe nichts daran zu ändern und wiederhole deshalb nochmals, ich habe jedes Wort, das Mr. Beckford gestern hier sprach, gehört.«
Aslan wußte, daß dieses vom Vorsitzenden verlangte laute Lesen vom Stenogramm Komödie war; denn ein jedes Wort, das im Saal gesprochen wurde, selbst das Flüstern der Kameraleute, wurde auf Band übertragen, so daß es heute oder in fünfzig Jahren wortgetreu abgehört werden konnte.
An zwölf verschiedenen Stellen über den Saal verstreut, waren geschickt verkleidete Mikrophone versteckt, die sich auch nicht den geringsten Laut entgehen ließen. Aber es war die Absicht des

Vorsitzenden, die Aufmerksamkeit aller Anwesenden und natürlich die des Televisionspublikums auf diese Frage zu lenken.

Er nickte seinen Beisitzern zu mit einer Miene, die zu besagen schien, nun haben wir auch sie in der Falle, wie diesen Burschen Beckford.

»Da Sie, Miß Norval, also hörten, was Mr. Beckford gestern hier erklärte und was uns in jedem gegebenen Augenblick der Clerk vorlesen kann, hörten Sie natürlich auch, daß Mr. Beckford, der Generalmanager der ›A. P. T. C.‹, zugab, die Aktien der Kompanie würden absolut wertlos sein, wenn infolge des Ausbleibens weiterer Gelder der Bau des Kanals nicht vollendet werden könnte. Sie hörten das, Miß Norval?«

»Die Worte, Sir, sind nicht ganz genau, aber dem Sinne nach sind sie richtig.«

»Miß Norval, Sie erklärten hier unter Eid, daß Sie einer der Gründer der Kompanie, ferner, daß Sie Generaldirektor der Kompanie seien und Sie die Kompanie in einer Weise kontrollieren, daß die anderen Aktionäre vergleichsweise nur einen verhältnismäßig beschränkten Einfluß auf die Tätigkeit der Kompanie ausüben können. Ist das richtig, Miß Norval?«

»Absolut richtig, Sir.«

»Miß Norval, die Kompanie ist aufgebaut auf der unsicheren, ungewissen, unkontrollierbaren Grundlage, daß, wenn ein Nachschub von Geldern, der zweifellos Hunderte von Milliarden betragen dürfte, nicht erfolgt, die Aktien völlig wertlos sind, mit anderen Worten, daß die Aktionäre dann ihr Geld verlieren. Ist dies den Leuten, die Aktien kauften, mitgeteilt worden, ehe sie die Aktien erwarben, Miß Norval?«

»Ich halte alle Leute, die Aktien unserer Kompanie erwerben, für intelligent genug, sich das selbst auszumalen, ohne meiner Warnung zu bedürfen.«

»Nach meiner bescheidenen Meinung, Miß Norval, ist dies keine genügende Entschuldigung. Aktien können erworben werden von jeder beliebigen Person, ob sie nun intelligent ist oder nicht. Aktien sind eine Handelsware.«

»Das gebe ich zu, Mr. Senator. Aber wohl niemand kauft Aktien, ohne sich vorher zu erkundigen, welche Möglichkeiten der Wert-

steigerung oder der zu erwartenden Dividenden die Aktien haben könnten.«
»Das ist wohl richtig, Miß Norval.«
Der Vorsitzende säuberte gemächlich seine Nase, offenbar um nachzudenken, welche Frage er nun stellen solle.
Der Beisitzer zu seiner Rechten nahm diese Gelegenheit wahr, dem Vorsitzenden etwas zuzuflüstern. Der Vorsitzende beugte sich zu ihm hin und fing das Wort auf. Eine Miene satter Zufriedenheit belebte sofort sein Gesicht, und eine Kamera schoß es in die Welt hinaus.
Er räusperte sich ziemlich laut, sah nach rechts und nach links, um zu beobachten, ob auch jeder Anwesende, insbesondere die Reporter begriffen, daß er eine Frage bereit habe, die Aslan mit einem Schlage vernichten könne.
In einem Tone, dem er absichtlich eine Färbung väterlicher Güte gab, während er gleichzeitig Aslan anblickte, so unschuldig, als ob er sie zu fragen gedächte, wo sie ihre nächsten Ferien verbringen wolle, fragte er, seine Augen halb zukneifend: »Miß Norval, haben Sie je von dem sogenannten Panamaskandal gehört?«
Kaum hatte der Vorsitzende diese Frage auf Aslan losgefeuert, wendete er sich erneut nach allen Seiten, als erwarte er Applaus. Die Bedeutung dieser Frage war den meisten im Saale Anwesenden sofort klar. Zwischen den möglichen Folgen des Aslan-Projektes und dem berüchtigten Panamaskandal bestand eine starke Verwandtschaft. Die Reporter schrieben so eifrig, daß sie nicht einmal aufsahen, um zu erfahren, welchen Eindruck diese schwerwiegende Frage auf Aslan gemacht habe.
Zwei Reporter stürmten zu den Telephonen. In den ersten Abendausgaben würden zollhohe Zeilen über die Vorderseite schreien: ›A. P. T. C.-Projekt überschattet Panama-Skandal, entschied heute Senatorial Committee. Tausend Milliarden finanzieller Zusammenbruch prophezeit.‹
Aslan schickte ihr sonnigstes Lächeln in die Kameras, als sie mit ruhiger Stimme antwortete: »Mr. Senator, ich habe von dem Panamaskandal nicht nur gehört, sondern habe ihn von Grund auf studiert, soweit mir das Material zur Verfügung stand, denn ein erheblicher Teil von wesentlichen Dokumenten wird in den Archi-

ven der Regierung, die der Öffentlichkeit nicht zugänglich sind, verborgen gehalten, wahrscheinlich als Staatsgeheimnis.«

»Als Staatsgeheimnis, sagen Sie, Miß Norval? Soviel ich weiß, kann man die Geschichte der Erwerbung der Kanalzone und des Baues des Panamakanals in jedem Schulbuch lesen.«

»Mr. Senator, in Schulbüchern ist wohl nur das zu lesen, was die Regierung des Landes den Bürgern beizubringen wünscht.«

»Das geschieht lediglich zum Wohle des Volkes. Aber um auf unsere Vernehmung hier zurückzukommen: Miß Norval, Sie sehen keine Ähnlichkeit zwischen einem möglichen Zusammenbruch Ihrer Kompanie und dem wohlbekannten Panamaskandal?«

»Auch nicht die geringste Ähnlichkeit, Mr. Chairman. Der finanzielle Zusammenbruch der französischen Kanalbaugesellschaft wurde sehr wohl vorbedacht und künstlich herbeigeführt. Es lag nicht im Interesse Englands und weniger noch unseres Landes, diesen so ungemein wichtigen Kanal in französischem Besitz zu sehen. So wurde durch eine geschickte Propaganda in der Welt die Idee verbreitet, daß es unmöglich sei, diesen Kanal zu bauen. Aber merkwürdig, nachdem es unserer Regierung gelungen war, die Rechte, Ländereien und Maschinen für vierzig Millionen Dollar zu erwerben, war der Bau jenes Kanals nicht länger mehr ein Phantasieprodukt französischer Spekulanten.«

»Augenscheinlich, Miß Norval, verstanden wir eben diese Art von Geschäften besser. Denken Sie nicht ebenso?« fragte der Vorsitzende, sich schmunzelnd umsehend, um die Zustimmung auf den Gesichtern der Reporter zu lesen.

»Richtig, Mr. Senator, wir verstehen diese Art von Geschäften besser. Wie unsere Regierung in den Besitz der Kanalzone gelangte, durch nicht gerade sehr reinliche politische Manöver gegenüber der Republik Kolumbien, ist eine für uns nicht gerade sehr ehrenwerte und lobenswerte Geschichte, die uns schamrot machen sollte, uns, die wir ständig vom Selbstbestimmungsrecht der Völker reden, außer wenn solche Rechte unsern wirtschaftlichen und politischen Interessen zuwiderzulaufen scheinen.«

Der Vorsitzende schlug energisch mit seinem Gavel auf den Tisch. Mit einer Stimme, in der ein deutlicher Ton von Drohung lag, warnte der Vorsitzende: »Miß Norval, ich fühle mich verpflichtet, Sie darauf aufmerksam zu machen, daß wir hier nicht sitzen, um uns anzuhören, wie Sie über die Erwerbung der Kanalzone denken, sondern wir sind ausschließlich hier, die finanzielle Sicherheit der ›A. P. T. C.‹ zu untersuchen.«

»Mit aller schuldigen Hochachtung vor dem ehrenwerten Komitee, nicht ich habe den Panamakanal und die mögliche Wiederholung eines ähnlichen Finanzskandals, der durch unsere Kompanie nach Meinung des ehrenwerten Komitees beabsichtigt sein könnte, zur Sprache gebracht. Da dies aber nun einmal geschehen ist und, wie Sie, Mr. Senator, soeben sagten, das hochachtbare Komitee die Aufgabe hat, zu untersuchen, ob die finanziellen Grundlagen unserer Kompanie gesund sind, habe ich mich veranlaßt gesehen, den ehrenwerten Herren Senatoren in meiner Weise klarzumachen, welch ein bedeutender Unterschied besteht zwischen den Ursachen des Panamaskandals und den Umständen, unter denen unsere Kompanie einen Kanal zu bauen trachtet.«

»Gut, Miß Norval, ich bin bereit, zuzugeben, daß die Verhältnisse in Ihrem Fall, grundsätzlich betrachtet, anders liegen. Damit wir jedoch einen gewissen Vergleich haben, an den wir uns halten können, kommen wir zurück zu dem wirklichen Panamakanal, wie er heute besteht und arbeitet, und nicht auf seine Vorgeschichte.

Können Sie uns sagen, Miß Norval, welche Länge der Panamakanal hat?«

»Von Tiefwasser zu Tiefwasser etwas weniger als einundfünfzig Statute- oder Landmeilen, und das will sagen: ein klein wenig mehr als vierundvierzig internationale Seemeilen.«

»Und wie lange, wenn Sie es wissen sollten, wurde an diesen etwas mehr als vierundvierzig Seemeilen gebaut, Miß Norval?«

»Zehn Jahre, Sir.«

»Zehn Jahre? Also vier und eine halbe Seemeile im Jahr?«

»Ungefähr so, Mr. Chairman. Jedoch ich muß hier bemerken, daß die Schwierigkeiten, die beim Bau des Panamakanals vorlagen, für uns nicht existieren. Panama war damals eine der ungesündesten Regionen der Erde. Die Arbeiter, Techniker, Ingenieure starben in Massen infolge Malaria und anderer tropischer

Krankheiten. Die technischen Hilfsmittel, Maschinen, Sprengstoffe, die uns heute zur Verfügung stehen, ermöglichen es, mit genügenden Arbeitskräften und vorzüglicher Organisation fünfzig Meilen Kanal in einem Jahr zu bauen, sehr wahrscheinlich in noch kürzerer Zeit.«

»Sie werden jedoch zugeben, Miß Norval, daß, wäre unsere Regierung nicht zu Hilfe gekommen, der Panamakanal vielleicht noch heute nicht bestehen würde.«

»Nein, das gebe ich nicht zu, Mr. Senator. Eine Privatkompanie hätte die Konzession erworben und den Kanal vollendet, vorausgesetzt, unsere Regierung würde einer Privatkompanie keine Schwierigkeiten bereitet haben.«

»Miß Norval, wenn dieser Panamakanal von nur vierundvierzig Seemeilen Länge, von einer Privatgesellschaft zu bauen versucht, einen solch unerhört weitreichenden finanziellen Zusammenbruch im Gefolge hatte, wie viele finanziellen Zusammenstürze dürften dann wohl erst erfolgen, bis ein Kanal von – von – wieviel Seemeilen nannte Mr. Beckford gestern, Clerk?«

Der Schreiber blätterte in seinen Papieren. »Zweitausendzweihundertvierunddreißig Seemeilen, Mr. Senator.«

»Darf ich den hochehrbaren Herrn Senator darauf aufmerksam machen, daß der Kanal, den wir zu bauen beschlossen haben und der den Atlantik mit dem Pazifik quer über die USA verbinden soll, nur einhundert Seemeilen mehr als die Hälfte jener Länge haben wird oder, genauer gesagt, nur etwa eintausendzweihundertundsiebenunddreißig Seemeilen?«

Die Senatoren blickten sich einander an, als ob sie nicht recht gehört hätten und ein jeder vom andern wissen wolle, ob hier ein Irrtum vorläge. Aslan gab ihren Assistentinnen einen kurzen Wink, und sofort hingen drei große Karten an Gestellen, die ebensorasch herbeigebracht worden waren.

Aslan trat ein wenig zur Seite, um für das Komitee den Blick auf die Karten freizuhalten. Während sie sprach, folgten drei Mädchen mit langen Stäben den Worten Aslans.

»Hier ist New York, und hier ist San Francisco, eine Entfernung von, wie Mr. Beckford gestern richtig sagte, zweitausendzweihundertundvierunddreißig Seemeilen.«

»Aber das ist ja die Kanalstrecke, von der wir schon zwei Tage lang sprechen«, fiel Senator Shearer ein.

»Die ehrenwerten Herren Senatoren und auch Mr. Beckford sprachen von dieser Strecke, aber nicht ich, Gentlemen«, bemerkte Aslan.

»Als die erste Idee von einem Überlandkanal quer durch die USA unter uns diskutiert wurde, dachten wir an einen direkten Wasserweg, der New York mit San Francisco verbinden sollte. Und wie ich bereits gestern zu meiner Verwunderung vernahm, ist Mr. Beckford bei jener ursprünglichen Idee stehengeblieben. Mr. Beckford ist lediglich der Geschäftsführer unserer Kompanie. Mit Plänen und deren technischer Behandlung hat Mr. Beckford nichts zu schaffen. So konnte er also nichts von den Beschlüssen wissen, die im Aufsichtsrat und im Beisein von Ingenieuren und Geographen als ausführbar bezeichnet wurden. Und es ist dieses erst vor einigen Tagen von uns beschlossene Projekt, das die Kompanie verfolgt.«

Die Senatoren ließen Aslan reden, ohne sie zu unterbrechen.

»Das Komitee, vor dem hier zu stehen ich die hohe Ehre habe, wurde mit der Aufgabe betraut, zu untersuchen, ob der Plan, den unsere Kompanie auszuführen beschlossen hat, durchführbar ist oder ob dieser Plan lediglich als Köder gebraucht werden soll, Aktien zu verkaufen, von denen die Kompanie annehmen muß, daß sie früher oder später völlig wertlos sein müssen, mehr oder weniger wertlos wie die Aktien einer Petroleumgesellschaft, die behauptet, im Besitze reicher Ölfelder zu sein, in denen jedoch nie ein Tropfen Öl gefunden wird. Wäre eine genaue Statistik möglich, eine Statistik, die bis auf einhundertfünfzig Jahre zurückginge, würden wir alle mit Staunen vernehmen, wieviel Eisenbahngesellschaften, Stahlwerke, Hochöfen, Schiffbaugesellschaften, chemische Werke, Lokomotivfabriken, Elektrizitätswerke gegründet wurden, nur weil die entfernte Möglichkeit bestand, daß in zwanzig oder dreißig oder wohl gar erst in fünfzig Jahren Gewinne erwartet werden konnten.

Ich stehe hier unter dem Verdacht, eine Gesellschaft gegründet zu haben, von der ich wissen sollte, daß die Ausführung des Projektes, dessentwegen die Gesellschaft gegründet wurde, unausführbar ist. Aber das Projekt i s t ausführbar. Der beste Beweis dafür, daß die Aktionäre unserer Gesellschaft genauso von der Ausführbarkeit dieses Planes überzeugt sind wie ich, ist, daß keiner von ihnen seine Aktien zum Verkauf anbietet.«

Aslan gab ihren Assistentinnen einen Wink, und der Stab lief von New York quer über das Land nach San Francisco.

»Dies, Gentlemen, ist die von Mr. Beckford angegebene Linie. Aber der Kanal, den wir geplant haben und den die Ingenieure unserer Kompanie bauen werden, ist nur etwas mehr als halb so lang und kostet höchstwahrscheinlich weniger als ein Zehntel der Summe, die jener direkte Kanal kosten dürfte.«

»Haben wir recht verstanden, Miß Norval«, unterbrach sie Senator Drake, »weniger als ein Zehntel der Summe, die jener direkte Kanal kosten mag, würde Ihr Kanal kosten?«

»Möglicherweise sogar nur ein Zwölftel. Denn unser Kanal beginnt nicht in New York, sondern hier.« Auf einen Wink von Aslan flog der Stab von New York nach Galveston, Texas.

»Hier in Galveston beginnt unser Kanal und endet an der pazifischen Küste an einem Punkte zwischen Los Angeles und San Diego, der für den Kanal am vorteilhaftesten ist.«

Der Stab auf der Karte sauste quer über Texas, New Mexico, Arizona, Kalifornien und hielt nördlich von San Diego ein.

»In jenem Bereich, zwischen San Diego und Los Angeles, werden wir den Kanal in einer Bucht enden lassen, die den Schiffen den besten Schutz bietet und in der sie vor Anker gehen können, ehe sie ihre Weiterfahrt im Pazifischen Ozean aufnehmen.«

»Nun, Miß Norval, das klingt um ein vieles besser und rückt die Möglichkeit einer Ausführung Ihres Planes bedeutend näher«, meinte Senator Shearer, mit einem Bleistift nackte Mädchen mit übervollen Brüsten auf einem vor ihm liegenden Blatt zeichnend.

»Während die Länge von New York nach San Francisco« – der Stab überflog die Entfernung –, »wie mehrfach bereits den hochgeehrten Herren Senatoren erklärt wurde, zweitausendzweihundertundvierunddreißig Seemeilen beträgt, beläuft sich die Strecke von Galveston zur pazifischen Küste auf nur etwa eintausendzweihundertsiebenunddreißig Seemeilen. Und, am Rande bemerkt, Gentlemen, von Galveston bis Houston in Richtung zur pazifischen Küste besteht bereits seit 1914 ein Kanal, der Houstonkanal.«

Neue Karten erschienen vor den Augen der Senatoren, und die Kameras nahmen die Namen eines jeden Kanals auf, seine Länge, Breite, Tiefe und das Jahr, in dem der Kanal für den allgemeinen Verkehr eröffnet worden war. Das Televisionspublikum konnte nicht anders als überrascht sein, wie vorzüglich Aslan ihre Verteidigung organisiert hatte. Die Karten waren so groß und die Ziffern so fett und deutlich geschrieben, daß die Zeitungsreporter und die wenigen anwesenden Zuhörer sie lesen konnten, ohne aufzustehen.

Den Senatoren, die diesem Komitee angehörten, war bei ähnlichen Gelegenheiten nie eine so vorzüglich geleitete und so geschickt vorbereitete Vorstellung zu Gesicht gekommen. Jede neue Karte oder Tabelle erschien wie hergezaubert und erläuterte die Rede Aslans in vorteilhaftester Weise.

Im Organisieren dieser Vorstellung war ihr freilich Beckford zu Hilfe gekommen, und zwar in einer Weise, wie sie, die seine Intelligenz nicht gerade sehr hoch einschätzte, nie vermutet hätte. Aber diese Art von Vorstellung schien eine Spezialität Beckfords zu sein. Er hatte in Korea sechs Monate lang dem Signal Corps angehört, wo er die Handhabung aller nur möglichen Zeichen bis zur Ermüdung zu lernen und zu üben gezwungen gewesen war. Stets, wenn sich Aslan während ihrer Rede ein wenig umwandte, ihre Blicke auf die Karten fallen ließ und sie entdeckte, daß alles, was gezeigt wurde, parallel lief mit ihren Worten, war sie Beckford im stillen dankbar. Niemals vorher hatte sie irgendwo öffentlich geredet, außer während ihrer Studienjahre, in denen sie gelegentlich bei Schulfeiern und in Anwesenheit eines geladenen Publikums die Festrede gehalten oder Lincolns ›Gettysburg Address‹ deklamiert hatte.

Die Hilfe und Unterstützung, die sie von den Karten und Tabellen erhielt, gaben ihr ein ungeahntes Gefühl von Überlegenheit. Die größte Sicherheit freilich verlieh ihr das Bewußtsein, daß sie für ein Projekt kämpfte, das sie für gut, für ausführbar und von größtem Vorteil für die Allgemeinheit erachtete.

Zu ihrem Erstaunen gelang es ihr vorzüglich, die vernehmenden

Senatoren zu fesseln, teils durch ihre Persönlichkeit, ihre Schönheit und Eleganz, teils aber auch, und in vielleicht größerem Maße, durch ihre wohltönende Stimme und ihre sorgsam gewählten Worte. Besonders aber hielt sie das Komitee in Bann durch ihre verblüffende Kenntnis statistischer Daten, die von allgemeinem Interesse waren und hier gleichzeitig dazu dienten, dem Komitee zu beweisen, daß ihre Pläne ausführbar seien und die Kompanie auf gesunden Füßen stehe.

Ihr war von Beckford geraten worden, einen Zettel mit den genauen Daten, die sie zu nennen beabsichtigte, in ihrer Hand verborgen zu halten und hin und wieder, so unbefangen wie möglich, auf diesen Zettel zu blicken, um sich der Zahl auf den Dezimalgrad genau sicher zu sein. Das Losknallen von Daten und Zahlen, besonders wenn sie sehr genau sind, macht auf jeden Menschen, ob hoch oder niedrig, klug oder dumm, interessiert oder gelangweilt, einen nachhaltigen Eindruck von tiefgründiger Gelehrsamkeit.

»Yes, Gentlemen, wie gesagt, dieser Kanal von Galveston nach Houston, auf derselben Strecke, die wir für unseren Kanal gewählt haben, besteht seit 1914. Es wird Sie interessieren, daß er dieselbe Länge hat wie der Panamakanal. Es wird Sie vielleicht noch mehr interessieren, wenn Sie hören, daß dieser Houstonkanal eine Breite von siebenundsechzig Meter hat, während die Schleusen des Panamakanals nur eine Breite von sechsunddreißig Meter besitzen, also einunddreißig Meter schmaler sind und darum Schiffe größerer Breite nicht durchlassen können. Selbst der Sueskanal, der gewissen Regierungen so viele Kopfschmerzen bereitet, ist nur siebenunddreißig und eine halbe Meile länger als der Houstonkanal und, darüber werden Sie mit Recht staunen, nur einen Meter schmaler und dreißig Zentimeter tiefer.

Ein Kanal, wie ihn unsere Kompanie zu bauen beabsichtigt und bauen wird, Gentlemen, scheint mit seinen eintausendzweihundertundsiebenunddreißig Seemeilen vielleicht ein Unternehmen zu sein, das nicht bewältigt werden kann. Aber es sollte ein Erwägung gezogen werden, daß die Länge aller Kanäle für Seeschifffahrt, die innerhalb der letzten hundert Jahre gebaut wurden, zusammengezählt nahezu vierhundertundfünfzig Seemeilen beträgt. In dieser Länge ist nicht eingeschlossen der Kanal, der in der Rhone in Frankreich beginnt und in der Weichsel in Polen endet, also quer durch ganz Europa geht. Auch ist in den erwähnten Kanälen nicht eingeschlossen der Chicago Drainage Canal, eines der acht technischen Wunder Amerikas, ein Kanal, der es ermöglicht, daß ein Schiff, das freilich zum großen Teil den Mississippistrom benutzt, von Chicago nach New Orleans am Golf von Mexiko fahren kann. Dies ist eine Strecke von annähernd achthundert Meilen, und wenn das Schiff den Michigansee überquert, kann die Fahrt bereits in Kanada beginnen. Dieser lange Wasserweg von Kanada bis New Orleans wäre ohne von Menschenhand gebaute verbindende Kanäle nicht möglich. Getreide, um nur ein unentbehrliches Produkt zu nennen, könnte anderen Ländern nicht zu dem Preise angeboten werden, für den jene Länder heute Weizen erwerben können.

Gentlemen, wenn ich hier von Preisen der Produkte spreche, die auf dem Wasserwege befördert werden, und von dem Einfluß niedriger Frachtsätze auf die Volkswirtschaft eines Landes, möchte ich Holland und Belgien besonders nennen. Beide Länder gehören zu den am dichtesten bevölkerten der Erde, und dennoch besteht in diesen Ländern ein Wohlstand, wie er kaum erwartet werden könnte. Aber – und hier mag eine der Erklärungen für den Wohlstand jener Länder liegen – Holland, das so klein ist, daß beinahe jeder dem andern auf die Füße tritt, besitzt viertausendachthundertsiebzehn Meilen Kanäle und Belgien neunhundertachtundneunzig Meilen. Der Transport über Wasserwege ist bis heute immer noch der billigste Transport geblieben.

Je niedriger die Frachtkosten sind, desto niedriger können Produkte, bei deren Preisfestsetzung die Höhe der Frachttarife von erheblichem Einfluß ist, an den Konsumenten verkauft werden, wodurch die Gefahren einer Geldentwertung offensichtlich vermindert werden. Es ist Ihnen, Gentlemen, wohl bekannt, daß der Staat Illinois einer der am höchsten industriell, landwirtschaftlich und kommerziell entwickelten Staaten unseres Landes ist. Was mehr als vieles andere, das scheinbar wichtiger ist, zu dieser raschen, beinahe einzig dastehenden Entwicklung des Staates beigetragen hat, ist das von Menschenhand geschaffene Wasserwegsystem dieses Staates. Illinois besitzt eintausend –«

Die Karte des Staates Illinois rollte auf und daneben eine Tafel voller Ziffern. Der Stab fegte über die Karte und hielt an den Ziffern, die Aslan, ohne auf einen ihrer Zettel zu blinzeln, aus dem Gedächtnis aufsagte.
»Dieser Staat besitzt eintausendeinhundertundachtundsiebzig Meilen schiffbarer Wasserwege. Daß dieser Umstand hervorragend zu der phantastisch raschen Entwicklung des Staates beigetragen hat, darüber besteht nicht der geringste Zweifel.«
»Miß Norval«, unterbrach sie der Vorsitzende, »ich gestehe, was Sie soeben hier erklärt haben, ist mir neu. Aber Sie können recht damit haben, daß dieses Kanalsystem zu einem wesentlichen Teil die rasche Entwicklung des Staates erklärt. Es leuchtet mir ein, was Sie mit Ihrem Hinweis auf dieses Wasserwegsystem im Staate Illinois wollen, sonst hätte ich Ihnen gesagt, daß die Preise von Weizen, der ausgeführt wird, mit unserer Aufgabe, die finanzielle Sicherheit Ihrer Kompanie und der Aktien, die diese verkauft, so gut wie nichts zu tun haben.«
»Mr. Senator, daß ich Illinois, seine Wasserwegverbindung mit dem Golf von Mexiko und die Länge seiner schiffbaren Kanäle in Ziffern genannt habe, geschah, weil der Kanal, den wir zu bauen beabsichtigen, nur wenige Meilen länger ist als das Kanalsystem eines einzigen Staates unter den fünfzig Staaten der Union.«
»Eben das vermutete ich, Miß Norval, es war zu deutlich, um übersehen oder, besser gesagt, überhört zu werden.« Er klopfte mit seinem Gavel auf den Tisch und erklärte, während er gleichzeitig auf seine Uhr blickte und sie mit der Wanduhr verglich: »Sitzung vertagt bis fünf Uhr.«

12

Aslan, von ihrer Sekretärin Amy begleitet, rief ein Taxi herbei und fuhr zu ihrem Hotel. Sie nahm ein kurzes heißes Bad, warf sich aufs Bett, schloß die Augen und verbannte alles aus ihren Gedanken, was mit der Senatsuntersuchung zu tun hatte.
Vierzig Minuten später, genau wie Aslan gewünscht hatte, erschien Amy an ihrem Bett: »Madame, time. Late Lunch already served.«

Aslan wählte ein neues Kleid. Als sie in den Wohnraum trat, fand sie Amy bereits am Tisch sitzend, vor sich eine Platte mit Beef und vier Arten von Gemüsen.

»Schade, Madame, daß Sie nicht ein ähnlich gutes Mahl nehmen können. Ist vorzüglich, und ich bin hungrig wie ein Wolf in Nordmanitoba im tiefsten Winter.«

»Waren Sie jemals in Manitoba, Amy?«

»Vor drei Jahren. Aber im Sommer. War schön. Viele Seen. Viele Moskitos. Freundliche Bewohner. Und das Essen! An jeder Platte, die man erhielt, hätten sich vier Leute satt essen können.«

Aslan blickte auf den gewaltigen Fetzen Fleisch, von dem Amy in diesem Moment einen kräftigen, von rötlichem Saft triefenden Bissen absäbelte. Verlangend auf Amys Teller schielend, sagte Aslan: »Diese Platte bestellen Sie mir für den Abend, Amy. Aber für meinen Lunch und in Anbetracht des heißen Nachmittags, der mir im Verhör bevorsteht, werde ich doch lieber meinen Magen nicht überladen und bei meinem alltäglichen Lunch bleiben, der sich an mich gewöhnt hat.«

Es war in der Tat ein schlichtes Essen für eine gesunde junge Frau wie Aslan, die seit sechs Uhr morgens auf den Beinen war: ein weichgekochtes Ei, ein Sandwich, belegt mit einer Scheibe Schinken und einer Scheibe Käse, drei Blätter Salat, eine Birne, eine Banane, ein Apfel und ein großes Glas Milch.

»Haben Sie mit Mr. Beckford telephoniert, Amy?« fragte Aslan, während sie die Scheibe Käse aus dem Sandwich zog und auf den Teller zurücklegte, aus Furcht, sich zu überessen.

»Yes, Madame, als Sie schliefen. Er würde, wie er sagte, mit dem Material, das Sie für die Nachmittagssitzung auf der Liste haben, pünktlich zur Stelle sein.«

»Material zu ordnen und es auf die Sekunde bereitzuhalten, ist etwas, was er versteht. Wohl das einzige, wofür er überhaupt nützlich zu sein scheint.«

»Vielleicht. Aber wissen Sie, Madame, er ist wirklich unverbesserlich, dieser Mr. Beckford. Wieder fragte er mich – und mitten im Verhör –, ob ich ihn nicht heiraten möchte, oder wenn nicht gerade heiraten, wenigstens mit ihm zu Abend essen und dann mit ihm ins Bett steigen.«

»Und Sie, Amy, sagten natürlich ja.«
»Ich? Denke ja gar nicht daran. Er ist nicht mein Typ. Zu schwer für mich und mein Gefühl.«
»Zu schwer für Sie und Ihr Gefühl?« Aslan sah ihr forschend ins Gesicht, offenbar um zu ergründen, wie Amy das gemeint haben mochte. Amy aber war mit ihrem Steak in diesem Augenblick so beschäftigt, daß sie augenscheinlich an keine Antwort dachte.
»Er ist«, sagte Aslan, »gerade der richtige Kerl, aus dem man nichts Besseres fabrizieren kann als einen Marine-Corps-Sergeanten, und wahrscheinlich nicht einmal einen besonders guten. Hat keine Ahnung, wozu einem Menschen das Hirn dient.«
»Aber, Madame, er hat etwas Jungenhaftes. Fühlt sich unverantwortlich, ganz gleich, was er tut oder zu tun beabsichtigt. Lebt für den Tag. Das Morgen kümmert ihn nicht.«
»Möglich. Von diesem Gesichtspunkt aus habe ich ihn mir noch nicht angesehen. Es hat mir an Zeit dazu gefehlt. Und an Interesse. Er kann für eine Viertelstunde unterhaltend sein. Dann fällt er einem auf die Nerven. Aber für mich und für meine Pläne ist er der Geeignetste, den ich bisher finden konnte. Ohne Hirn, ohne Phantasie, ohne eigenes Denkvermögen. Ein Drillsergeant, so gut, wie ihn sich eine Armee nicht einmal auf Papier besser malen könnte.«
»Ich glaube, Madame, es ist Zeit, zu gehen«, sagte Amy, mit einem Schluck Wasser den letzten Bissen hinunterspülend.
Aslan stand auf und streckte sich. »Ich fühle mich wie neugeboren. Das Schwerste ist vorüber. Die ehrwürdigen Mandarine hören mir zu und lassen mich erklären, was ich klarmachen muß. Und das darf ich mit gutem Recht einen Erfolg nennen.«
Als Aslan und Amy im Taxi saßen, fragte Amy unschuldig: »Madame, glauben Sie die Herren davon überzeugt zu haben, daß die Kompanie auf gesunden Füßen steht und auch nicht der Schimmer eines Betrugs vorliegt?«
»Amy«, sagte Aslan, in einem kleinen Handspiegel ihr frisch aufgebautes Gesicht beurteilend, »Amy, Sie sind ein kleines unschuldiges Schäfchen. Haben Sie denn immer noch nicht begriffen, daß ich mit diesen hochehrbaren Herren die reizendste und amüsanteste Komödie spiele?«

»Wie meinen Sie das, Madame?«
»Propagandakomödie, mein kleines Schäfchen. Ah, da sind wir. Bezahlen Sie den Chauffeur.«
Einige Minuten später befand sich Aslan aufs neue im Saal. Einige Senatoren nahmen sich noch Zeit, im Korridor die Lobbyisten anzuhören und im stillen auszurechnen, wieviel dieses Versprechen und welche persönlichen Vorteile jene halbe Zusage einbringen könnte.
Die Televisionskameras schossen den Schnitt der neuen Verkleidung Aslans in die Welt hinaus, in der Dutzende von aufmerksamen Frauen nichts Wichtigeres zu tun wußten, als rasch mit einigen Bleistiftstrichen die Umrisse des neuen Kleides festzuhalten, das nach ihrer Meinung zweifellos in Paris erfunden worden war; denn so etwas war in New York noch nicht zu haben. In Wahrheit kam diese himmlische Schöpfung aus Wien.
Senator Drake führte den Vorsitz.
»Miß Norval«, begann er, »vergessen wir andere Kanäle, vergessen wir die Preise von Weizen, Baumwolle, Zuckerrohr oder Kaffee! Vergessen wir ebenfalls den Drainagekanal des Staates Illinois und kommen wir endgültig zu dem Kanal, den die von Ihnen gegründete Kompanie zu bauen beabsichtigt.«
»Wenn ich falsch verstanden wurde, Gentlemen, bitte ich mit allem Respekt vor den ehrenwerten Herren um Entschuldigung. Aber ich kann unser Projekt nur dann mit Erfolg verteidigen, wenn ich unsern angeblich unausführbaren Plan mit ähnlichen Plänen, die ausgeführt wurden, vergleiche.«
»Denken Sie denn nicht, Miß Norval, daß der Panamakanal, der uns gehört und der durch Land führt, das uns ebenfalls gehört, seinen Zweck völlig erfüllt und damit Ihren Kanal überflüssig macht?«
»Ob der Panamakanal seinen Zweck völlig erfüllt, ist eine Frage, die bis heute nicht beantwortet ist.«
»Wie sollen wir das nun wieder verstehen, Miß Norval?«
»Da der Panamakanal nun aufs neue zur Erörterung steht und Sie, Mr. Senator, soeben erwähnten, der Kanal gehe über Land, das uns gehört, erscheint es von größtem Interesse, sowohl für die Untersuchung als auch für die Verteidigung unseres Projekts, ein-

gehend auf dieses Problem zurückzukommen. Die ungelöste Frage, ob der Panamakanal seinen Zweck wirklich erfüllt, wird unsere Regierung vielleicht in die Zwangslage versetzen, sich an unserem Projekt aktiv zu beteiligen.«

»Gehen Sie da nicht etwas zu weit, Miß Norval?«

»Durchaus nicht, Sir.«

Aslan bewegte ihre Hand, und hinter ihrem Rücken erschienen die Karte von Panama und drei Tafeln mit Ziffern.

»Gentlemen, in den Geldsummen, die ich hier nennen werde, sind nicht einbegriffen die Kosten für den Bau des Panamakanals selbst. Die Summen, die ich hier nenne, sind lediglich Entschädigungsgelder, um uns die Freundschaft und das Wohlwollen der Republik Panama zu erhalten.«

»Entschädigungsgelder, Miß Norval?«

»Ja, Entschädigungsgelder. Richtiger sollten sie ›Bestechungsgelder‹ genannt werden. Zählen wir auf: Unsere Regierung zahlte 1904 an Panama zehn Millionen Dollar für das Recht, die Kanalzone zu benutzen. Von 1914, dem Jahre, in dem der Kanal für den Verkehr geöffnet wurde, bis zum Jahre 1936 zahlte unsere Regierung an Panama zweihundertfünfzigtausend Dollar jährlich. In Gold, füge ich hinzu. Das sind fünf Millionen und siebenhundertfünfzigtausend Dollar. Die Regierung von Panama verlangte eine Erhöhung dieser Entschädigungssumme, und so zahlte unsere Regierung von 1937 bis 1955 vierhundertdreißigtausend Dollar jährlich. Nun freilich nicht mehr in Gold. Im Jahre 1955 verpflichtete sich unsere Regierung, an Panama jährlich eine Million und neunhundertdreißigtausend Dollar zu zahlen. Hier muß bemerkt werden, daß vor Abschluß des Vertrages von 1955 Panama eine jährliche Zahlung von fünf Millionen Dollar verlangte. Gegenwärtig besteht Panama bereits auf einer jährlichen Entschädigung von fünfzig Prozent des Reinverdienstes.

Alles zusammengerechnet, Gentlemen, hat unsere Regierung an Panama seit 1904 etwa dreißig Millionen Dollar gezahlt. In dieser Summe sind nicht eingerechnet fünfundzwanzig Millionen Dollar in Gold, die unsere Regierung 1921 an Kolumbien zahlte als Entschädigung für den Verlust von Panama, das eine Provinz Kolumbiens war, ehe sich unsere Regierung ihrer bemächtigte. Bis Ende

1960 werden wir also für das Recht, die Kanalzone zu benutzen, annähernd vierundsechzig Millionen Dollar gezahlt haben. Eine wahrhaft gigantische Summe für einen Streifen wenig fruchtbaren Landes, zehn Meilen breit und fünfzig Meilen lang, von dem beinahe die Hälfte Wasser ist.

Und nun, meine Herren Senatoren, angesichts dieser gewaltig hohen Summe, die wir an Panama zahlten und die sich zweifellos noch beträchtlich erhöhen wird, frage ich Sie: Hat unsere Regierung irgendwelche Garantien, daß Panama nicht eines Tages unerwartet und ohne vorherige Warnung die Kanalzone von uns zurückfordert? Zurückverlangt unter der unbestreitbar richtigen Vorgabe, diese Zone sei ein unveräußerlicher Teil Panamas – und darum: ›Alle Fremden raus aus Panama, insbesondere die Yanks‹?«

»Miß Norval, ich versichere Sie, dies wird nie geschehen.«

»Oh, wird es nicht? Wirklich nicht, Mr. Senator? Begehen wir nicht den Fehler, eine solche Möglichkeit zu bestreiten. Wir haben keinerlei dauernde Garantie für unsere vermeintlichen Rechte in Panama. Keine Garantie und keine Sicherheit. Was Ägypten vor einigen Jahren tat, kann sich in jedem gegebenen Augenblick in Panama wiederholen.«

»Niemals, Miß Norval. Niemals. Die Verhältnisse liegen wesentlich anders und können in keiner Weise mit denen des Sueskanals verglichen werden.

»Ich bitte um Entschuldigung, Mr. Chairman, wenn ich anderer Meinung bin. Die Verhältnisse sind durchaus nicht so verschieden, wie es bei oberflächlicher Beurteilung aussehen mag.«

»Verschieden oder nicht verschieden, Miß Norval. Wir werden unsere ehrlich durch gegenseitige Vereinbarung erworbenen Rechte zu schützen wissen.«

»Natürlich, Mr. Chairman. Natürlich. Wir schicken unsere Marine-Corps-Truppen nach Panama, wie wir sie auch nach Nikaragua geschickt haben, als wir einen Kanal durch jenes Land zu bauen beabsichtigten. Ehrenwertes Komitee, Lateinamerika, unser in geradezu unheimlicher Weise anwachsender Nachbar, ist nicht das schwache, hilflose, wirtschaftlich von uns abhängige Lateinamerika, das es war, als unsere Regierung den unverantwortlichen Fehler beging, den mexikanischen Hafen von Veracruz zu bombardieren und zu besetzen, und dreizehn Jahre später den ähnlich peinlichen Fehler machte, Nikaragua sechs lange Jahre besetzt zu halten und dort einen Diktator und Tyrannen übelster Art bis zum Tage seiner Ermordung zu unterstützen.

Lateinamerika, meine Herren Senatoren, ist heute eine Macht von annähernd zweihundert Millionen äußerst rühriger Menschen, erfüllt von einem Nationalismus, wie wir ihn in unserem Lande kaum in Kriegszeiten kennen.

Gesetzt den Fall, die Republik von Panama gibt uns zu verstehen, daß die Freundschaft mit uns, eine aufgezwungene Freundschaft, zu Ende ist, und unsere Regierung versuchte, die Aufkündigung dieser Freundschaft mit Hilfe des Marine Corps zu regeln – wir würden ganz Lateinamerika auf dem Halse haben. Buchstäblich auf dem Halse sitzen haben, in weit größerem Ausmaße noch, als die Engländer und Franzosen die arabische Welt gegen sich hatten, als versucht wurde, den Sueskanal mit Hilfe von Flugzeugen, Kriegsschiffen und Panzerwagen zurückzuerobern. Wir sollten uns keine falschen Vorstellungen von den lateinamerikanischen Völkern machen. Sie hassen uns nicht. Das ist wohl richtig. Aber trotz aller schönen Reden und gegenseitiger freundschaftlicher Besuche sind wir in keiner Weise beliebt bei ihnen. Einer der Gründe, warum sie uns mißtrauen, ist, daß unsere Regierung einen jeden Diktator, so blutrünstig er auch sein mag, so tyrannisch er auch regiert, moralisch und ökonomisch unterstützt und am Ruder hält, solange dieser Tyrann den Interessen gewisser politisch und finanziell starker Kreise unseres Landes dient. Es ist unsere Regierung, die in äußerst geschickter Weise zu verhindern sucht, daß die lateinamerikanischen Völker sich zusammenschließen, wie es gegenwärtig die arabischen Völker tun. Man gewinnt den Eindruck, daß die Losung unserer Regierung lautet: Halte jene Länder voneinander getrennt, und sie sind unseren Wünschen und Interessen leichter geneigt zu machen. Und ob wir in einem ernsten Konflikt mit Lateinamerika auf Kanada rechnen könnten, möchte ich bezweifeln.

Die Zeiten sind vorüber, und ich wage hinzuzufügen, die Zeiten sind endgültig vorüber, in denen politische Fehler, die gemacht wurden, mit den Waffen geregelt werden konnten. Ob Waffen überhaupt jemals irgendwo und irgendwann etwas entschieden haben, was von dauerndem Wert blieb, darf bezweifelt werden. Ich für meinen Teil vermag mich keines einzigen Falles in der Geschichte zu erinnern, wo durch einen Krieg oder eine militärische Besetzung oder durch Dekret eines Gewalthabers etwas gewonnen wurde, was nicht innerhalb weniger Generationen wieder verlorenging, entweder infolge eines neuen Krieges oder ohne Krieg infolge von Rebellionen und Aufständen oder geschickter Ausnützung politischer und ökonomischer Verwicklungen. Blikken Sie, Gentlemen, auf Indien, Indonesien, Indochina, Ägypten, den Sudan, nach Tunis, Marokko, Libyen, Zypern, Algerien. Sie können auch versichert sein, die Vasallenstaaten Rußlands bleiben nicht dort, wo sie heute sind. Nicht ein einziger verbleibt dort. Kein politisches und kein ökonomisches System bleibt, wie auch nicht eine einzige Religion von denen, die heute existieren, wird bestehenbleiben. Es handelt sich hierbei um Ursachen und deren Folgen, die im Wesen des menschlichen Charakters tief verankert sind. Die Geschichte der Menschheit versucht uns dies deutlich vor Augen zu bringen. Wir aber scheinen nicht willens zu sein, den weisen Lehren der Geschichte die ihnen gebührende Achtung zu schenken. Eigensinnig und hartnäckig wie unbesonnene, ihrem angeblich guten Stern folgende Roulettespieler begehen diejenigen Männer, die an der Macht und in Würden sind, die gleichen Fehler wieder und immer wieder, in dem blinden Glauben, daß diesmal und in ihrem besonderen Falle der endgültige Vorteil auf ihrer Seite sein werde, den zehntausend Jahre alten Lehren der Geschichte zum Trotz.«

Der Beisitzer zur Rechten des Vorsitzenden, es war Senator Clifford, tippte den Vorsitzenden leicht in die Seite, um seinen Blick aufzufangen. Der Vorsitzende nickte Senator Clifford verständnisvoll zu, nahm seinen Gavel auf und schlug mehrere Male energisch auf den Tisch.

»Miß Norval, warum erzählen Sie uns das alles? Es hat doch wahrhaftig nichts, aber auch wirklich gar nichts mit dem zu tun, was wir hier zu untersuchen haben.«

»Mr. Chairman, Ihre Unterbrechung in allen Ehren, aber ich erkläre offen, ich glaubte, die hochachtbaren Herren des Untersuchungskomitees würden bereits erraten haben, worauf ich abziele. Erlauben Sie mir, es mit einigen wenigen Worten zu erläutern: Gesetzt den Fall, die Republik Panama, nicht nur deren Regierung, sondern das Volk von Panama, das bei allen Unterhandlungen und Abschlüssen von Verträgen seit der reichlich dunklen Gründung der Republik Panama niemals ein Wort mitzusprechen hatte, besänne sich darauf, daß es unveräußerliche Rechte auf sein Heimatland hat, die nicht durch eine von einer fremden Macht eingesetzte Regierung an eine andere fremde Regierung verkauft werden können, und das Volk von Panama bestünde auf Rückgabe seiner heimatlichen Erde, was dann, Mr. Chairman? Werden wir das Selbstbestimmungsrecht des Volkes von Panama achten? Oder werden unsere Mariner den Panameños den nötigen Respekt vor sogenannten ›heiligen‹ Verträgen mit Maschinengewehren, Bajonetten und, wenn durchaus nötig, mit Atombomben beibringen? Ich bin kein Prophet, meine Herren, aber ich bin überzeugt, daß, wie die Dinge sich in der ganzen Welt entwickeln, in viel kürzerer Zeit, als wir alle glauben, sich unsere Regierung der Panamakanalzone wegen in recht unangenehmen Umständen befinden wird.«

»Miß Norval«, unterbrach sie der Vorsitzende, »ich denke, es ist nicht unsere Aufgabe hier, uns den Kopf zu zerbrechen über Verwicklungen und Schwierigkeiten, die wahrscheinlich nie eintreten werden.«

»Wahrscheinlich nie, wie Sie sagen, Mr. Senator. Aber Ihr ›wahrscheinlich‹ läßt selbst in Ihren Gedanken die Möglichkeit offen, daß eines Tages solche Verwicklungen entstehen können.«

Der Vorsitzende blickte auf Aslan mit leeren Augen. Ganz offensichtlich wußte er nicht, was er antworten oder was er fragen sollte. Er sah auf seine Uhr, verglich sie mit der Wanduhr, warf einen Blick auf seine Kollegen, schlug mit dem Hammer auf den Tisch und sagte: »Das Komitee hat entschieden, die Sitzung bis Montag, elf Uhr, zu vertagen, zu welcher Zeit das Verhör fortgesetzt werden wird.«

Er schlug abermals auf den Tisch. Die Anwesenden erhoben sich, und die Senatoren, denen alle Televisionskameras folgten, ver-

schwanden, um die Fragen für das nächste Verhör zu formulieren.
»Goodness, am I happy!« sagte Aslan zu Beckford. »Was bin ich froh, daß sie die Sitzung vertagt haben. Ich fand mich so verzappelt, daß ich wirklich nicht wußte, wie ich mich zu unserm Kanal zurückfinden sollte. Mit direkten Fragen werde ich besser fertig.«
»Was benötigen Sie Montag, Madame?« fragte Beckford.
»Alle in Betracht kommenden Entfernungen.«
Auch Beckford war froh über die Vertagung des Verhörs.
Er glaubte sich überzeugt zu haben, daß eine der uniformierten Assistentinnen, die ständig um ihn herumschwänzelten, nicht abgeneigt sein würde, eine Einladung zum Abendessen anzunehmen. Vielleicht – so kalkulierte er – könnte er sie bestechen und williger machen, indem er ihr einen Posten in seinem Büro anbot. Hilfssekretärin oder so etwas Ähnliches. Ihr Gehalt ging ja nicht aus seiner Tasche.
Sie nahm die Einladung an. Aber an ihrem Hotel angelangt, sagte sie ihm rasch ›gute Nacht‹ und verschwand.
Das war alles.
Durch ihre Unterhaltung während des Abendessens, in der sie ständig mit der Möglichkeit spielte, daß sie vielleicht – vielleicht ja, und warum denn nicht – ihn mit sich auf ihr Zimmer nehmen werde, war er heftig in Schwung gebracht worden.
So blieb ihm wieder einmal nichts anderes übrig, als eine Barfliege mit tiefausgeschnittenem Abendkleid, und ›natürlich der allerbesten Gesellschaft angehörend‹, mit Hilfe einiger Cocktails ihren unantastbaren guten Ruf vorübergehend vergessen zu lassen und sich mit ihr über den Preis zu einigen.
Es war weniger mühevoll. Es machten sich keine unangenehmen Folgen im Hintergrund bemerkbar. Und wenn die endgültige Rechnung vorlag, ergab es sich, daß es auf alle Fälle geräuschloser war, bequemer, ohne Winseln, ohne Tränen, ohne Drohungen, ohne Erpressungen und vor allem, und das war ein entscheidender Punkt, den Beckford nie vergaß, sich dessen zu erinnern – bei weitem billiger.

13

Am Montag morgen begannen wie stets die Kameras bereits zwanzig Minuten vorher zu arbeiten, ehe die eigentliche Vorstellung stattfand. Es mußten dem geduldigen Televisionspublikum dringend empfohlen werden: die einzige Zahnputzcreme, die Zähne wirklich dauernd gesund erhält; der einzige Automobilvergaser der Welt, der garantiert 43,29 Prozent Gasoline pro Meile spart; die einzige Matratze der Welt, die dem Menschen einen gesunden und normalen Schlaf verbürgt; der einzige gemahlene Kaffee in verlöteten Blechbüchsen, der sein Aroma bis auf die letzte Tasse vollwertig erhält; und die Gesichtssalbe, die ›Ihnen das frische Gesicht eines fünfzehnjährigen Schulmädchens verleiht – oder Sie erhalten Ihr Geld zurück‹.
Einige Minuten vor Beginn des Verhörs erschien Aslan. Abermals in einem neuen Kleide, an dem die Kameras entlanghuschten, als wollten sie seine Trägerin aus diesem Kleide heben. Obgleich auch dieses Kleid in Wien geschaffen worden war, logen die Verkünder, es sei ›le dernier cri‹ einer bekannten Firma in der Fifth Avenue. Am folgenden Morgen wurde der Firma die Rechnung für diese unbestellte Propaganda überreicht.
Senator Clifford übernahm an diesem Morgen den Vorsitz.
Ohne irgendwelche einleitenden Phrasen schoß er sofort auf Aslan los: »Miß Norval, wir, das Komitee, haben uns überzeugt, daß in der Tat eine Möglichkeit, wenn auch eine sehr entfernte, besteht, daß der Panamakanalzone wegen ein ähnlicher Konflikt entstehen könnte, wie er sich bedauerlicherweise unerwartet und unvorhergesehen vor einigen Jahren des Sueskanals wegen entwickelte. Meine Kollegen und ich haben inzwischen Erkundigungen eingeholt bezüglich der Möglichkeit, einen neuen Kanal über Nikaragua oder über den Isthmus von Tehuantepec zu bauen. Haben Sie davon gehört oder gelesen, Miß Norval?«
»Ich kenne die Literatur darüber. Beide Projekte sind ausführbar, aber selbst beide Projekte zusammengenommen würden kaum den zwanzigsten Teil dessen kosten, was der Kanal kosten dürfte, den unsere Kompanie zu bauen beabsichtigt. Doch beide Kanäle führen über Land, das uns nicht gehört. Selbst wenn diese beiden

Länder oder eines der beiden uns das Land verkaufen oder verpachten, haben wir nicht die geringste Gewähr dafür, daß wir nicht eines Tages die gleichen Probleme vor uns haben, wie sie unerwartet in Panama entstehen können. Die einzige Lösung ist, daß wir einen Kanal bauen, der in seiner ganzen Länge über Land führt, das unser eigenes Land ist.«

»Sie geben zu, Miß Norval, daß ein Kanal direkt von New York nach San Francisco, quer über den Kontinent, unausführbar ist?«

»Nein, das gebe ich nicht zu. Ein solcher Kanal ist ausführbar. Aber er würde durch reiche und sehr teure Gebiete gehen. Große Städte und bedeutende Industriezentren müßten in weiten Bogen umgangen werden, wodurch der Kanal unnötig verlängert werden müßte. Die Kosten eines solchen Kanals wären unglaublich hoch. Aber ausführbar wäre ein solches Projekt. Das ist meine Überzeugung. Ich gebe jedoch unumwunden zu, daß eine Fahrt durch diesen Kanal, der zahllosen Schleusen wegen, die nötig wären, nach meinen persönlichen Schätzungen nicht viel Zeit einsparen würde.«

»Der Kanal, den Ihre Kompanie zu bauen beabsichtigt, ist leichter ausführbar, Miß Norval?«

»Leichter ausführbar und kostet, alles in Betracht gezogen, wohl nur ein Zehntel dessen, was der direkte Kanal kosten würde. Vielleicht bei weitem weniger. Dieser Kanal von Galveston über Houston zur pazifischen Küste führt größtenteils über flaches Land von zumeist sehr geringer Fruchtbarkeit, zum Teil Wüstenland. Nur einige unbedeutende Flüsse sind zu überqueren, und keiner der Gebirgszüge bietet heutigen Tages Schwierigkeiten, die nicht verhältnismäßig leicht bewältigt werden können.«

»Wie viele Seemeilen würde ein Schiff, das von New York nach, sagen wir, Los Angeles fährt, sparen, gesetzt den Fall, der von Ihnen geplante Kanal wäre für den Verkehr geöffnet?«

Im Rücken Aslans erschienen Karten und Tabellen.

»Von New York nach Los Angeles über den Panamakanal sind es viertausendneunhunderteinunddreißig Seemeilen. Von New York nach Los Angeles an der pazifischen Küste und durch den Kanal, den wir geplant haben, sind es ungefähr dreitausendeinhundertundfünfundzwanzig Seemeilen.

Es wird also die Fahrt eines Schiffes von New York zur pazifischen Küste um etwa eintausendachthundertundsechs Seemeilen verringert. Das entspricht etwa der Hälfte des Seeweges von New York nach Hamburg in Deutschland. Diese Entfernung kann noch um weitere hundertundfünfzig Seemeilen gekürzt werden.«

»In welcher Weise, Miß Norval?« unterbrach sie Senator Clifford.

»Um weitere hundertundfünfzig Seemeilen zu sparen, ist lediglich nötig, die Halbinsel Florida an ihrer schmalsten Stelle zu durchschneiden und dort einen Kanal zu bauen, der nur etwa doppelt so lang sein würde wie der Kieler Kanal in Norddeutschland. Dieser Floridakanal würde zu gleicher Zeit die Fahrtlänge von New York nach New Orleans um etwa einhundertfünfzig Seemeilen verkürzen. Rechnen wir diese hundertfünfzig Seemeilen, die durch einen Floridakanal eingespart werden, zu der vorher genannten Zahl hinzu, so würde die Gesamtersparnis an Seemeilen von New York zur pazifischen Küste auf annähernd eintausendneunhundertundsechsundfünfzig Seemeilen kommen, also nahezu zweitausend Seemeilen. Was diese Ersparnis an Zeit, Heizmaterial, Lieferungsfrist und Löhnen in gewöhnlichen Zeiten bedeutet, ist ohne weiteres zu ersehen. Was aber diese gewaltige Verkürzung des Seeweges in Zeiten von Not und Katastrophen und in Kriegszeiten bedeuten kann, das kann sich jeder intelligente Mensch leicht selbst ausmalen.«

»Sie sprechen von Kriegszeiten, Miß Norval. Und wenn in Kriegszeiten Ihr Kanal bombardiert wird, was dann?«

»Ich gebe Ihnen diese Frage zurück, Mr. Senator. Was dann, wenn der Panamakanal bombardiert wird? Oder wenn einige große Frachtschiffe darin versenkt werden, um den Kanal zu sperren, was dann? Ich habe die Antwort. Ein Kanal, der durch unser eigenes Land führt, wo wir zehntausend Arbeitskräfte mit den besten Arbeitsmaschinen innerhalb sechs Stunden zu der beschädigten Stelle transportieren können, kann innerhalb vierundzwanzig Stunden repariert werden, während eine ähnliche Reparatur am Panamakanal zwei Wochen dauern würde, wenn nicht gar noch länger.«

Nach einem kurzen Schweigen, während Aslan die Senatoren der Reihe nach ansah, als ob sie von deren Gesichtern ein Urteil oder eine Entscheidung lesen wollte, lächelte sie die Herren vertraulich an, und die Herren konnten es sich nicht versagen, das Lächeln zurückzugeben. Sie fühlten, daß Aslans Lächeln nicht nur die Absicht hatte, sie zu bestechen und ihr Urteil zu beeinflussen; dieses scheinbar so gutgemeinte Lächeln verbarg auch eine reiche Dosis von Ironie. Ohne daß die Herren es sich eingestanden – ein Senator darf niemals etwas eingestehen, weil dies gegen seine Würde geht –, kam es ihnen zum Bewußtsein, daß sie die Geschlagenen waren und Aslan die Siegerin. Sie vermochten kein Argument aufzubringen, wodurch sie Aslans Projekt vor der Öffentlichkeit als phantastisch hätten abtun können.

Aslan war zu gut vorbereitet gewesen, bei weitem besser als das Komitee, dem beinahe alles, was Aslan vorbrachte, völlig fremd war. Es war ihr gelungen, das Verhör vom eigentlichen Kern der Untersuchung wegzuleiten und auf ein Gebiet zu führen, wohin das Komitee ihr nur schwer zu folgen vermochte.

Die Zahlen, mit denen Aslan so spielend leicht herumjongliert hatte, verwirrten die Herren, die an das langsame Denken des professionellen Politikers gewöhnt waren, die niemals eine bestimmte Antwort zu geben pflegen und nichts Besseres zu sagen wissen als: ›In gewisser Hinsicht ja – und dann wieder in gewisser Hinsicht nein.‹

Zahlen können zuweilen eine wahrhaft zerschmetternde Macht ausüben, weil sie scheinbar keine angreifbare Gestalt besitzen. An sich bedeuten sie nichts. Wenn Zahlen rasch auf jemanden herabgedonnert werden, sei man auf der Hut. Hinter rasch dahingeschnatterten Zahlen jedoch lassen sich die wahren Absichten eines Demagogen oder eines Automobilhändlers viel besser verstekken als hinter wohltönenden Reden. Mit Zahlen kann man, freilich nicht immer, aber doch hin und wieder, selbst eine Frau ebensogut erobern wie mit Perlen.

Die Herren des Komitees waren überzeugt davon, daß die von Aslan genannten Zahlen authentische Zahlen waren. Authentische Zahlen lassen sich nicht mit Worten abwürgen.

Das Schweigen im Saal begann lastend zu wirken.

Aslan, mit dem sicheren Instinkt einer Frau, der ihr häufiger als einem Mann in der taktisch am besten geeigneten Situation zu

Hilfe kommt, erfaßte den richtigen Moment: »Gentlemen, ich habe gesagt, was ich zu sagen mich verpflichtet fühlte, um zu beweisen, daß der Kanal, von dem hier gesprochen wurde, nicht nur gebaut werden kann, sondern, mehr noch, daß er gebaut werden muß. Ich versichere Sie, meine sehr geehrten Herren Senatoren, unsere Kompanie wird die Geldmittel aufbringen, das Projekt erfolgreich zu vollenden.«

Die Senatoren steckten ihre Köpfe zusammen und begannen eifrig aufeinander loszureden, was den Kameraleuten die sehnlichst erwartete Gelegenheit bot, das Televisionspublikum mit einer interessanten neuen Szene zu füttern, um das nun ziemlich langweilig gewordene Bild aufzufrischen.

Aslan gab Beckford und den uniformierten Assistentinnen einen kurzen Wink, sich für eine Wendung des Verhörs in Bereitschaft zu halten.

Der Vorsitzende, Senator Clifford, schlug mit dem Hammer auf den Tisch. »Miß Norval, das Komitee hat sich davon überzeugt, daß unter gewissen Umständen und mit Hilfe der Regierung das Projekt ihrer Kompanie durchführbar sein könnte. Dies freilich ist nicht das letzte Wort des Komitees. Die endgültige Entscheidung wird innerhalb mehrerer Wochen gefällt werden. Aber ich habe noch einige Fragen an Sie zu richten, die von Wichtigkeit sind.«

Nun putzte er sich umständlich und geräuschvoll die Nase. Dann setzte er seine Rede fort: »Ihre Kompanie ist eine rein kapitalistische Privatkompanie, deren Aktionäre auf einen mehr oder weniger hohen Profit, nennen wir es Dividenden, hoffen. Ist das richtig, Miß Norval?«

»Vollkommen richtig, Mr. Senator.«

»Für den Bau eines solchen Kanals, der über Land läuft, das sich teils in privatem Besitz, teils im Besitz der Staaten Texas, New Mexico, Arizona und Kalifornien befindet, benötigen Sie die Genehmigung der Regierung. Haben Sie bereits Schritte getan, jene Konzession zu erhalten?«

»Noch nicht, Mr. Senator.«

»Und warum nicht, Miß Norval?«

»Wir haben bis jetzt lediglich daran gearbeitet, einen ungefähren Überschlag der Baukosten zu erhalten.«

»Ich verstehe von Kanälen und deren Baukosten so gut wie nichts. Aber mein gesunder Menschenverstand sagt mir, dieser Kanal wird nicht weniger kosten als etwa fünfzig Milliarden Dollar.«
»Fünfzig Milliarden Dollar, Mr. Senator? Der Kanal wäre geschenkt, wenn sein Bau nur fünfhundert Milliarden Dollar Kosten verursachen würde.«
»Ich fürchte, ich habe nicht recht gehört, Miß Norval. Sagten Sie wirklich, der Kanal wäre geschenkt, wenn der Bau nur fünfhundert Milliarden Dollar kosten würde?«
»Vollkommen richtig, Mr. Senator. Fünfhundert Milliarden Dollar.«
»Haben Sie eine ungefähre Idee, wieviel Geld das ist, Miß Norval?«
»Ich habe nicht nur eine ungefähre Idee von der Höhe dieser Summe, sondern eine ganz genaue Idee. Es sind fünfhunderttausend Millionen Dollar.«
»Wird Ihnen nicht schwindlig vor einer solchen Summe, Miß Norval?«
»Durchaus nicht, Mr. Senator. Seit Monaten bewege ich mich innerhalb höherer Zahlen. Und was sind fünfhunderttausend Millionen Dollar, wenn das Budget unseres Landes allein für 1960, also für nur ein Jahr, mehr als siebenundsiebzigtausend Millionen Dollar betrug und dieser hohe Betrag von den Steuern nicht nur gedeckt, sondern überschritten wurde!«
»Nun, Sie werden zugeben, Miß Norval, daß keine Vergleichsmöglichkeit besteht zwischen der Rechnung eines großen Landes wie des unseren und der Rechnung für ein Privatunternehmen wie das von Ihnen geplante.«
»Ich sehe keinen Unterschied, Mr. Senator. Mein Projekt ist von gleicher Wichtigkeit für unser Land wie die Verteidigung unseres Landes, die annähernd zwei Drittel des Budgets allein verschlingt.«
»Aber wie denken Sie denn eine Summe von solch astronomischer Höhe zu erhalten? Soviel Geld gibt es ja im ganzen Lande nicht.«
»Wirklich nicht? Ich bitte den ehrenwerten Herrn Senator mit allem geziemenden Respekt um Entschuldigung, wenn ich es wage, in diesem Punkte völlig anderer Meinung zu sein.«

Aslan spielte unauffällig mit ihrem rechten Ohrring, und hinter ihrem Rücken flogen Tabellen hoch. Die Televisionskameras schossen darauf los wie besessen, erfreut, ihr Publikum für etwas Neues zu interessieren.

»Wir haben viel mehr Geld, Mr. Chairman, als wir für uns selbst und unser eigenes Wohlergehen verbrauchen können. Nach dem ersten Weltkrieg schenkten wir England, Frankreich, Italien, selbst dem besiegten Deutschland, nicht nur die Kriegsschulden, nein, wir drängten ihnen noch Millionen Dollar auf, um ihr zerrüttetes Wirtschaftsleben wieder in Gang zu bringen und uns zähe Konkurrenten zu schaffen. Mit Millionen Dollar unterstützten wir zaristische Generäle, Weißgardisten und verluderte Freischaren, die uns versprachen, mit dem Bolschewismus über Nacht fertig zu werden.

Dasselbe, meine Herren Senatoren, taten wir nach dem zweiten Weltkriege. Schenkten das Geld unserer Steuerzahler hinweg nach allen Seiten, ob es verlangt wurde oder nicht; denn wir wußten ja nicht, was wir mit unserem Gelde anfangen sollten. Ohne unser weggeschenktes Geld würden England, Frankreich, Italien, Griechenland, Deutschland, die Türkei, Portugal und Spanien heute als selbständige und unabhängige Länder wahrscheinlich nicht mehr existieren, wofür freilich uns anzuschuldigen wohl kein ehrlicher Mensch auf Erden irgendwelches Recht gehabt hätte.

Bestätigt vom Kongreß in dessen Sitzung am 13. Juli 1946 schenkten wir England eine Schuld von fünfundzwanzigtausend Millionen Dollar, und am gleichen Tage liehen wir England aufs neue viertausendundvierhundert Millionen Dollar, ohne auch nur die geringste Hoffnung zu haben, dieses Geld je zurückzuerhalten, in Anbetracht der Tatsache, daß England nicht einmal die Zinsen für die ihm geliehenen Kapitalien zu zahlen vermag und sich stets genötigt sieht, um Stundung zu ersuchen. Doch nicht genug damit, am 1. Januar 1951 schenkten wir England abermals zweitausendsechshundertvierundneunzig Millionen und dreihundertneununddreißigtausend Dollar, um das zerfallende britische Weltreich vor dem Zusammenbruch zu retten, obwohl es da nichts mehr zu retten gibt. Und Sie fragen, sehr geehrter Herr Senator, wo wir das Geld für den Bau unseres Kanals herzunehmen geden-

ken? Alles Geld, Most Honourable Gentlemen of the Committee, von dem ich soeben sprach, alle jene phantastisch hohen Summen von Tausenden von Millionen Dollar gingen unserm Lande verloren. Nicht einen einzigen Dollar sehen wir jemals wieder. Dieses ziellose Wegschenken unseres guten, von amerikanischen Steuerzahlern hart verdienten Geldes hat uns – und das ist das Traurigste an dieser Angelegenheit – auch nicht einen einzigen wahren Freund gebracht, sondern nichts als Mißtrauen, in den meisten Fällen bitteren Haß und keine, auch nicht die geringste Sicherheit, daß wir, im Fall eines ernsten Konfliktes, mit irgendwelchem aktiven Beistand von diesen Ländern rechnen dürfen. Nicht einmal englischer Hilfe sind wir ganz sicher, falls eine solche Hilfe den englischen Interessen zuwiderlaufen sollte.«
Nur in einer Vernehmung vor einem Senatskomitee war es möglich, zur Öffentlichkeit zu reden, wie es Aslan tat. Es war ihr durch die Verfassung geschütztes Recht, sich zu verteidigen gegenüber einer möglichen Betrugsanklage.
Wer bis jetzt nur gelegentlich zugehört hatte, setzte oder stellte sich jetzt ernstlich vor den Apparat, um zu hören, was in gegenwärtigen Zeiten nicht gerade häufig gehört werden konnte.
Die Senatoren wurden unruhig. Senator Shearer räusperte sich stark und blickte dabei dem Vorsitzenden hart ins Gesicht, deutlich mit den Augen zwinkernd.
Senator Clifford klopfte nervös auf den Tisch.
»Miß Norval, ich sehe mich genötigt, Sie dringend zu ersuchen, jeglichen Hinweis auf politische Verhältnisse, insbesondere auf unsere internationalen Beziehungen, aus der Debatte zu lassen.«
»Ich bitte vielmals um Entschuldigung, Mr. Chairman, wenn ich zu weit gegangen sein sollte. Aber Sie selbst, Sir, behaupteten, so viel Geld, wie wir benötigen, sei im ganzen Lande nicht aufzutreiben. Deshalb sah ich mich gezwungen, mit kalten Ziffern zu beweisen: Wenn wir ungezählte Tausende von Millionen Dollar wegschenken können, ohne wirtschaftlich zusammenzubrechen, dann muß zweifellos genügend Geld in unserem Lande aufzubringen sein, mit dem wir für unsern Plan rechnen dürfen.«
»Miß Norval, ich beabsichtige in keiner, auch nicht der geringsten Weise, Ihre Rechte, sich in der denkbar besten Weise zu verteidi-

gen, zu beschneiden. Jedoch, wiederhole ich, unsere Beziehungen zu unsern Verbündeten haben nichts mit der Möglichkeit oder der Unmöglichkeit, Ihren Kanal zu bauen, zu schaffen. Bleiben Sie, ich bitte Sie darum, da die Augen und Ohren von Millionen von Menschen auf uns gerichtet sind, bei Ihrem Kanal und bei den Kosten, die sein Bau verursachen muß.«

»Meine sehr geehrten Herren Senatoren, ich sehe keinen anderen Ausweg, ich muß mit einigen wenigen Worten auf die ungeheuren Summen, die von uns nach allen Richtungen hin verschenkt wurden und beinahe jede Woche aufs neue verschenkt werden, zurückkommen, um klarzumachen, welcher Unterschied besteht zwischen einem, ich muß schon sagen, sinnlosen Verschenken von Tausenden von Millionen Dollar und einem gesunden und verständnisvollen Anlegen von Tausenden von Millionen Dollar in ein Unternehmen, das von weittragender Bedeutung für unser Wirtschaftsleben ist.«

»Nun gut, Miß Norval, ich verstehe durchaus, wohin Sie zielen. Aber ich wiederhole und ich bitte Sie darum, bleiben Sie bei Ihren kalten Ziffern und lassen Sie jegliche Abweichungen auf politisches Gebiet aus dem Spiel.«

»Mr. Chairman, ich werde mich nach besten Kräften bemühen, Ihren Rat zu befolgen; denn es ist durchaus nicht meine Absicht, unserer Regierung irgendwelche Schwierigkeiten zu bereiten. Ich komme zurück auf die verschenkten Tausende von Millionen Dollar, von denen niemals ein Dollar zurückkehren wird und die also unserm Lande und seinem Wirtschaftsleben dauernd verlorengingen und die, wie ich bereits sagte, uns nur mißtrauische Widersacher schufen und nicht einen einzigen wahren und treuen Freund. Jedoch die Tausende von Millionen Dollar, die wir für den Bau unseres Kanals ausgeben werden, verbleiben im Lande; jeder einzelne Cent bleibt im Lande und trägt seine Zinsen. Das Geld, das wir für den Bau des Kanals anlegen, gibt Zehntausenden von arbeitswilligen Leuten für zehn, fünfzehn, vielleicht für zwanzig Jahre Beschäftigung gegen gute Entlohnung. Das Projekt, einmal zu Ende gebracht, ist nicht nur uns selbst, dem amerikanischen Volke, von größtem Nutzen, sondern allen Völkern, deren Schiffe die Meere befahren oder die infolge verbilligter Frachtsätze die von ihnen benötigten Waren zu geringeren Preisen erwerben können. Wir werden das Geld annehmen, von wem es auch kommen mag. Und wir werden unsere Aktien verkaufen an jeden, der sie zu kaufen wünscht. Wenn wir auch bis heute den Versuch noch nicht gemacht haben, Verbindungen nach jener Richtung hin aufzunehmen, bin ich doch überzeugt, alle Schiffahrtsgesellschaften, amerikanische und nichtamerikanische, werden sich bemühen, Teilhaber unseres Unternehmens zu werden, soweit es die speziellen Gesetze unseres Landes zulassen.«

»Miß Norval«, unterbrach der Vorsitzende Aslan, »ich habe bereits mehr als einmal bemerkt, daß ich so gut wie nichts von Kanälen und Kanalbau verstehe; denn ich bin in meinem Privatberuf Bankier und kann darum nur die finanziellen Seiten Ihres Projekts beurteilen. Aber mir fällt auf – und das hat mit der finanziellen Seite zu tun –, daß Sie stets nur von dem Kanal sprechen, jedoch nie von den zahlreichen Nebenprojekten, von denen einige äußerst kostspielig sind, wie, um ein Beispiel zu nennen, die vielen Brücken, die einen Kanal von solcher Länge überqueren müssen, um den geregelten Verkehr von Eisenbahnen, Lastwagen, Automobilen und Fußgängern aufrechtzuerhalten. Ich kenne den Autoweg von Houston nach Los Angeles, und nach meiner schlichten Schätzung dürften wohl nicht weniger als vierhundert Brücken, wenn nicht sechshundert, in Frage kommen. Da nun jene Brücken sehr hoch sein müssen, um Schiffe mit hohen Überbauten passieren zu lassen, sind sie gewiß ungemein kostspielig. Sogenannte Klappbrücken werden wohl kaum weniger kosten. Nach meiner Ansicht sind natürlich die Kosten jener Brückenbauten den Baukosten des Kanals zuzuschlagen, sind also in Wahrheit ein Teil der Baukosten des Kanals. Habe ich hierin recht, Miß Norval?«

»Sie sind vollkommen im Recht, Mr. Senator. Aber ich habe nicht die Absicht, Brücken über den Kanal zu bauen.«

»Die Regierung wird Ihnen dann keine Konzession für den Kanalbau erteilen, wenn Sie die Verbindungswege abschneiden.«

»Ich schneide auch nicht eine einzige Verbindung zwischen der Nord- und Südseite des Kanals ab. Ich untertunnele den Kanal. In Einzelheiten bin ich bis jetzt nicht eingeweiht; aber einige meiner Ingenieure sind der Meinung, daß die Untertunnelungen we-

niger kosten als Brücken gleich welcher Art; denn die Untertunnelung wird gleichzeitig mit dem Aufbrechen des Kanalbetts vorgenommen, also ehe der Kanal mit Wasser gefüllt ist.«
»Miß Norval, ich gratuliere zu dieser Idee. An eine so einfache Lösung hätte ich nie gedacht, vielleicht gelegentlich einmal, wenn ich mit meinem Wagen durch den Hudsontunnel sauste oder auf meiner Ferienreise von Detroit nach Windsor fuhr, um ein paar Wochen in Kanada fischen zu können.«
Kaum hatte der Vorsitzende das gesagt, verfiel er in träumendes Schweigen, wahrscheinlich in Gedanken an seine Sommerreisen nach Kanada. Nun begann er in seinen Papieren zu fingern, nicht um etwas darin zu suchen, sondern offenbar, um auf eine neue Frage zu kommen, in der vagen Hoffnung, es könnte vielleicht die letzte sein, den Bericht zu vervollständigen. Dann konnte der Bericht dem Senat und dem House übergeben werden, da ja letzten Endes die Zustimmung beider Häuser zum Bau des Kanals nötig war, um so mehr, als der Kanal durch vier verschiedene Staaten führte und dadurch zu einem Federal Project wurde.
Senator Clifford nickte leicht zu den Kameraleuten hin, und sofort war die Hälfte der Kameras auf sein Gesicht gerichtet, während die andere Hälfte sich auf Aslan und ihre Assistentinnen konzentrierte.
»Gesetzt den Fall, Miß Norval, daß die Regierung, aus welchen Gründen auch immer, sich genötigt sieht, Ihrer Kompanie die Konzession für den Bau des Kanals zu verweigern, was geschieht dann mit Ihrer Kompanie? Lösen Sie Ihre Kompanie auf oder konzentrieren Sie das Kapital der Kompanie auf ein anderes Projekt, und falls dies geschieht, auf was für ein Projekt? Ich wünsche hier zu bemerken, daß Sie nicht verpflichtet sind, diese Frage zu beantworten, und daß im Falle der Nichtbeantwortung dieser Frage keine Beschuldigung wegen Contempt of Court gegen Sie erhoben wird.«
»Ich habe keine Ursache, Mr. Chairman, Ihre Frage nicht zu beantworten. In einer unserer letzten Aufsichtsratssitzungen wurde dieselbe Frage vorgebracht, und ich gebe hier die gleiche Antwort, die ich im Aufsichtsrat gab. Gesetzt den Fall, die Regierung verweigert uns die Konzession für den Bau des Kanals, dann

bauen wir eine Eisenbahn von Galveston, Texas, zum Pazifischen Ozean, zu einer Endstation, die irgendwo zwischen Los Angeles und San Diego zu suchen wäre.«

»Wenn ich nicht irre, Miß Norval, bestehen bereits Eisenbahnlinien, welche die Ostküste von Texas mit der Westküste des südlichen Kaliforniens verbinden.«

»Ja, aber nicht eine Eisenbahnverbindung der Art, wie wir sie schaffen würden. Wir bauen zwei Linien, eine vom Osten nach dem Westen und eine zweite vom Westen zum Osten. Jedoch anstatt von zwei Linien mit nur je zwei Schienensträngen bauen wir zwei Linien, von denen jede sechzehn, und wenn das nicht genügend ist, vierundzwanzig Schienenstränge aufweist. Anstatt gewöhnlicher Frachtwagen oder Loren verwenden wir stählerne Gerippe, die je nach Bedarf erweitert oder verengert werden können. In Galveston oder in Houston, je nachdem, wo es günstiger ist, fährt das Schiff in eine Schleusenkammer und wird in ihr hydraulisch hochbefördert bis zur Höhe unserer Eisenbahnlinie, wo es in eine gleiche Schleusenkammer hineinfährt. In dieser Kammer wird das Schiff von dem stählernen Gerippe empfangen.

Das Schiff, jetzt immer noch schwimmend, wird nun vorsichtig mit Hilfe von Stahlkabeln, die über elektrische Winden laufen, dicht über das Untergestell des Gerippes dirigiert. Während nun das Wasser aus der Schleusenkammer abzufließen beginnt, schließen sich gleichzeitig die stählernen Arme des Gerippes dichter und dichter um den Rumpf des Schiffes. Sobald das Schiff zufriedenstellend gesichert ist, öffnet sich das Ausfahrtstor der Schleusenkammer, gigantische Diesel- oder Atomlokomotiven beginnen zu arbeiten, und das Schiff fährt auf unsern sechzehn Schienensträngen ab zur pazifischen Küste.

Während dasselbe Schiff im offenen Meer unter günstigsten Umständen fünfunddreißig Seemeilen die Stunde erreicht, hängt es nur von der Güte des Eisenbahnbettes und der motorischen Kraft der Lokomotiven ab, die Geschwindigkeit des Transports bis auf sechzig Seemeilen die Stunde oder noch weiter zu erhöhen. Und es hängt ebenfalls nur von der Kraft der Lokomotiven ab, welche Berghöhen der Zug überqueren kann, ohne Schleusen oder tiefe Bergdurchschnitte zu gebrauchen.

An der Westküste angelangt, wird das Schiff abermals in eine Schleusenkammer gefahren. Sobald das Wasser in dieser Kammer eine Höhe erreicht, die dem Schiff zu schwimmen erlaubt, lösen sich die stählernen Arme von seinem Körper und geben das Schiff frei. Es wird nun mittels Kabeln in die nächste Schleusenkammer dirigiert, und in dieser zweiten Kammer wird es langsam auf das Niveau des Ozeans hinabgesenkt. Sobald dieses Niveau erreicht ist, öffnet sich die Kammer, und das Schiff fährt, von Schleppbooten gezogen, hinaus ins offene Meer.«

Die Senatoren hörten zu, als ob Aslan ihnen die Geschichte eines Wunders erzähle. Als sie endlich schwieg, sagte Senator Clifford: »Miß Norval, das ist die phantastischste Idee, die ich nach so vielen phantastischen Ideen hier in diesem Saal von Ihnen gehört habe. Aber wenn ich es ruhig überdenke, ist es vielleicht gar nicht so phantastisch, wie es auf den ersten Blick erscheint. Ich glaube sogar, Miß Norval, diese Eisenbahnbeförderung eines Schiffes von einem Ozean zum anderen würde leichter ausführbar sein und augenscheinlich mit weit geringeren Kosten verbunden als der Kanalbau, mit dem wir uns hier so gründlich beschäftigt haben.« Sich nun an seine Beisitzer wendend: »Was sagen Sie zu dieser neuen Idee, meine Herren Kollegen?«

Die Angeredeten blickten sich gegenseitig an, um zu erraten, was der andere denke. Um in einem voreiligen Urteil nicht zu weit zu gehen, und im Bewußtsein, daß die Kameras auf ihre Gesichter zielten, zuckten sie gleichgültig mit den Schultern und setzten eine nichtssagende Miene auf, was besonders zweien von ihnen außerordentlich leichtfiel, da sie nie ein Wort sagten, wie sie auch im Senat nie etwas zu sagen wußten, außer ›ja‹.

»Es scheint mir von Wichtigkeit«, unterbrach Aslan die Unschlüssigkeit der Senatoren, »hierzu noch einige Punkte zu erwähnen. Die Größe des Schiffes, seine Länge, seine Breite, seine Höhe, sein Tonnengewicht, spielen an sich keine Rolle. Es hängt ausschließlich von der Resistenz des Eisenbahnbettes ab, wie schwer die Last bei höchster Geschwindigkeit sein darf. Die Stärke des Schienenbettes, seine Ausdauer und seine Widerstandskraft können mathematisch pro Quadratmeter genau nach dem Druck berechnet werden. Es kommt ebenfalls auf die motorische Kraft der

Lokomotiven an, deren Pferdestärken beim heutigen Stand der Technik keine Grenzen gesetzt sind. Das Eisenbahnbett zu legen kostet nach unserer vorläufig noch oberflächlichen Schätzung weniger als ein Fünftel der Zeit, die der Bau eines Kanals benötigen dürfte. In ernsten Notfällen des Landes ist die Beförderung der Schiffe durch Eisenbahn zehnmal schneller oder mehr noch als per Kanal. Und irgendein Schaden ist viel rascher, leichter und besser repariert als ein ähnlicher Schaden an einem Kanal.«

»Miß Norval, soweit ich sehen kann, existieren Ihre beiden Projekte, sowohl das Kanalprojekt als auch das Eisenbahnprojekt, bis jetzt nur in Ihrem Kopfe.«

»Vollkommen richtig, Sir. Ein jedes Projekt, ganz gleich welcher Art, existiert zuerst im Kopfe eines Menschen, ehe es realisiert wird.«

»Zugegeben, Miß Norval. Glauben Sie, daß Sie Ingenieure finden werden, die das eine oder andere Ihrer Projekte in die Wirklichkeit umsetzen können?«

»Mr. Senator, im Wörterbuch eines amerikanischen Ingenieurs oder Architekten befindet sich das Wort ›unmöglich‹ nicht. Wenn russische Ingenieure und Architekten gegenwärtig planen, einen zweihundertzehn Kilometer hohen Turm zu bauen, ganz gleich zu welchem Zweck, amerikanische Ingenieure können ihn dreihundert Kilometer höher bauen und in viel kürzerer Zeit und ohne Hilfe von Sklaven. Alles, was nötig erscheint, ist, einem amerikanischen Ingenieur oder Architekten die Gelegenheit zu geben, ein bestimmtes, vorerst nur in einem menschlichen Kopf befindliches Projekt auszuführen.«

»Ja, die Gelegenheit und das nötige Geld. Besonders das nötige Geld. Denken Sie nicht ebenso, Miß Norval?«

»Natürlich ist das erforderliche Geld ein wesentlicher Faktor, Mr. Senator.«

»Alles, was Sie hier sagen, Miß Norval, und was Sie zugeben, klingt so ungemein einfach. Klingt genauso einfach, als ob eine Gottheit sagte: ›Es werde ein Kanal!‹, oder ›Es werde eine Schiffsbeförderungsbahn von unerhörten Ausmaßen!‹ – und siehe da, da haben wir alles schon. Sie werden zugestehen, Miß Norval, es ist nicht so einfach, wie Sie es sich ausmalen.«

»Sicher nicht, Mr. Senator.«

»Und wenn ich hier wiederholt meine Zweifel ausgesprochen habe in bezug auf die Ausführbarkeit oder Unausführbarkeit Ihres Kanalprojektes, kann ich mich nicht enthalten, offen zu gestehen, daß Ihr Eisenbahnprojekt nach meiner Meinung und nach der meiner verehrten Beisitzer hier ebenso unausführbar erscheint. Scheinbar, jedoch ich wiederhole, nur scheinbar mögen die Kosten für Ihr Eisenbahnprojekt geringer sein als die des Kanalprojekts. Weder das eine noch das andere Ihrer Projekte ist durchführbar, es sei denn, daß die Regierung die Garantie für die Ausführung des einen oder des anderen Ihrer Projekte übernimmt. Wie Ihnen gewiß bekannt ist, haben die Steuern in diesem Lande eine Höhe erreicht – in zahlreichen Fällen bis zu zweiundneunzig Prozent des Einkommens –, die wohl schwerlich noch weiter hinaufgetrieben werden kann, ohne das ganze Wirtschaftssystem des Landes in Unordnung zu bringen. Die bis jetzt von Ihnen nicht genau berechneten Milliarden, die nötig wären, eines Ihrer Projekte auszuführen, könnte die Regierung auf keinen Fall garantieren. So kommen wir wieder zurück zum Ausgangspunkt unserer Verhandlungen: Wenn das Kapital für die Ausführung eines Ihrer Projekte von Ihnen nicht aufgebracht werden kann und die Regierung, infolge wichtigerer Ausgaben, Ihnen nicht zu Hilfe kommt, besteht die Möglichkeit, daß infolge Mangels an weiterem Kapital Ihr Projekt nicht zu Ende gebracht werden kann. In einem solchen Falle ist alles Geld, das die Aktionäre in das nur zu einem Teil durchgeführte Unternehmen gesteckt haben, verloren. Da es sich nicht um ein Millionenprojekt handelt, sondern um ein Unternehmen, das wahrscheinlich mehr Kapital verschlingen würde als das Hundertfache des jährlichen Budgets dieses Landes, so müßte die Folge eine Panik an der Börse sein, deren Konsequenzen nicht abzusehen sind.«

Der Senator hielt für eine Weile inne und sah Aslan mit kalten Augen an.

Und mit kalter Stimme fragte er: »Miß Norval, haben Sie noch etwas zu sagen, was meine Ansicht und die meiner geehrten Herren Beisitzer zugunsten Ihrer Pläne beeinflussen könnte?«

»Ich fürchte, ich habe nichts Neues zu sagen, Herr Vorsitzender.«

Der Vorsitzende erhob sich, schlug mit seinem Gavel auf den Tisch und verkündete: »Die Untersuchung hinsichtlich der Finanzfähigkeit und der finanziellen Sicherheit der ›Atlantic-Pacific Transit Corporation Inc.‹ ist hiermit abgeschlossen. Das endgültige Urteil wird in sechs Wochen gesprochen werden.«
Er schlug abermals auf den Tisch, legte den Hammer hin und verließ den Saal, gefolgt von seinen Beisitzern.
Ein Dutzend Reporter sprangen auf Aslan zu, um sie mit Fragen zu bestürmen. Sie achteten sorgfältig darauf, daß sie um Aslan einen Halbkreis bildeten und nicht aus den Kameras rutschten, sie taten es so geschickt, daß man glauben konnte, sie hätten eine vortreffliche Schulung als Filmdarsteller genossen.
»Meine Herren von den Zeitungen, ich bedaure, daß ich Ihnen in diesem Augenblick nichts von Wichtigkeit mitzuteilen habe. Ich werde mich genötigt sehen, meine Strategie völlig zu ändern. Jedoch, sobald ich mit meinen Aufsichtsräten und meinen Anwälten verhandelt habe und wir zu einem Entschluß gelangt sind, werden Sie von mir hören. Ich danke Ihnen, Gentlemen of the Press, für Ihre Aufmerksamkeit.«
Sie nickte den Reportern ein süßes Lächeln zu und verließ den Saal mit der Haltung und dem Ausdruck einer Siegerin.
Die Zeitungsleute freilich hatten den Eindruck, daß sie die Geschlagene sei und wenig Hoffnung bestünde, die Kompanie zu retten. Der Vorsitzende des Senatorial Investigating Sub-Committee hatte es ihr deutlich genug zu verstehen gegeben.
Die Televisionskameras schossen hinter ihr her, sie zum letzten Male in ihrer ganzen Eleganz dem Publikum vorzuführen.
Als sie gegangen war, richteten sich die Kameras auf die uniformierten Assistentinnen, die in diesem Moment die Karten, Tafeln und Tabellen zusammenpackten und bei dieser Tätigkeit, ungewollt und sich selbst unbewußt, von ihren schönen Beinen und ihren molligen Hinterteilen mehr sehen ließen als je zuvor, wofür die Zuschauer am Fernsehschirm, natürlich nur die männlichen, die Kameraleute aus Dankbarkeit hätten umarmen können. Man sah so schöne junge Mädchen mit so herrlichen Formen nicht alle Tage, am seltensten im eigenen Hause.
Aslan, begleitet von Amy, fegte hinaus auf den Flugplatz.

Am selben Abend war sie zurück in New York und in ihrem Heim.
»Vor allen Dingen und zuerst einmal, Lita«, stürmte sie auf ihr Mädchen los, »ein heißes Bad. So heiß, wie ich es nur ertragen kann. Gott, bin ich müde!«
»Ya lo creo, Señora«, sagte Lita, »ich glaube es.«
»Und sobald das Wasser läuft, hilf mir beim Auskleiden! Ich breche zusammen. Niemals vorher wußte ich, was müde sein bedeutet.«
Sie saß auf dem Bett, als Lita aus dem Baderaum zurückkam, sich vor ihr auf den Boden hockte, ihr die Schuhe abzog und ihr dann die Füße massierte.
»Sich stundenlang in einer solchen Spannung zu befinden und gleichzeitig zu wissen, daß dreißig, vielleicht sechzig Millionen Menschen einem zuhören und jeden Gesichtszug beobachten und kritisieren, das geht auf die Nerven.«
»Ich saß die ganze Zeit hindurch vor dem Apparat, Señora. Sie waren wunderbar. Simplemente maravillosa. Wirklich und wahrhaftig großartig. Besser, viel besser und natürlicher als eine Estrella del Cine, eine Filmschauspielerin. Aber am Ende sah es trübe für Sie aus, Señora. Ich glaube, die Senadores sind Ihnen nicht wohlgesinnt.«
»Als ob ich das nicht selbst wüßte!«
»Da steckt mehr dahinter, sage ich, Señora. Ich glaube, die Caballeros wollen dieses große Geschäft ihren Verwandten und Compadres und ihren guten Freunden zuschieben und dann von denen ihren fetten Anteil abmelken.«
»Nun sieh doch einmal einer an! An eine solche Auslegung hätte ich im Traume nicht gedacht.«
Lita hing den Bademantel über Aslans nackten Körper und verschwand im Baderaum. Nach einigen Sekunden rief sie: »Señora, das Bad ist fertig.«
Aslan ließ sich tief in das heiße Bad sinken, stöhnend vor Wohlbehagen.
»Lita, laß mehr heißes Wasser einlaufen! Es tut so gut. Dasselbe fühlte ich, als ich während einer Verhandlungspause ein heißes Bad in meinem Hotel in Washington nahm.«
»Que más, Señora?«

»In einer Viertelstunde bringe mir sehr warme Badetücher zum Einwickeln. Und dann ein Salatsandwich, zwei sehr weich gekochte Eier, Trauben, einen Apfel und Burgunder. Und daß du es weißt: Bis morgen nachmittag vier Uhr wünsche ich nicht gestört zu werden. Nicht einmal, wenn der Staatsminister des Innern und zugleich der des Äußeren am Telephon hängen sollten. Ich bin nicht zu Hause. Du weißt nicht, wo ich bin. Keine blasse Ahnung. Ich bin verschwunden. Einfach verschwunden. Ohne eine Spur zurückzulassen. Ich muß achtzehn Stunden schlafen, um mich wieder auf meinen Namen besinnen zu können.«
»Señora, ich bin bereit zu schießen, sollte jemand versuchen, Sie zu stören.«
Nicht nach achtzehn Stunden, sondern nach zwanzig rief Aslan ihr Mädchen.
»Großer Gott im Himmel, Señora, haben Sie aber einmal gut geschlafen!« sagte Lita beim Eintreten.
»Und wie gut ich geschlafen habe!« Aslan reckte und streckte sich, dabei laut gähnend. »Und einen Hunger habe ich – ich könnte drei Abendessen bewältigen mit allem, was dazu gehört.«
»Massage, Señora?«
»Ja. Eine leichte. Eine wohltuende. Um die Glieder ins Gleichgewicht zu bringen.«
»Wünschen Sie die Zeitungen, Señora?«
»Nichts von Zeitungen. Ich will meinen Namen nicht lesen und vor meinen Photographien nicht erschrecken. Noch nicht. Zuerst einmal eine Erholung. Am Meer.«

14

Am nächsten Morgen, es war Mittwoch, befand sich Aslan in Beckfords Büro. Sie spielte gedankenlos mit dem Material, das ungeordnet auf den Tischen herumlag, wie es von Beckford und den uniformierten Assistentinnen, die alle hundemüde waren, dorthin geschleudert worden war, als sie von Washington mit dem Zuge hier angelangt waren.
»Wie gesagt, Mr. Beckford, ich benötige einige Tage Erholung. Am Meer.«

»Gute Reise, Madame«, sagte Beckford gleichgültig, während er uninteressiert damit begann, das Material zu ordnen und jedes Stück an seinen Platz zu legen. Aber er tat es in einer schläfrigen Weise.

»Ich fahre in meinem Auto hinunter. Heute. Am frühen Nachmittag.«

»Gute Reise, Madame«, wiederholte Beckford trocken. »Soll ich Blumen senden? Rote Rosen oder weiße? Ganz wie Sie befehlen.«

»Machen Sie sich doch nicht lächerlich! Besser, Sie versuchen, einige gute Ideen zu haben, während ich mich für einige Tage erhole. Weiß Gott, wir brauchen neue Ideen, wenn das Komitee mit seiner Entscheidung herauskommt. Und soweit ich sehen kann, wird diese Entscheidung für die Kompanie nicht günstig sein.«

Beckford grinste.

»Das ist keine besondere Neuigkeit. Selbst unsere Assistentinnen erzählten mir das im Zuge.«

»Die scheinen Intelligenz zu besitzen.«

»Ist nicht viel nötig, um heute schon zu sagen, daß es mit der ›A.P.T.C.‹ zu Ende ist. Besäße ich einen Hund, selbst der könnte das erraten.«

»Ich brauche Ruhe. Die einschläfernden Wogen des Meeres. Keine Musik. Kein Radio. Nichts von Television. Das ruhigste Hotel ist das beste. Das Atlantic.«

Aslan stand auf, um zu gehen.

»Wissen Sie, Mr. Beckford, was Sie inzwischen tun könnten?«

»Natürlich nicht, Madame, solange Sie es mir nicht sagen.«

»Verschaffen Sie mir alle Zeitungen, die etwas von Wichtigkeit über unsere Projekte und die Verhandlungen vor dem Komitee zu sagen haben.«

»Bereits getan, Madame. Ich abonnierte bei sechs Zeitungsausschnittbüros, von den Ausgaben an, die am Tage der ersten Verhandlungen erschienen, und ich tat es schon drei Tage vor der ersten Verhandlung, um nicht eine Ausgabe zu verlieren.«

Aslan, mit einem Ausruf des höchsten Erstaunens: »Sie haben das wirklich bereits getan? Und daran so frühzeitig gedacht? Aber das ist ja geradezu unglaublich.«

»Warum unglaublich? Unglaublich, weil ich einmal eine Idee zur Welt brachte, ehe sie mir von Ihnen zugeflüstert wurde, Madame? Sie unterschätzen mich.«
»Daß Sie endlich einmal einen eigenen Gedanken gehabt haben, eine solche Produktionsfähigkeit hätte ich Ihnen nie zugetraut. Wirklich nicht.«
»Beschämend für mich, Madame. Werde bemüht sein, mich in jeder Hinsicht zu bessern.«
»Ich habe nicht die Absicht, Sie zu beschämen. Ich sage lediglich: Sie setzen mich in Erstaunen. Und es ist wohl gerade jetzt auch die richtige Gelegenheit, zu erwähnen: Sie haben sich bei weitem besser vor dem Komitee gehalten, als ich erwartet hatte. Sie brachten mir das Stichwort auf die Sekunde genau. Selbst einstudiert hätte mein Auftritt nicht wirkungsvoller sein können. Und damit Sie es wissen, ich schwitzte blutige Angst, als ich sah, wie Sie der Vorsitzende hereinzulegen versuchte. Zwei gute Punkte in Ihrem Zensurenheft.«
»Scheint dann, daß ich manchmal doch zu etwas zu gebrauchen bin.«
»Manchmal. Vielleicht.«
»Danke, Madame, ich werde mich zu gelegener Zeit daran erinnern.«
»Nicht zu bald. Und verstehen Sie nicht falsch.«
»Als Soldat lernt man rasch, nie falsch zu verstehen, Madame.«
»Gut, daß Sie das gelernt haben.«
Aslan ging zur Tür. Sie zögerte ein wenig. Dann wandte sie sich um zu ihm.
»Wissen Sie, Sie könnten mich über das Weekend besuchen, mir ein Dutzend der wichtigsten Zeitungsberichte bringen und mir eine allgemeine Übersicht geben, wie sich die Verhältnisse, insbesondere die Meinungen in den letzten Tagen, entwickelt haben.« Mit einem kurzen ›Until then, Mr. Beckford‹ verließ sie dann das Büro.
Am folgenden Sonnabend nachmittag saßen Aslan und Beckford an einem kleinen Tisch auf der Terrasse des Hotels, ihre Cocktails schlürfend, beide in Gedanken vertieft. Die volle Sonne spielte mit den Wellen des Meeres.

Mehrere Male versuchte Beckford, Aslans Augen auf sich zu lenken. Doch es glückte ihm nicht.
Plötzlich gab Aslan Beckford einen raschen Seitenblick, da sie gewahr wurde, daß er den wohlmodellierten Körper eines Dämchens, das im Badekostüm am Strand dahinschlenderte, mit Aufmerksamkeit betrachtete. Aslan überfiel ein heißer Schreck, als sie sich bewußt wurde, daß sie ein Gefühl von Eifersucht überkam. Sie schüttelte dieses Gefühl mit einer ruckartigen Geste von sich ab. Aber als sie beobachtete, wie er mit gierigen Augen dem jungen Mädchen das nur sehr wenig bedeckende Badekostüm nun auch noch völlig auszog, kam ihr der Gedanke: ›Ich könnte es ja einmal mit ihm versuchen. Nur um zu erfahren, wie es ausgeht und ob es da Unterschiede gibt wie in allen Dingen.‹
Abermals gab sie Beckford einen abschätzenden Seitenblick, was sie um so ungestörter tun konnte, als er ein zweites kurvenreiches Schlippchen in einem Bikini in Augenschein nahm.
›Jung, stark, gut und gerade gewachsen‹, bemerkte Aslan zu sich, ›merkwürdig, ich habe ihn niemals mit einem ähnlichen Empfinden betrachtet. Holved sollte nicht so lange fortbleiben. Dieser Bursche ist ungemein einfältig – doch, davon abgesehen, ein schönes, wohlgeformtes Tier, durch Zufall in menschlicher Form zur Welt gekommen.‹
In diesem Moment, als ob er von ihren Augen angezogen worden wäre, wendete Beckford ihr voll sein Gesicht zu.
Sie erschrak und fürchtete, er könnte ihre Gedanken erraten. Ihr Antlitz rötete sich, wenig nur, denn sie hielt sich in der Gewalt. Aber die Röte war deutlich vorhanden. Sie fühlte es und wurde röter.
Beckford, unerfahren, wie er in solchen Dingen war, urteilte falsch und glaubte, die Röte in ihrem Gesicht wäre eine Folge der ein wenig schärferen Brise, die in diesem Augenblick vom Meer herüberfegte.
Aslan strich ihr Haar leicht zurück, als ob die unerwartete Brise es in der Tat zu zerzausen suchte.
Ohne Beckford anzusehen, sagte sie: »Wie gut die Luft meiner Haut tut!« Sie legte ihren Kopf in den Nacken. Dann, aufs neue ihren Kopf hebend und aufs Meer hinaussehend, sagte sie mit

leiser Stimme: »Die Wogen kommen, und sie gehen. Sie kommen und gehen, ewig und ewig, solange die Welt besteht.«
Sie leerte ihren Cocktail mit einem Ruck und sah Beckford voll an: »Mr. Beckford, können Sie mir erklären, warum die Wellen des Meeres ewig kommen und wieder gehen, ohne je auch nur für eine Sekunde stillzuhalten?«
»Nie darüber nachgedacht, Madame, und offen gesagt, es interessiert mich auch nicht eine harte Bohne.«
Er leerte seinen Cocktail ebenfalls und winkte einem Kellner, zwei neue zu bringen.
›Was für ein Klotz!‹ dachte Aslan. ›Keine Phantasie. Kein Fünkchen von Poesie. Keinen Hauch von Romantik.‹
Beckford nippte an seinem Cocktail, der soeben vor ihn hingestellt wurde.
»Schäbig hier. Jeder neue Cocktail, der gebracht wird, ist um zwei Grade weniger geladen. Eine Scheibe Zitrone, halb verdorben und dünner geschnitten als Zeitungspapier.«
»Aber Sie haben dieses prachtvolle, majestätische Meer vor Augen, die Wogen, die da entlangkommen, nur das Gesetz der Natur vermag zu sagen, seit wann und warum.«
»Davon weiß ich nichts, und ich vergeude meine Zeit nicht, darüber nachzudenken. Das einzige hier, was von Anschauungswert ist, sind die Dämchen im Bikinikostüm, die vorn und hinten etwas zu zeigen haben.«
»Nun seien Sie doch endlich einmal etwas ernst.«
»Wozu?«
Die Anwesenheit Beckfords begann Aslan zu langweilen, und vielleicht gerade darum erinnerte sie sich in diesem Augenblick, warum Beckford überhaupt hier war.
Sie nahm einen Schluck, hielt ihn für einige Sekunden im Munde und sagte dann: »Nach meiner Meinung ist der Cocktail keineswegs so schmächtig, wie Sie behaupten.«
»Möglich. Kann sein, ich bin an puren Whisky gewöhnt, an den reinen, vollgewichtigen Stoff, ohne Verdünnung mit Zitronensaft und Mineralwasser – und weiß der krumme Teufel, was diese gottverdammten Mixer außerdem noch hineinmanschen.«
»Warum bestellen Sie sich dann nicht, was Sie benötigen? Ich habe

nichts dagegen. Solange Sie auf Ihren eigenen Beinen zu Ihrem Zimmer marschieren können, soll es mir recht sein.«
Sie freute sich, daß es ihr möglich geworden war, ihre Gedanken endlich in eine mehr neutrale Richtung zu steuern.
»Mr. Beckford«, sagte sie plötzlich, »Sie sind nun bereits eine geschlagene Stunde hier und haben mit keinem Worte berührt, was die Zeitungen zu sagen haben. Ihren Bericht zu erhalten, von allem, was in New York in den letzten paar Tagen geschehen ist, war schließlich der Grund, warum ich Sie hierher eingeladen habe.«
»Der einzige Grund, Madame?« Beckford versuchte ein vertrauliches Grinsen.
»Ja, der einzige Grund. Machen Sie sich nicht lächerlich. Nicht unnötigerweise.«
»Ich kam hierher, um mich, wie Sie, Madame, zu erholen. Das schöne Meer zu genießen, die Spülwassercocktails zu trinken und meine hungernden Augen zu laben an den vorüberwandernden molligen Hühnchen, die mit nichts anderem bedeckt sind als einem kleinen Fetzen dünnen, durchsichtigen Schleiers. Wie kann da ein armer Sterblicher, wie ich es bin, sich an Zeitungsnotizen erinnern?«
Er blickte sie verstohlen von der Seite an und dachte bei sich: ›Ich habe einen und einen halben Tag, vielleicht gar zwei volle Nächte. In dieser Zeit können sich alle möglichen Dinge ereignen. Daß sie mich hierher eingeladen hat, mag auch andere Gründe gehabt haben als nur den, meinen Bericht zu hören.‹
Aslan, mit dem scharfen Instinkt der Frau, ahnte vielleicht, welchen Lauf Beckfords Gedanken nahmen, und sagte sehr barsch, plötzlich eiskalt geworden: »Mr. Beckford, her mit den Neuigkeiten! Ich habe in den vier Wochen, in denen ich mich für das Verhör wappnete, keine einzige Zeitung angesehen, um die Fäden nicht zu verwickeln.«
Beckford zog einen Bausch von Zeitungsausschnitten aus seinem Portefelio.
»Lesen Sie mir nichts vor, nicht jetzt! Geben Sie mir eine gedrängte Übersicht des Wichtigsten, was gesagt und gedruckt wurde, seit ich Washington verließ.«

»Madame, Sie haben Stürme ausgelöst, wie sie das Land seit Pearl Harbor nicht erlebt hat.«
»Stürme?« fragte sie erstaunt.
»Gewaltige Stürme, die sich in den Zeitungen austoben.«
»Was meinen Sie damit?«
»Hurrikane, Tornados, Taifune, die Sie, Madame, aufgepeitscht haben. Sie stehen im Mittelpunkt des nationalen und internationalen Interesses. Sie haben etwas aufgerüttelt, was aller Wahrscheinlichkeit nach nicht mehr zur Ruhe kommen dürfte, wenigstens nicht, ehe nicht eines Ihrer beiden Projekte durchgeführt ist, ganz gleich, wie viele hundert Milliarden Dollar das Projekt verschlingt, bevor es den ersten Profit einbringt. Ich habe nur dreihundert Ausschnitte bei mir, von denen ich die meisten noch nicht gelesen habe, wie ich gestehen muß. Aber in meinem Büro, als ich es heute morgen verließ, waren fünf Berge von Ausschnitten aufgehäuft, und drei Mädchen« – er konnte es nicht unterdrücken, mit einem jungenhaften Grinsen hinzuzusetzen: »Drei sehr hübsche mollige Puppen, nebenbei gesagt –«
»Mr. Beckford, wir reden von den Zeitungsausschnitten und nicht von Ihren Puppen, mit oder ohne Vorderteile und Hinterteile.«
»Aber ich rede ja von den fünf Bergen von Zeitungsausschnitten und daß ich drei niedliche, kleine und berauschende Naturwunder engagieren mußte, diese Berge, die sich mit jeder Postlieferung vergrößern, nach Datum, Ort, Namen der Zeitung und Kategorie der Meinung zu sortieren. Eine Höllenarbeit, sage ich Ihnen, Madame.«
»Und was ist das Wesentliche, das am stärksten Heraustretende, wovon die Zeitungen sprechen?«
»Sie werden sich wundern, Madame, was geschehen ist seit dem Tage, an dem das Verhör des Komitees endete. Alles, was bis vor einer Woche das Wichtigste in der Welt zu sein schien, ist vergessen, ist absolut unwichtig geworden. Ihretwegen, Madame. Niemand kümmert sich mehr darum, was in Moskau, in China, in Indonesien oder in arabischen Ländern vor sich geht. Niemand interessiert sich für die ewigen Abrüstungskonferenzen. Niemand fragt danach, in wieviel Minuten ein lenkbares, mit Wasserstoff geladenes Raketengeschoß, das in Leningrad abgefeuert wird, auf

dem Broadway in New York explodieren könnte. Die Zeitungen und die Briefe, die von Lesern an die Zeitungen geschickt wurden, beschäftigen sich fast ausschließlich mit der Frage, welches Ihrer beiden Projekte vorteilhafter für den Verkehr ist und welches schneller als das andere verwirklicht werden kann, der Kanal oder die sechzehngleisige Schiffstransportbahn.«

Alles, was Aslan aus sich herauszupressen vermochte, war ein stetig wiederholtes »Wirklich?« – »Wirklich? Ist das wirklich wahr, Mr. Beckford?«

»Freilich, es ist nur etwas erfolgt, was Ihr Projekt in seiner Ausführung für Jahre verzögern kann.«

»Und das ist?«

»Wie das so häufig, beinahe stets bei uns geschieht, haben sich sofort Gruppen gebildet. Vier Gruppen bis jetzt. Eine jede einzelne dieser Gruppen ist eifrig bemüht, Anhänger zu gewinnen. Da ist die Gruppe eins. Sie erklärt, der Panamakanal sei gut genug für uns; irgendeines Ihrer Projekte sei ein unausführbares Hirngespinst; und da ein jeder Bürger bereits bis hoch über seine Kehle besteuert sei, könne das Geld für keines dieser Projekte je aufgebracht werden.

Dann ist da Gruppe zwei. Diese Gruppe steht auf dem Standpunkt: Wenn eine solche Schiffstransportbahn überhaupt gebaut werden soll und gebaut werden kann, sollte sie auf direktem Wege New York mit San Francisco verbinden, quer über den nördlichen Teil des Landes, wodurch der Umweg über Florida und Texas vermieden werden könnte.

Gruppe drei hat sich für eine Transportbahn von Galveston nach Los Angeles entschieden, mit der Begründung, eine solche Bahn zu bauen, koste weniger Geld und Zeit als ein Kanal, und Schiffe könnten auf diese Weise schneller befördert werden als durch einen Kanal. Diese Gruppe lehnt einen Kanal als unzeitgemäß ab.

Und dann ist da Gruppe vier. Diese Gruppe behauptet, eine solche Bahn zu bauen, sei menschenunmöglich, und wenn sie wirklich gebaut würde, sei es nicht sicher, ob sie große Schiffe, die achtzigtausend Tonnen und mehr groß sind, wirklich befördern könne. Diese Gruppe hat sich endgültig für einen Kanal entschieden.«

»An eine solche Möglichkeit, daß sich Gruppen bilden könnten, die einen starken politischen Einfluß auszuüben imstande sind, habe ich nie gedacht, jedenfalls niemals in Verbindung mit einem Kanalbau«, sagte Aslan, ihre Augen aufs Meer gerichtet.

»Soweit ich voraussehen kann«, setzte sie hinzu, »kann dieses Vorhandensein verschiedener Gruppen die Inangriffnahme irgendeines unserer Projekte tatsächlich für lange Zeit verzögern. Das gibt mir nun den Gedanken ein, daß wir uns sofort mit einigen zwanzig Ingenieuren in Verbindung setzen sollten, die beide Projekte, Kanal und Bahn, im Hinblick auf Ausführbarkeit, Bauzeit und Kosten miteinander vergleichen und deren Entscheidung dann endgültig von der Kompanie berücksichtigt wird. Um die Wahrheit zu sagen, Mr. Beckford, ich selbst besitze nicht die technischen Erfahrungen und das Wissen, die nötig wären, um mit genügender Autorität sagen zu können, was vorzuziehen ist: das Kanalprojekt oder das Bahnprojekt. Ein einfacher, allein auf logisches Denken gestützter Vergleich beider Projekte sollte nach meiner Schätzung dem Bahnprojekt alle Vorteile zusprechen.«

Sie leerte ihren Cocktail und sah auf ihre Uhr.

»Wollen Sie mit mir zu Abend essen, Mr. Beckford?« fragte sie in einem veränderten Ton. »Ich möchte noch von Ihnen hören, wie die Entscheidung des Investigating Sub-Committee nach Meinung der Zeitungen ausfallen dürfte. Manche Zeitungsleute haben eine gute Nase in solchen Dingen.«

Sie erhob sich. Beckford tat das gleiche.

»Um sieben Uhr dreißig im Speisesaal«, sagte sie, als sie sich wendete, die Terrasse zu verlassen. »Ich habe einen Tisch reserviert, so weit wie möglich entfernt von der Musik, die mir auf die Nerven geht. Gutes Essen mit Musik serviert, macht es für mich unverdaulich. Sieben Uhr dreißig, Mr. Beckford.«

»Ich werde mein Bestes tun, pünktlich zu sein, Madame«, erwiderte Beckford. Er war froh, von Aslan für ein paar Stunden befreit zu sein. Das Sprechen mit ihr, ja selbst das Sitzen mit ihr am selben Tisch, wo er sich genötigt sah, ihr ungeteilte Aufmerksamkeit zu schenken, strengte seinen Geist zu sehr an.

Er wanderte den Strand entlang und studierte die Formen junger weiblicher Gestalten, die dort herumlagen oder herumstelzten, nach allen Seiten kokettierend, bekleidet mit einem dünnen

Schnürchen um ihre Lenden und zwei künstlichen auf ihre Brustwarzen geklebten Rosenblättern als winzige Bedeckung der Brüste. Dieses Studium war weniger anstrengend für Beckford, als sich mit Aslan unterhalten zu müssen.

Das Abendessen, obgleich mit allem Luxus serviert, war ein langweiliges Ereignis. Keiner der Gänge, die auf den Tisch kamen, war nach Meinung Aslans von Interesse. Sie sagte das freilich nicht, aber durch die Art und Weise, wie sie an den Platten herumschnüffelte, herumlöffelte und herumkostete, machte sie es deutlich genug klar, selbst für die enttäuschten Kellner.

Beckford aß alles und jedes, was auf den Tisch kam. Dies half ihm, seine Konversation auf ein Minimum zu beschränken; denn in der Tat wußte er nicht, worüber er mit Aslan sprechen sollte, es sei denn, aufs neue über die Zeitungen, wozu er gerade jetzt keine Lust verspürte.

Die Musik spielte etwas, von dem niemand mit Gewißheit hätte sagen können, was es war. Aber mehrere Gäste erhoben sich, um zu tanzen.

»Möchten Sie tanzen, Madame?« fragte Beckford.

»Nicht gerade mit großer Begeisterung. Aber – well – gut – angenommen. Der Bewegung halber.«

Als sie zwei Runden getanzt hatten und Aslan ihren Arm ein wenig schwerer auf seinen Arm stützte, ohne sich etwas dabei zu denken, lediglich, um besser mit ihm im Schritt bleiben zu können, betrachtete Beckford dies als eine Art Einladung. Er versuchte, sie näher und intimer an sich zu ziehen. Sie hielt sich deutlich und bestimmt von ihm zurück, und nach einer weiteren halben Runde löste sie ihre Arme von ihm und sagte: »Danke, lassen Sie uns zurückgehen zu unserm Tisch! Meine Suppe wird kalt.«

Eine halbe Stunde später nickte Aslan einem Kellner zu, die Rechnung zu bringen. Sie legte eine Hundertdollarnote so auf den Tisch, daß es dem Kellner erscheinen mußte, das Geld käme von Beckford.

»Ich kann die Rechnung selbst bezahlen«, sagte Beckford, nach seiner Brieftasche fischend.

»Das weiß ich, aber ich habe Sie eingeladen, und Sie sind mein Gast.«

Er ließ seine Brieftasche stecken, wo sie war, und als das Wechselgeld vom Kellner gebracht wurde, ließ er ein vornehmes Trinkgeld auf der kleinen Platte liegen und schob den Rest vor den Augen des Kellners in seine eigene Tasche. Aslan nahm keinerlei Notiz davon. Ganz gleich, in welche Tasche es ging oder aus welcher Tasche es kam, es war ja auf alle Fälle ihr Geld oder, um es weniger hart zu sagen, Geld der Kompanie.

15

Aslan fuhr hinauf auf ihr Zimmer und verlangte telephonisch eine zweite halbe Flasche des Weines, der ihr am Tisch serviert worden war. Sie gedachte sich einen schönen, ruhigen und träumerischen Abend in ihrem Zimmer zu gönnen.

»Ein Glas, Madame, oder zwei?« fragte die höfliche, telephonierende Stimme des Zimmerkellners.

»Ein Glas.«

Beckford, nachdem er in der Lobby Aslan bis zum Fahrstuhl begleitet hatte, suchte die Bar auf, um die vorher genossenen Whiskys in seinem Magen nicht an Heimweh leiden zu lassen. Zugleich hoffte er, dort vielleicht eine Hotelgästin aufzulesen, die sich einsam fühlte oder deren Gatte am Strand den Gesängen einer echten oder unechten Sirene seine ungeteilte Aufmerksamkeit schenkte und an diesem Abend nicht zu sprechen war. In einer Hotelbar ist immer etwas zu finden oder aufzuschnappen. Alles, was man braucht, ist Geld und Geduld.

Aslan, in ihrem leichten Nachtkleide und dem Bademantel, zog die Tür ihres Schlafzimmers hinter sich zu, schob das kleine Tischchen, auf dem die geöffnete Flasche Wein und ein Glas standen, näher zu dem breiten Diwan des Wohnzimmers, füllte das Glas, und während sie einen Roman aufnahm, streckte sie sich wohlig auf dem Diwan aus.

Es war zu früh für sie, schon jetzt zu schlafen. Sie hätte keinen Schlaf finden können, erregt, wie sie war, als sie jetzt, allein in ihrem Zimmer, die Einzelheiten des ihr von Beckford überbrachten Berichtes in ihren Gedanken kreisen ließ.

Daß sie mit ihrem an sich so unschuldig erscheinenden Plan einen solchen Aufruhr im Lande erzeugen konnte, hätte sie niemals erwartet, niemals für möglich gehalten.

Sie trank von ihrem Wein, öffnete das Buch, das sie lesen wollte, blickte auf die erste Seite, klappte es wieder zu und begann mit offenen Augen zu träumen: Für sie war der Kanal oder die Bahn, was immer es am Ende auch sein mochte, ein Unternehmen wie etwa das Bauen eines großen Schiffes, eines fünfzig Stock hohen Gebäudes, eines mächtigen Dammes, wie ungefähr der Boulder Damm. Und nun rüttelte das von ihr geplante Unternehmen ein ganzes Volk auf, löste die widerstreitendsten politischen und wirtschaftspolitischen Meinungen aus. Dies überdenkend, war sie nahe daran, sich vor sich selbst zu fürchten. ›Zum Teufel noch mal‹, fragte sie sich, ›warum mußte ich die verrückte Idee haben, etwas anzuregen, was von der Mehrzahl der Leute als ein Hirngespinst angesehen wird? Als ein Projekt, das den meisten Menschen unausführbar erscheinen muß, wenngleich ich persönlich von der Ausführbarkeit fest überzeugt bin. Gewiß hätte ich besser getan, meine Finger davon zu lassen und, anstatt mich mit Politikern und Senatoren herumzuschlagen, ein ruhiges Leben zu führen, ohne Aufregung, ohne in nationale und wahrscheinlich auch noch in internationale Politik verwickelt zu werden. Ganz sicher werden nun, wie sie es stets getan haben, die Engländer kommen und ihren gewöhnlichen Lärm schlagen, daß dieses Projekt ihren wirtschaftlichen, imperialistischen, politischen und maritimen Interessen zuwiderlaufe. So wird unsere Regierung sich genötigt sehen, um nicht die bereits reichlich brüchige Freundschaft der Briten aufs Spiel zu setzen, uns die Konzession für dieses oder ein ähnliches Projekt zu versagen.‹

So träumte Aslan dahin, bis sie sich mit dem Übervölkerungsproblem Japans beschäftigte, und im selben Augenblick, als sie glaubte, eine vorzügliche und annehmbare Lösung gefunden zu haben, und an das Problem der aus Israel vertriebenen oder geflüchteten Araber zu denken begann, klopfte es an die Tür.

Es konnte nicht der Zimmerkellner sein, der fragen wollte, ob sie weitere Wünsche habe. Die Zimmerbedienung würde telephonieren.

Es klopfte abermals.

»Who is it?« fragte Aslan, ohne vom Diwan aufzustehen.
»It's me, Beckford, Madame.«
»Was wollen Sie, Mr. Beckford? Ich hoffe, Sie wissen, wie spät es ist.«
»Ja, zehn Uhr dreißig. Aber ich habe eine ungemein wichtige Nachricht für Sie, Madame.«
Aslan glaubte aus seiner Stimme zu hören, daß er mehr Highballs in sich versenkt hatte, als für seinen Gleichgewichtssinn gut war. Aber sie mochte sich täuschen. Um dies genau zu wissen, dafür kannte sie ihn nicht lange genug.
»Es hat gewiß Zeit bis morgen am Frühstückstisch.«
»Es ist wirklich sehr dringend, Madame, und sollte nicht bis morgen warten.«
Diese Antwort erregte ihre weibliche Neugierde.
Sie hätte bei weitem mehr die männliche Neugier erregt, da die Neugier des männlichen Geschlechts um ein Mehrfaches stärker ist als die des weiblichen; andernfalls gäbe es wenig Industrie, wenig Erfindungen, wenig wissenschaftliche Errungenschaften und wenig Kriege, ganz gewiß aber keine Atom- und Wasserstoffbomben.
Sie öffnete die Tür, nicht um die so wichtige Nachricht zu hören, als vielmehr um dem Sprechen durch die Tür ein Ende zu bereiten. Andere Hotelgäste konnten aufmerksam werden und die Unterhaltung durch die Tür mißverstehen.
Sobald Aslan die Tür auch nur ein wenig geöffnet hatte, drängte sich Beckford rasch und entschieden ins Zimmer, als ob er fürchtete, Aslan möchte ihn im letzten Augenblick zurückstoßen und rasch die Tür wieder schließen.
Viele, oft Dutzende von verschiedenen Vorfällen, Überraschungen, Gedankenlosigkeiten und ungenauen Beurteilungen von Situationen müssen zu gleicher Zeit zusammentreffen, damit etwas Unvorhergesehenes, Ungewolltes und Unerwartetes geschieht.
Beckford war im Zimmer und schloß die Tür hinter sich zu.
In dieser Sekunde fragte sich Aslan erstaunt, warum Beckford ihr nicht vorher telephoniert habe, anstatt direkt zu ihren Zimmern zu kommen. Und sie fragte sich gleichfalls, warum sie ihm nicht durch die Tür gesagt habe, er solle ihr telephonisch mitteilen, was

er für so wichtig ansehe, daß er sie nachts um halb elf stören müsse. Nun war es zu spät. Beckford war im Zimmer und allein mit ihr. Sie konnte freilich zum Empfang telephonieren und verlangen, daß der Hoteldetektiv heraufkomme und Beckford aus ihren Zimmern weise. Aber sie hätte die Angelegenheit zu ihren Ungunsten verschlimmert; denn Beckford konnte ja nicht in ihren Zimmern gefunden werden, ohne daß sie ihm die Tür geöffnet haben mußte, es sei denn, er hätte unschuldigerweise den Schlüssel zu ihren Räumen verlangt, die Tür während ihrer Abwesenheit aufgeschlossen und sie in ihren Zimmern erwartet, was, wenn es ohne ihr Vorwissen und ohne ihre Duldung geschehen sein sollte, sie sofort hätte melden müssen, um zu vermeiden, daß ihr Verhalten von der Hotelleitung mißverstanden werde.
Ganz gleich, was Aslan tat oder zu tun gedachte, sie konnte nichts an dem Umstand ändern, daß Beckford allein so spät am Abend in ihrem Zimmer war, hinter geschlossener Tür, und daß sie, mit nichts anderem als einem dünnen Nachtgewand und einem leichten Toilettenmantel bekleidet, vor ihm stand.
Was sie aus Beckfords Stimme, als er von außerhalb der Tür zu ihr sprach, nur unbestimmt geschlossen hatte, dessen wurde sie sich nun gewiß: Beckford war zwar nicht gerade betrunken im vollen Sinne des Wortes, aber er war auch auf keinen Fall nüchtern. Die Menge Whisky, die er in sich hatte, machte sich deutlich bemerkbar. Sein Urteilsvermögen war zwar geschwächt, aber es war Aslan klar, daß er wußte, was er tat. Er versuchte nicht einmal völlige Betrunkenheit vorzutäuschen, um am nächsten Tag eine Entschuldigung zu haben. Einem Betrunkenen wird häufig, wenn auch zu Unrecht, eine unbesonnene Handlung leichter und williger vergeben als einem Nüchternen.
Hätte er in der Bar eine zu allem bereite Barfliege angetroffen oder besser noch eine von ihrem Ehemann nicht verstandene Frau, so hätten die Ereignisse dieses späten Abends einen wesentlich anderen Verlauf genommen.
Am Nachmittag auf der Terrasse des Hotels, unter dem Einfluß der lauen Luft und des einschläfernden Brausens der Meereswogen, hatte Aslan sich in wohliger Weise gehenlassen. Sie erinnerte sich ihrer Abschätzung Beckfords als eines gutgebauten, hüb-

schen Tieres, während sie sich nun auf den Diwan niederließ und ihren Toilettenmantel fest zuzog.

Sie gedachte ihn zu fragen: »Welche wichtige Nachricht ist es, Mr. Beckford, die Sie mir zu so später Stunde bringen mußten?«

Aber das erste Wort erstarb auf ihren Lippen. Wozu fragen?

In ihrer Kehle kam ein Würgen auf, das offenbar durch ihre wachsende Erregung verursacht wurde.

Beckford, unschlüssig, was er nun tun solle, wurde unsicher wie ein Sechzehnjähriger, der zum erstenmal in seinem Leben mit einem Freudenmädchen allein ist. Etwas mußte er tun, dachte er in seinem halb umnebelten Hirn.

Er blickte auf Aslan und ging dicht zu ihr heran.

Seine Knie berührten die ihrigen, als er vor ihr stand. Er drückte seine Knie fester und härter an ihren Körper.

Im nächsten Augenblick befand sich seine Hand unter ihrem Nachtkleid. Als wolle sie einen Versuch machen, ihn abzuwehren und seiner Hand zu entgehen, drehte sie sich ein wenig zur Seite. Doch diese Bewegung bot ihm die Möglichkeit, seine Hand höher suchen zu lassen. Mit ihrer Linken bemühte sie sich, die seine von ihrem Körper zu lösen. Diese schwache Geste deutete jedoch nur an, daß sie sich wehren könne, wenn sie es ernstlich beabsichtige. Sie ließ es geschehen, ohne Genuß zu haben, ohne befriedigt zu werden. Es war nicht einmal genügend, ihre überhitzte Erregung abzukühlen. Ein Zündholz brauchte mehr Zeit, zu Ende zu brennen, und gab mehr Feuer.

Nun wollte er sie kosen. Da stieß sie ihn brutal zurück.

Offenbar gedachte er, einige Minuten auf ihr liegen zu bleiben. Nicht, um neue Stärke zu gewinnen, von der er in diesem Augenblick nicht wußte, wo er sie herholen sollte, sondern nur, um ihr verständlicher zu machen, daß er von nun an ihr Gebieter sei und sie ihm zu Willen sein müsse, wann und wo er es verlange.

Sie jedoch drehte sich gewandt fort, kam auf die Seite zu liegen und stieß ihn mit einer Kraft, die er niemals in ihr vermutet hätte, mit ihrem Fuß in sein Hinterteil, so daß er, der kraftstrotzende Sergeant, im Bogen zur Tür flog, wo er stolperte und hinfiel.

»Da ist die Tür, Mr. Beckford. Good night.«

Er arbeitete an seiner Kleidung herum, seinen Rücken ihr zugekehrt, und verließ das Zimmer, ohne gute Nacht zu antworten, ja, ohne sich noch einmal umzuwenden.

Aslan erhob sich und schloß die Tür hinter ihm zu.

Auf dem Korridor versuchte Beckford, sich zu sammeln. Alles, was er sich zu sagen wußte, war: ›Großer Gott, hat dieses Weib aber einmal einen kräftigen Fußtritt! Sie könnte im Marine Corps zu hohen Ehren gelangen.‹

Am folgenden Tage um drei Uhr nachmittags telephonierte er und fragte, ob sie ihn nicht zum Tee in ihren Zimmern einladen wolle. Aslan antwortete: »Okay, four thirty«, und legte den Hörer zurück, ohne ein weiteres Wort hinzuzusetzen.

Als Beckford pünktlich um vier Uhr dreißig im Wohnzimmer Aslans erschien, war der Tee bereits serviert und der Kellner verschwunden. Mit dem Tee waren verschiedene belegte geröstete Schnittchen gekommen und ein Kristallflakon mit Kognak.

Die Unsicherheit, die Beckford überkam, als er sich abermals mit Aslan allein befand, versuchte er durch ein forciert brüskes Benehmen zu verdecken. Nach einigen Minuten gab er es auf, weil er fühlte, daß er sich damit nur lächerlich machte. Aslan nahm keine Notiz davon; sie verstand nur zu gut, daß er sich dieses Benehmen aufzwang, um einen stark maskulinen Eindruck auf sie zu machen und ihr zu verstehen zu geben, daß er seit letzter Nacht ihr gegenüber eine andere Position eingenommen habe. Aslan sprach und tat, als ob sie sich an nichts, an absolut nichts erinnern könne, was sich in letzter Nacht zwischen ihnen ereignet hatte.

›Vielleicht war sie so betrunken, daß sie nicht weiß, was in Wirklichkeit geschah‹, erklärte er sich ihr neutrales Verhalten.

Aslan benahm sich ihm gegenüber wie stets zuvor: eine ihm bei weitem überlegene Persönlichkeit, die zugleich seine Arbeitgeberin war und von der er gegenwärtig wirtschaftlich abhing.

Aslan goß den Tee ein, und als sie ihm das Tablett mit den gerösteten Schnittchen zureichte, sagte sie wie beiläufig und als ob sie wenig Wert darauf lege, es zu wissen: »Was war es doch, was Sie mir so sehr Wichtiges am letzten Abend mitteilen wollten?«

»Oh, yes, Madame. Beinahe hätte ich es wirklich vergessen. Ich glaube in der Tat, daß ich gestern abend, als ich mich hier wohl recht dumm benahm, offensichtlich betrunken war.«

»Möglich«, sagte Aslan, an ihrem Tee nippend, »aber dann gewiß nur leicht. Ein zweites Stück Zucker?«

›Sollte sie sich wirklich an nichts erinnern?‹ fragte sich Beckford im stillen, als Aslan mit keiner Miene, mit keiner Schattierung in ihrer Stimme andeutete, daß sie sich irgendeines anderen Vorkommnisses der letzten Nacht zu erinnern vermochte als lediglich der Tatsache, daß er vergessen hatte, ihr die so ungemein wichtige Nachricht mitzuteilen.

»Ist das, was Sie mir berichten wollten, wirklich so wichtig? Oder war das nur ein Grund, mich so spät am Abend zu stören?«

»Es war sehr wichtig, Madame, und es ist immer noch sehr wichtig. Zwei Zeitungen veröffentlichten Briefe ihrer Leser, in denen die Leute den Vorschlag machten, Sie, Madame, sollten sich als Kandidat für die nächste Präsidentenwahl aufstellen lassen – mit dem einzigen Programm, die von ihnen verteidigte Verbindung der beiden Ozeane auf amerikanischem Boden zu bauen. Jene Briefschreiber behaupteten, daß Sie mit diesem Programm als Wahlaufruf gewählt werden würden, mit einer um vieles größeren Stimmenzahl, als alle Ihre Gegenkandidaten zusammengenommen aufbringen könnten.«

»Mögen mich alle bekannten und unbekannten Götter vor einem so grausamen Schicksal bewahren«, sagte Aslan lachend. »Ich denke, daß es nicht notwendig sein wird, mich auch nur als Kandidat für den Kongreß aufstellen zu lassen, um unserm Projekt zu dienen. Unser Projekt wird durchgeführt, wenn nicht durch uns, dann durch jemand anders, und wenn nicht zu meinen Lebzeiten, dann nach meinem Tode. Aber ich bin überzeugt, so lange brauchen wir darauf nicht zu warten.« Sie änderte den Ausdruck ihrer Stimme. »Lassen Sie uns von etwas anderem reden, Mr. Beckford. Um sieben Uhr fahre ich zurück nach New York. Wenn Sie wollen, können Sie mit mir fahren. Wir werden vor zehn zurück sein.«

»Well, Madame, suits me all right.«

Beckford goß sich einen Kognak ein und füllte für Aslan auch ein Glas.

Da der Tee damit eigentlich zu Ende war, Beckford nichts von Interesse zu reden wußte, wie es meist der Fall war, und Aslan ernstlich begann, sich sterblich zu langweilen, wie stets, wenn sie

kaum mehr als eine halbe Stunde in seiner Gegenwart verbrachte, fühlte sich Beckford überflüssig werden.
Die Sonne schoß jetzt grell, stechend und schneidend ins Zimmer. Aslan stand auf, ging zu dem weiten Fenster und zog die Vorhänge zu. Das Zimmer nahm sofort eine wohltuende Behaglichkeit an, die den Wunsch weckte, alle Spannungen aufzulösen.
»Ich denke, ich werde nun gehen, Madame«, sagte Beckford zögernd, als ob er auf etwas warte. »And thanks for the tea.«
»Welcome, Mr. Beckford. Und vergessen Sie nicht, um sieben in der Lobby, es sei denn, daß Sie hier noch einen Tag oder zwei zu verbringen gedenken. Studienhalber«, setzte sie hinzu, ohne ihrer Stimme auch nur einen leisen Hauch von Ironie zu geben.
»Denke nicht daran. Gefällt mir gut, sehr gut, mit Ihnen zu fahren und heute abend zurück zu sein.«
Immer noch machte er keine Miene zu gehen. An dem Tischchen, auf dem der Tee serviert worden war, goß er sich einen zweiten Kognak ein und fegte ihn mit einem Hieb hinunter.
Aslan, noch am Fenster verharrend, wendete sich um und blickte hart auf Beckford, aufrichtig verwundert, daß er ruhig stehenblieb, ungewiß, augenscheinlich ungewiß, was er nun tun solle.
»Sie sagten doch soeben, Sie wollten gehen, Mr. Beckford.«
Aslan kam langsam vom Fenster zurück, als beabsichtige sie, näher auf Beckford zuzugehen, um ihm noch deutlicher zu zeigen, daß seine Anwesenheit nicht länger erwünscht sei und daß er ihr auf die Nerven falle.
Sie stand nun dicht am Diwan und wandte sich ihrem Schlafzimmer zu, offenbar, um sich für die Rückreise umzukleiden und die Garderobe zu packen.
Beckfords Blick fiel auf das Buch, das auf dem Tisch nahe dem Kopfende des Diwans lag.
»Darf ich sehen, Madame, was Sie lesen?« fragte er. Seine Stimme vibrierte.
»Warum nicht? Kein Geheimnis«, antwortete Aslan, dabei halb um den Diwan herumgehend und sich dem Tischchen nähernd mit einer Geste, als wolle sie ihm das Buch persönlich geben.
Beckford, der nun ebenfalls dicht am Diwan war, so nahe an Aslan, daß sein Körper den ihren leicht streifte, wendete sich, und

Aslan fand sich eng eingekeilt zwischen Beckford und dem Diwan. Und wie er es in der verflossenen Nacht getan hatte, preßte er seine Knie hart gegen die ihren. Sie sagte nichts, bohrte aber ihren Blick fest in den seinen.

Er erwartete, von ihr zurückgestoßen zu werden. Jedoch, sie versuchte keine, auch nicht die geringste Bewegung einer Abwehr. Sie blickte ihn nur an, weder erschreckt noch erstaunt noch hypnotisiert, ja nicht einmal warnend.

Diese Situation währte einige Sekunden. Daß er wie in der vergangenen Nacht mit einem mächtigen Fußtritt verabschiedet werden könnte, hielt er für sehr wahrscheinlich. Aber er erinnerte sich so vieler Fußtritte in seinem Leben, daß es, wie er sich in diesem Moment sagte, auf einen mehr oder weniger nicht ankam, insbesondere nicht, wenn er den Fußtritt nicht vor der Belustigung, sondern nachher erhielt, als Bescheinigung eines erfolgreich ausgeführten Unternehmens.

Wahrscheinlich erwartete Aslan, was nun geschehen würde. Aber, ob erwartet oder nicht erwartet und nicht gewollt, jedenfalls war ihr in diesem Augenblick noch die Möglichkeit offengelassen, ihm auszuweichen.

Wie immer ohne das geringste Verständnis für die Gefühle einer Frau, die sich nicht in einer Bar auflesen läßt, legte Beckford das anscheinend widerstandslose Verhalten Aslans in jeder Weise falsch aus.

Auf Aslans Lippen war ein merkwürdiges Lächeln erschienen, das nichts und zugleich alles bedeuten konnte. Dieses mysteriöse Lächeln verwirrte Beckford. Er wußte nicht, wie er es verstehen sollte. ›Vielleicht hat sie irgendwo einen Dolch verborgen‹, dachte er, sich einer ähnlichen Szene in Korea erinnernd.

Jedoch in dieser Minute waren seine Gelüste zu einem Höhepunkt gelangt, auf dem der Gedanke an einen versteckten Dolch, an einen Fußtritt, an einen erbosten, revolverbewaffneten Ehegatten keinen oder nur einen sehr geringen Einfluß auf das auszuüben vermocht hätte, was nun bereits halb geschehen war.

Er packte sie hart bei den Schultern und drückte sie mit aller seiner Sergeantenkraft auf den Diwan nieder. Mit ihrem linken Arm bedeckte sie ihre Augen, behielt aber den rechten Arm frei, als ob sie, wie in der vergangenen Nacht, einen leichten Versuch zu machen gedenke, seine Hände von ihrem Körper fernzuhalten. Das Lächeln auf ihren Lippen, das nichts bedeuten mochte und zugleich alles, war um einen Schimmer deutlicher geworden.

Er wollte sie küssen, um dieses Lächeln von ihren Lippen zu fegen, aber mit ihrer flachen Hand hielt sie sein Gesicht zurück, während sie ihren linken Arm fester gegen ihre Augen preßte.

Er schob ihr Kleid hinauf. Viel höher, als notwendig wäre, dachte sie bei sich.

Und wieder ließ sie es zu. Obgleich sie darauf wartete, erlebte sie keine Befriedigung. Nichts. Äußerste Gleichgültigkeit. Völlig leer blieben ihre Empfindungen. Nicht einmal zu einem gelinden Ekel oder zu einem moralischen Unbehagen vermochte sie sich aufzuraffen.

Als das Zündholz verkohlt war, versuchte er aufs neue, sie zu küssen. Noch immer lag er auf ihr, ihren Mund suchend und ihre Brüste abtastend. Und genauso unerwartet wie in der vergangenen Nacht stieß sie ihn mit ihrem Fuß von sich weg, diesmal jedoch in seinen Unterleib und gleich so heftig, daß er stöhnend zu Boden sank, sich dort hin und her windend und seinen Unterleib mit beiden Händen massierend.

Sie stand auf, zog ihr Kleid herunter, fischte nach ihrem Unterzeug und ging in ihr Schlafzimmer. Mit einem beabsichtigt lauten Geräusch verschloß sie die Tür hinter sich.

Schnell genug zu sich gekommen, raffte sich Beckford vom Boden auf, wie es von wohlgedrillten Sergeanten des Marine Corps nicht anders erwartet werden konnte; denn in ihrer Lehrzeit lernten sie Härteres und Brutaleres ertragen als einen solchen Stoß, von dem Beckford in seiner unverwüstlichen Unschuld glaubte, er sei aus reiner Liebe und im Augenblick höchster Wollust von dem endlich überwältigten Weibchen geliefert worden. Er ordnete seine Kleidung und verließ das Zimmer.

16

Pünktlich um sieben Uhr war Beckford mit seinem Handkoffer, den ein Hotelbursche krampfhaft umklammert hielt, im Vestibül. Zehn Minuten später saß er neben Aslan in ihrem Auto.
Sie lenkte es, obwohl er ihr angeboten hatte, das Auto zu fahren. Aber sie hatte kurz abgelehnt.
Sie sprachen kein Wort miteinander.
Beide hingen schweigend ihren Gedanken nach.
Er sonnte sich in dem wonnigen Gefühl des mit Lorbeer gekrönten heimkehrenden Siegers. Endlich war es ihm gelungen, sie zu seiner Geliebten zu machen. Und nicht einmal eine Vergewaltigung war erforderlich gewesen, sie für sich zu gewinnen. Wie ein hungriges Lämmchen war sie ihm entgegengekommen.
Als das Wort Vergewaltigung in seinen Gedanken auftauchte, erinnerte er sich mehrerer Vergewaltigungen, die er hier und da hatte verüben müssen, um das gewünschte Ziel zu erreichen.
So träumte er ins Blaue hinaus, während das Auto sanft und beinahe geräuschlos dahinglitt.
Inzwischen war die Nacht hereingebrochen. In dieser Dunkelheit drehten sich seine Gedanken um nichts anderes als um die Einzelheiten seines nächsten intimen Beieinanderseins mit Aslan. Daß dieses intime Zusammensein gleich morgen erfolgte, dafür würde er als ihr nunmehriger Herr und Gebieter schon sorgen.
Sie erreichten die ersten, nun bereits voll beleuchteten Straßen der Vorstadt.
Aslan verringerte plötzlich die Geschwindigkeit des Autos.
»Out of gas?« fragte Beckford, sich ihr zuwendend und reichlich verstimmt, weil er so unerwartet aus seinen wohligen Gedanken gerüttelt wurde.
»Durchaus nicht«, erwiderte Aslan. »Der Tank ist noch beinahe zur Hälfte voll mit Gas.«
So mit erheblich verringerter Geschwindigkeit dahinfahrend, ließ sie ihre Augen links und rechts herumschweifen. Es mochte eine bestimmte Straße sein oder ein gewisses Gebäude, was sie wohl suchte.
Beckford, immer noch seinen Träumen nachhängend, wurde hell-

wach. Er glaubte endlich begriffen zu haben, was sie finden wollte. ›Sie sucht nach einem unauffälligen Hotel, wo sie die Nacht mit mir zu verbringen gedenkt‹, dachte er mit Genugtuung.

Endlich schien Aslan gefunden zu haben, was sie suchte. Aber sie vermied es, Beckford auch nur ahnen zu lassen, was in ihr vorging. Beckford, sich nach allen Seiten umsehend, verrenkte sich beinahe den Hals, aber kein Hotel, elegant oder gewöhnlich, war in Sicht. Aslan brachte das Auto dicht an den Seitenweg der Straße und switschte den Motor ab. Der Verkehr war hier nicht stark, wenn nötig, konnte sie an dieser Stelle die ganze Nacht hindurch parken, ohne von irgendwem belästigt zu werden.

Sie lehnte sich behaglich zurück in ihren Sitz.

In dem Licht, das von Schaufenstern und der Straßenbeleuchtung kam, sah Beckford auf ihrem Gesicht das gleiche mysteriöse Lächeln, das ihn heute nachmittag so ungemein irritiert hatte, das Lächeln, das alles bedeuten konnte oder nichts, jedoch auf keinen Fall etwas, was zwischen dem Alles und dem Nichts lag.

Ohne Beckford anzusehen, ohne sich ihm zuzuwenden, ohne ihre bequeme Stellung aufzugeben, sich jedoch noch tiefer in die Ecke hineinkuschelnd, sagte sie, mit vernichtender Ironie in der Stimme: »Mr. Beckford, den ganzen langen Weg haben Sie an nichts anderes gedacht, als daß Sie mich überwältigt hätten, daß ich nun Ihre Geliebte sei und Sie mein Gigolo oder was Sie sich eingebildet haben mögen. Habe ich recht, Mr. Beckford?«

»Nun – eh – ich habe gedacht – eh – was zwischen uns –«

Er stotterte entsetzlich, da er sich so völlig unvorbereitet aus dem Sattel gehoben fand. Der schneidende Ton in ihrer Stimme riß ihn mit einem scharfen Ruck herunter von dem Thron, auf den er sich während der Fahrt geträumt hatte. Diesen harten ironischen Ton kannte er von früheren Gelegenheiten her. Er erinnerte sich gut: wann und wo immer Aslan diesen Ton gegen ihn gebrauchte, folgte gleich darauf ein Sturz in eiskaltes Wasser, und es dauerte eine volle Woche, ehe er wieder imstande war, wenigstens eine beschränkte Selbstsicherheit in ihrer Gegenwart zurückzugewinnen.

»Nur jemand, der so unerfahren im wirklichen Leben ist wie Sie, Mr. Beckford, und so kockerisch wie Sie, konnte sich etwas so unglaublich Idiotisches ausmalen. Wofür halten Sie mich denn? Für eine Ihrer Barfliegen? Es ist wahrhaftig beleidigend für mich, tief beleidigend, was Sie von mir dachten, ganz gleich, was Sie sonst wohl gedacht haben. Jeder Ihrer Gedanken war eine Beleidigung für mich.«

»Aber, Madame, in keiner Weise habe ich etwas Ähnliches von Ihnen gedacht. Ganz im Gegenteil, Madame, ich fühle einen wahren, einen aufrichtigen Respekt Ihnen gegenüber.«

»Blablabla! Lügen Sie nicht so unverschämt! In keiner einzigen Faser Ihres Wesens sind Sie der Gentleman, dessen Respekt für die Frau, die sich ihm gab, ganz gleich aus welchem Grunde, eher größer wird als geringer. Sie sind ein Sergeant des Marine Corps und werden ein Sergeant des Marine Corps bleiben bis an das Ende Ihrer Tage. Ich glaube, ich sagte Ihnen das bereits einmal.«

»Aber dann verstehe ich nicht, Madame, warum Sie – warum Sie –«, er fand die rechten Worte nicht.

»– warum ich es Ihnen so leichtmachte, wollen Sie gewiß sagen.«

»Richtig, genau das ist es, was ich sagen wollte, aber ich wußte nicht, wie ich mich ausdrücken sollte.«

»Und nun erschrecken Sie nicht, Mr. Beckford, und werden Sie nicht wild oder versuchen gar, mich hier zu erdrosseln, wenn ich Ihnen sage, warum ich es Ihnen so leichtmachte.«

»Yes, Madame?«

»Ich benötigte für meine seelische Ruhe, sagen wir einmal, ein Versuchskaninchen. Und in Ihnen fand ich ein ganz vorzügliches Meerschweinchen. Wohl das beste, das ich hätte finden können.«

»Versuchskaninchen? Verstehe nicht, Madame, wie Sie das meinen.«

»Sie verstehen niemals etwas. Das ist das Bemitleidenswerte an Ihnen. Bei einer lange zurückliegenden Gelegenheit versprach ich Ihnen, nein, ich versprach nichts, aber ich deutete an, daß ich mich Ihnen unter gewissen, nicht genau umzirkelten Umständen geben könnte – zu Ihrer Belustigung, wenn Sie es so auszulegen wünschen. Es schadet meiner Seele absolut nichts, wenn Sie es so auslegen. Und soweit dieses angedeutete Michgeben in Betracht kommt, schulde ich Ihnen nichts mehr. Ich habe sogar zweimal

gegeben, was nur als einmal gemeint war. Richtig, Mr. Beckford?«
»Richtig, Madame, und ich bin, aufrichtig gesagt, dankbar dafür.«
»Vergessen Sie die Danksagung. Ich bin es, der ›besten Dank‹ zu Ihnen sagen sollte, wie die von Krankheiten geplagte Menschheit Versuchskaninchen, Meerschweinchen, Affen, Hunden, Mäusen und Ratten Denkmäler setzen sollte für alles das, was diese unschuldigen Versuchstiere für die Menschen getan, gelitten und erduldet haben und in jeder Minute eines jeden Tages für die Menschheit tun, leiden und erdulden.«
Beckford ließ seine Augen über die Länge der Straße schweifen, und in einer Entfernung von nur zwanzig Schritten entdeckte er zu seiner Freude eine Bar.
»Excuse me, Madame, ich benötige dringend einen Highball. Bin im Augenblick zurück. Aber ich möchte mich für das Versuchskaninchen stärken.«
»Keine Sorge, ich warte. Seien Sie so freundlich und sagen Sie dem Kellner, er möge mir einen doppelten Wermut-Bitter hier zum Auto bringen.«
Beckford, um nicht trocken zu laufen, wie er sagte, brachte einen extra großen Doppelhighball mit, als er zurückkam und sich wieder ins Auto setzte.
»Sehr wahrscheinlich werde ich meinem Mann erzählen, daß Sie mich gelegt haben, Mr. Beckford«, sagte Aslan plötzlich, nachdenklich von ihrem Wermut-Bitter kostend.
»Ja, sind Sie denn ganz und gar – nun, ich weiß nicht, wie ich es nennen soll«, brach Beckford los.
»Verrückt meinen Sie? Durchaus nicht. Das Kaninchen diente mir dazu, zu erfahren, wie sich wohl mein Ehegatte benimmt, wenn er hört, ein anderer Mann hat mich – nun gut, was sich im Hotel ereignete und mit meiner Zustimmung. Aber das herauszufinden hat wenig oder eigentlich gar nichts mit mir persönlich zu schaffen. Ihre Aufgabe als Versuchskaninchen, die Sie vortrefflich erfüllten, war noch eine andere. Ich darf wohl eingestehen, daß ich mit der Vivisektion außerordentlich zufrieden bin. Sie war ein Erfolg, der bei weitem größer war, als ich erwartet hatte, ja nicht einmal hätte träumen können.«

»Und an mir, Ihrem Versuchskaninchen, haben Sie Ihre Vivisektion vorgenommen?«

»Ja, an Ihnen. Ich wollte und mußte über eine gewisse Frage, die mich seit langem beschäftigt, eine bestimmte Antwort haben. Eine Antwort, die mir niemand zu geben vermochte, die ich nur auf empirischem Wege, auf dem Wege einer rein persönlichen Erfahrung, erhalten konnte. Sehen Sie, Mr. Beckford, ich bin ungemein glücklich verheiratet. Ich könnte meinem Mann in Wahrheit niemals die Treue brechen.«

»Und letzte Nacht? Und heute nachmittag?«

»Sie sind freilich anderer Meinung in dieser Hinsicht. Das ist durchaus verständlich. Aber die Wahrheit ist, ich habe meinem Mann die Treue nicht gebrochen, weder körperlich noch seelisch. Am allerwenigsten seelisch.«

»Und warum erzählen Sie mir das?«

»Sie wollten doch den Versuch erklärt haben, nicht wahr? Wollten wissen, wie und warum die Vivisektion stattfand, nicht wahr?«

»Natürlich – da diese Vivisektion ja an mir vorgenommen wurde, wie Sie mir nun mehrere Male bereits gesagt haben.«

»Ich komme zur Sache. Sie müssen wissen, daß mich mein Mann heiratete, als ich vierundzwanzig Jahre alt war. Und ich kam in die Ehe als ein unberührtes Mädchen. Nebenbei bemerkt, Sie werden es vielleicht nicht glauben, aber hier im Lande heiraten mehr Mädchen, die noch Jungfrauen sind, als im allgemeinen angenommen wird, nach Romanen, Filmen und Skandalgeschichten in den Zeitungen zu urteilen.«

»Da bin ich aber doch ganz anderer Meinung, Madame. Ich habe bis heute nicht eine einzige Jungfrau getroffen, nicht einmal eine zwischen sechzehn und siebzehn«, erwiderte Beckford, einen kräftigen Schluck von seinem extra großen Doppelwhisky nehmend, als wolle er unliebsame Erinnerungen hinunterschwemmen.

»Es kommt wohl auf die Kreise an, in denen Sie sich bewegen, Mr. Beckford. Und um Ihnen gleich etwas anderes zu erzählen, was Sie wahrscheinlich ebenso unglaublich finden werden: Mein Mann gab mir vier volle Wochen Zeit, ehe wir die sogenannte Hochzeitsnacht begingen. Unglaublich für Sie, nicht wahr? Jedoch, nachdem wir uns einmal richtig zu verstehen wußten, lernte ich zu meinem großen Erstaunen, daß Alter nicht nach der Zahl der Jahre beurteilt werden sollte, die man in seinem Geburtszeugnis liest. Es war nichts als Wissensdurst. Keineswegs der Wunsch, eine Befriedigung von einem anderen Manne zu erhalten. Ich wünschte zu wissen, welcher Unterschied in dieser Angelegenheit besteht zwischen einem reifen Mann von durchschnittlicher, ich bin geneigt zu sagen, jungenhafter Natur und Kraft und einem muskelstrotzenden, machtvollen jungen Athleten, wie Sie es sind, Mr. Beckford, obwohl Sie bereits etwas schwammig werden. Absichtlich unternahm ich zwei Versuche der Vivisektion. Den ersten letzte Nacht, als Sie betrunken waren und zugleich scheu, weil es zum ersten Male geschah. Und den zweiten Versuch heute nachmittag, als Sie nicht getrunken hatten und nicht länger mehr scheu zu sein brauchten, um so weniger, als ich es Ihnen so ungemein leichtmachte, mich Ihnen förmlich anbot.«

»Well. And so?«

»Wollen Sie nun das Resultat der Vivisektion wissen?«

»Ich brenne darauf, Madame.«

»Mr. Beckford, das Resultat ist vernichtend für Sie. Für Sie, den mit seiner Muskelkraft protzenden Marine-Corps-Sergeanten. Sie können mit meinem Mann nicht im entferntesten in Wettbewerb treten, Mr. Beckford. In dieser Hinsicht ist er ein hochtalentierter Virtuose. Diese Erfahrung mit Ihrer gütigen Mithilfe gewonnen zu haben, könnte ich nicht mit Geld oder sonst irgend etwas bezahlen. Dank Ihrer Hilfe habe ich gelernt, was mein Mann in dieser Hinsicht wirklich wert ist.

Ich hoffe, Sie begreifen nun, daß ich meinem Mann die Treue nicht gebrochen habe, sondern sie nur aufs neue besiegelte, stärker und dauernder als je vorher. Vielen Dank, Mr. Beckford, für Ihre freundliche Mitwirkung in dieser für mich so ungemein wichtigen Vivisektion.«

»Der Dank ist durchaus auf meiner Seite, Madame.«

»Ganz wie Sie wollen. Verletzt mich nicht. – Sehen Sie dort drüben«, Aslan deutete auf einen Bau inmitten der Straße, »dort ist eine Sub-Station. Die Sub bringt Sie in viel kürzerer Zeit zu Ihrem Hotel, als ich das in dem nun dick werdenden Abendverkehr könnte.«

Beckford ging zur Bar, zahlte und sagte dem Kellner, er solle die Gläser abholen. Darauf stelzte er zur Station der Untergrundbahn. Sobald er in Lower Manhattan angelangt war, ging er zur nächsten Bar, Fliegen zu haschen und nach sich einsam fühlenden, von ihrem Manne nicht verstandenen Frauen zu angeln, in der Hoffnung, seinen tief gekränkten Mannesstolz nach seinem eigenen Rezept erneut aufzufrischen.

17

Obgleich von Beckford darauf vorbereitet, war Aslan höchst überrascht von den Bergen aus Zeitungen, Zeitungsausschnitten, Telegrammen und Briefen, die sich während ihrer Abwesenheit in den Büroräumen der ›A.P.T.C.‹ angehäuft hatten. Die Mehrzahl der Telegramme und Briefe waren, wie Amy erklärte, Gratulationen für Aslans Unternehmungsgeist, für ihren Mut und für ihre Geschicklichkeit, mit der sie ihre Ideen und Pläne vor den Senatoren so vorzüglich zu verteidigen imstande gewesen war. Ein erheblicher Teil der Korrespondenz jedoch bestand aus Fragen, wo und zu welchem Preise die Aktien der ›A.P.T.C.‹ erworben werden könnten. Es lagen Telegramme vor mit den gleichen Anfragen aus Kanada, Südamerika, Belgien, Frankreich, Deutschland, Holland, Schweden, Norwegen, Dänemark.

Amy gab Aslan eine Übersicht von dem, was die Zeitungen in den letzten Tagen geschrieben hatten.

»Nur in den ersten Tagen erwähnten die Zeitungen das Verhör vor dem Komitee. Nun liest man überhaupt nichts mehr von jener Verhandlung, sondern nur, was Senatoren, Kongreßmitglieder, Politiker im allgemeinen zu Ihrem Projekt zu sagen haben. Man gewinnt den Eindruck, daß die einflußreichen Zeitungen auf Ihrer Seite sind, Madame.«

»Und warum sollten sie nicht?« erwiderte Aslan. »Da ist doch ein Milliardengeschäft, das der Kanal oder die Bahn der Groß- und Schwerindustrie zuwirft, jenen Gruppen, die diese Zeitungen finanzieren. Die Industriegewaltigen riechen, daß es mit den schweren Armeelieferungen vorüber ist, sollten sich Rußland und dieses Land verständigen, was, wie sich die Dinge entwickelt haben, über Nacht geschehen kann. Unser Projekt gibt der Industrie für längere Zeit und mit größerer Gewißheit mehr Beschäftigung, als es die Armee je kann. Die Armee frißt und frißt, aber sie ist völlig unproduktiv, während, sagen wir, unser Bahnprojekt produktiv ist und Gewinne abzuwerfen verspricht, die letzten Endes um nichts geringer sein werden als die Gewinne aus der unproduktiven Kriegsindustrie.«

»An solche Folgerungen und Möglichkeiten habe ich nie gedacht«, sagte Amy erstaunt.

Es war in der Tat so, wie es Beckford bereits berichtet hatte, als er mit Aslan auf der Terrasse des Hotels saß: ein völliger Umschwung war eingetreten in allem, was die öffentliche Meinung und das allgemeine Interesse der Bevölkerung beherrschte. Anstatt Tag und Nacht an gegenseitige Zerstörung zu denken, anstatt an jedem Morgen und an jedem Abend die Möglichkeit eines unerwarteten Massenangriffes mit Wasserstoffbomben an alle Wände zu malen und mit überfetten Lettern auf den ersten Seiten aller Blätter des Landes zu verkünden, um mehr und mehr Milliarden in einen Brunnen ohne Boden zu versenken, lenkte das Volk, müde der ewigen Furchtpropaganda, seine Gedanken, seine Erwartungen endlich auf etwas Positives, um seiner ungeheuren Schaffenskraft und seiner unverwüstlichen Energie neue Wirkungsfelder anzuweisen, und ein solches neues Wirkungsfeld war die Ausführung eines gigantischen Planes, so groß, wie es bisher Menschen kaum zu denken gewagt hatten.

Innerhalb von drei Wochen war es keine Frage mehr, ob der Kanal oder die Bahn überhaupt gebaut werden konnten, nein, die Frage, die nun die Öffentlichkeit zu beschäftigen begann, einschließlich zahlreicher Generale, Admirale, Ölmagnaten, Großindustrieller und Finanzleute, war kurz und klar: ›Wann beginnen wir mit dem Bau der Bahn?‹

Drei Wochen genügten, und die Mehrheit der erfahrensten Ingenieure entschied sich für die Bahn, wie sie von Aslan vor dem Untersuchungskomitee in großen Umrissen vorgeschlagen worden war.

Die Bahn konnte unter viel geringeren Kosten gebaut werden als ein Kanal. Weniger Land mußte erworben werden. Die Bahn benötigte, wenn die Zusammenarbeit geschickt organisiert wurde, nur fünf, höchstens acht Jahre Bauzeit. Es hing nur von der Anzahl der Frachtzüge ab, wie viele Schiffe täglich von einem Ozean zum anderen gefahren werden konnten.

Anstatt einer Schleuse, durch die ein jedes Schiff hydraulisch auf den Frachtzug gehoben wurde, konnten sechs, zehn und, wenn nötig, noch mehr Schleusen Seite an Seite errichtet werden, die die Schiffe zuerst auf ein Nebengleis heben, von wo sie dann auf das Hauptgleis gefahren werden.

Bis in die kleinsten Einzelheiten beschäftigten sich die Zeitungen mit den verschiedenen Problemen des Projekts. Ingenieuren, die etwas Neues und Interessantes darüber zu schreiben wußten, wurden bis zu fünftausend Dollar für ihre Artikel gezahlt; denn die Leser verschlangen jene Artikel mit lebhafterem Eifer als die üblichen Skandalgeschichten, die täglich veröffentlicht wurden und von denen sich die heute veröffentlichte von der gestrigen nur durch den Namen der Beteiligten unterschied.

Ständig gingen bei den Redaktionen Briefe von Lesern ein, die neue, zum Teil sehr brauchbare Vorschläge machten. Aber als es endlich schien, daß jedes technische Problem so oft und von so vielen Seiten erörtert worden war, daß kaum etwas Neues erwartet werden konnte, sprang plötzlich die Frage auf: Wo nehmen wir das Geld für die Ausführung des Projekts her? Von wem? Es handelte sich, wie nunmehr völlig klarwurde, nicht um Hunderte von Millionen, sondern um viele Hunderte von Milliarden Dollar.

Wo aber das Geld hernehmen? Diese Frage war rasch beantwortet. Freilich nicht von der Regierung. Nicht von den Militaristen, die ewig neue und höhere Forderungen stellten, um in der Lage zu sein, jeden Angriff nicht nur auf das eigene Land, sondern auf ein halbes Dutzend anderer Länder abzuwehren, den Märkte nicht verlorengehen durften. Die Frage, wie und wo das Geld heranzuschaffen wäre, wurde auch nicht von denen beantwortet, die sich sündhaft an Regierungsaufträgen und an Rüstungslieferungen bereicherten. Und am wenigsten wurde die Frage nach dem Gelde von den Petroleummagnaten berührt, deren Konkurrenzinteressen den Nahen Osten und die arabischen Völker nicht zur Ruhe kommen ließen und die jene unorganisierten Völker mit Waffen fütterten, in der stillen, niemals öffentlich ausgesprochenen Hoffnung, daß diese so lange übersehenen Völker sich gegenseitig abschlachten möchten, damit sie vergessen sollten, daß aus ihren Ländern das schwarze Gold herausgepumpt wird, der Lebenssaft der Industrie und des Verkehrs, der, einmal an der gewünschten Stelle angelangt, sich in Dollars verwandelt. So erhielten diese Völker Waffen und Waffen, die von dem hart verdienten Gelde amerikanischer Steuerzahler gekauft wurden. Und um das Gleichgewicht zu erhalten, wurde Israel mit Waffen, Tanks und Flugzeugen überladen, um den Ausbruch des Brandes zu beschleunigen, ehe sich vielleicht gar der Israelit mit dem Araber verständigte, was fürwahr einer Katastrophe gleichkäme.

Und warum sollte sich der Jude nicht mit dem Araber verständigen? Er ist desselben Blutes, desselben Glaubens an einen einzigen Gott ohne Nebengötter und Nebengöttinnen. In arabischen Ländern lebte und lebt der Jude friedlicher, als es ihm je in den von Ariern bewohnten Ländern zu leben erlaubt war, und wo ihm selbst heute ein wahrhaft friedliches Leben wohl zuweilen geduldet, jedoch keineswegs für immer gesichert wird.

Mutige Zeitungsleute fanden Antworten und teilten sie den Lesern ihrer Blätter mit, auf die Gefahr hin, vor ein Investigating Sub-Committee des Senats geladen zu werden unter der Anschuldigung, antiamerikanischen Ideen zu huldigen. Oder viel schlimmer noch: sie konnten beschuldigt werden, eine Pro-Arabien-Gesinnung zu pflegen und der arabischen Welt recht gegeben zu haben, was, wie die Dinge sich entwickelt hatten, als Hochverrat ausgelegt werden konnte.

Wo das Geld hernehmen? Nehmt es dort, sagten sie, wo es keine andere Aufgabe erfüllt, als alle Völker der Erde, als alle Menschen, die guten Willens sind, in ständigem Schrecken, in ewiger Furcht vor den Wasserstoffbomben zu halten, nach der Methode: Halte die Russen und deren Kolonialvölker in Furcht und Schrekken vor den profitgierigen Amerikanern und überfüttere die Amerikaner mit bebenden Ängsten vor möglichen Zerstörungslüsten der religions- und kulturlosen Bolschewiki. Angst. Furcht. Drohung. Das stets erfolgreiche System der ersten und der heutigen Priester, Prediger und Pfaffen auf Erden. Halte die Menschen ständig in Furcht, wenn du sie beherrschen und ihnen ihren Verdienst abnehmen willst. In Furcht vor dem Fegefeuer, in Furcht vor den ewigen Höllenqualen, vor dem Jenseits. Halte die Menschen in Furcht und Aufregung, und du kannst ihnen bis zu zweiundneunzig Prozent ihres Einkommens in der Form von Steuern abnehmen, und sie sagen noch ›danke‹. Denn zur Hilfe kommt dir die Furcht vor dem Prison, das ihnen angedroht wird, falls sie versuchen sollten, eine falsche Steuererklärung abzugeben. Furcht, der mitleidloseste und grausamste Gehilfe der Diktatoren und derer, die Diktator werden möchten.

Wo das Geld hernehmen? Es wird nach allen Seiten hinausgeschleudert in Milliarden und Abermilliarden, hingeschleudert, wo es keinen anderen Widerhall auslöst als den Schrei, der auf Wände, Hafenpiers, Eisenbahnwagen, Frachtkähne und Postgebäude gemalt wird: YANKEE GO HOME!

Wo das Geld hernehmen? Wir haben so viel, daß wir es Ländern hinschmeißen, die es nicht einmal haben wollen. Nicht einmal England sagt: ›Thank you.‹ Und warum sollte es? Sind nicht in England die Bolschewiken mehr beliebt als wir? Aber es fehlt uns an Bürgermut, es einzugestehen.

Zehn Minuten später, nachdem die Zeitung erschienen war, die jene Frage ›Woher das Geld nehmen?‹ in dieser Form veröffentlichte, befand sich der Verfasser des Artikels und der Redakteur, der diesen Artikel zuließ, beschäftigungslos auf der Straße.

Und recht war ihnen geschehen, diesen Hurenbengels. Wie durften sie sich erdreisten, ein Projekt zu empfehlen, das, wenigstens einige Monate lang, die Gedanken eines Volkes auf ein nützliches Werk des Friedens und der Zivilisation lenken würde anstatt auf einen ›in irgendeiner Minute zu erwartenden‹ Einfall von Raketengeschossen, die ganze Millionenstädte wie New York, Chicago, Detroit, Los Angeles in einer Sekunde vom Erdboden wegrasieren und die kommenden Generationen unfähig machen, Nachkommen zu erzeugen, die ganz gewiß sich mit nichts Wichtigerem beschäftigen werden, als noch wirkungsvollere Raketen und Bomben zu produzieren. Die Notiz von den auf die schwarze Liste gesetzten Zeitungsleuten fiel nicht unter die Rubrik der ›Neuigkeiten – wert, gedruckt zu werden‹.

Aber zwei Tage später erschien eine Notiz, die wert war, gedruckt zu werden: Die Bolschewiki, nicht die Russen, nein, die Bolschewiki hätten es fertiggebracht, ein durch Radio gelenktes Wasserstoffgeschoß zu fabrizieren, das sich bei einer Fluglänge von fünftausend Kilometern im bösesten Fall um nur vierzig Meter von seinem Ziel entfernte und das eine Zerstörungsgewalt besitze, die millionenmal stärker und vernichtender sei als das billige Kinderspielzeug, das die Japaner überzeugte, es sei nun an der Zeit, ernsthaft von Frieden zu sprechen.

Diese Notiz war in den Zeitungen noch nicht trocken geworden, als das amerikanische Verteidigungsministerium berichtete, es habe soeben ein von einer Untergrundhöhle aus gelenktes unbemanntes Flugzeug mit Erfolg ausprobiert, das, wenn es von Cape Canaveral, Florida, um genau sieben Uhr dreizehn Minuten morgens abgefeuert würde, rund um die Erde schwirren und genau neunzehn Minuten und zwölf sechsundvierzig Hundertstel Sekunden später am selben Morgen seine Wasserstoffbomben haargenau über der Mitte des Michigansees fallen zu lassen vermöchte.

Die amerikanischen Zeitungen brauchten nicht lange auf eine Antwort der Bolschewiki zu warten. Diesmal war es eine beinah unsichtbare, durch Radio vom Erdboden aus geleitete und hoch in der Atmosphäre rotierende Radarwand, die ein jedes Raketengeschoß, das von Amerika aus abgefeuert würde, nicht nur auffinge, sondern in einem auf den Viertelmeter genau kalkulierten Winkel zurückwerfe und mitten über dem Times Square in New York zur Explosion bringe.

Und mit diesen Erfindungen und Gegenerfindungen vertrödelten, vergeudeten und verschleuderten die Menschen, in Laboratorien gefangengehalten, in Uniformen gesteckt und mit glitzernden Orden behängt, die kurze, wertvolle, streng bemessene Zeit ihres Lebens, eines Lebens, das ihnen in aller Ewigkeit nur ein einziges Mal gegeben war und das sie niemals wieder in Äonen von Zeitaltern wiederholen können, um es edleren Zwecken dienstbar zu machen.

Sosehr auch interessierte Kreise, eingeschlossen der Vatikan, sich abmühten, der Welt verständlich zu machen, daß mit dem Feinde der Kultur und der Zivilisation ein Zusammenleben nicht möglich sei, ja nicht einmal versucht werden sollte, und man in Zeitungen, in Parlamentsreden und in Bankettansprachen die Möglichkeit eines morgen ausbrechenden Atom- und Wasserstoffkrieges ständig wachhielt, begeisterte das Projekt der Interamerica-Atlantic-Pacific-Verbindung Tag für Tag zunehmend die öffentliche und private Meinung des Volkes. Selbst Militaristen begannen Artikel an die Zeitungen zu senden, in denen sie, freilich ausschließlich vom militärischen Standpunkt aus, sich entschieden für dieses Projekt einsetzten.

Auf alle Fälle, ob es nun gewissen Politikern gefiel oder nicht, das Projekt geriet abermals in den Mittelpunkt des Interesses Zehntausender. Es war etwas Festes, an das man sich halten konnte, etwas Nützliches, etwas, dessen Bau und Werden man verfolgen konnte gegenüber dem Unbestimmten, dem Ungewissen, dem Gefürchteten, dem Schrecken. Der Begriff Osten gegen Westen und Westen gegen Osten war künstlich erzeugt worden, um den Glauben, daß Kriege wirtschaftliche oder politische Fragen lösen könnten, nicht aus der hartzementierten Gedankenwelt der Völker verschwinden zu lassen.

18

Holved, der vor einer Woche von Indonesien zurückgekehrt war, saß lässig in Aslans Boudoir, uninteressiert in der Abendzeitung herumblätternd.

»Weißt du, Aslan«, sagte er, ohne von der Zeitung aufzusehen, »ich habe wirklich wenig Lust, mit Elmer Tuckers und seiner halben Apfelsine den Abend und die Nacht, vielleicht bis vier Uhr morgens, zu verbringen. Er, Elmer, meine ich, ist ja ein ganz vergnüglicher Bursche, mit dem man seinen Spaß haben kann, wenn man allein mit ihm ist. Aber sie, Minnie, sie geht einem schwer auf die Nerven. Langweilig, daß es Gott erbarmen könnte. Quasselt von nichts anderem als von ihren Nachbarn, wie oft sie sich zanken, gegenseitig blaue Augen schlagen, dann sich wieder versöhnen und eine Woche darauf ihre Anwälte aufsuchen, um sich unwiderruflich scheiden zu lassen. Es ist zum Einschlafen.«

»Warum hast du sie dann beide eingeladen?«

»Da sie beide gerade in New York sind, kann ich nicht gut mit Elmer allein herumsausen wie gewöhnlich. Und da ich sie nun einmal beide am Hals habe, mußt du schon mitmachen. Paar mit Paar. Geschäft. Elmer, weißt du, hat Gewichtiges mitzureden in der Stadtverwaltung seiner Burg wie in seinem Wahlbezirk. Im vorigen Jahr schob er uns drei Konstruktionskontrakte zu. Als er mir gestern am Telephon sagte, er sei hier in New York und würde eine Einladung für einen aufgeheiterten Abend mit Vergnügen annehmen, was konnte ich tun? Ich lud ihn und seine Rippe ein, ihnen New York bei Nacht vorzuführen. Er ließ so leise durchblikken, er könnte vielleicht einen neuen Kontrakt für uns in seiner Tasche haben. Soweit ich verstehe, wollen die da draußen in Idaho zwei neue, wesentlich vergrößerte Flughäfen bauen und eine neue, höchst moderne Überland-Autobus-Station.«
Holved redete so hin, ohne sich viel darum zu kümmern, ob Aslan zuhörte oder nicht. Sie saß in einem leichten Hauskleid vor dem Spiegel und polierte gedankenlos an ihren Fingernägeln herum, obgleich die Fingernägel sich in vorzüglicher Verfassung befanden.
Ohne aufzusehen und ihre Augen weiter auf ihre Fingerspitzen konzentriert haltend, sagte sie: »Weißt du, Holved, ich kann dir nichts verschweigen.«
»Kein Grund, etwas zu verschweigen. Erzähle mir nicht, daß du während meiner Abwesenheit jemand erschossen hast und mich nun brauchst, damit ich dich aus der heißen Suppe ziehe.«
Er blätterte immer noch in seiner Zeitung herum. Er war daran gewöhnt, daß Aslan häufig etwas beichtete: eine Karambolage mit einem anderen Auto, Gesamtkosten fünfhundert Dollar, eingeschlossen Entschädigung; oder einen Zusammenstoß mit einem Verkehrspolizisten, dem sie in großer Eile ein halbes Dutzend Bemerkungen an den Kopf geworfen hatte, die der Beamte, in schlechter Stimmung, mißverstand und ihr eine Vorladung aushändigte. Dann wieder war sie in Schwierigkeiten mit ihrer Köchin, die ihr zum nächsten Fünfzehnten gekündigt hatte, ausgerechnet diese Köchin, die Holved so schätzte, weil sie wirklich zu kochen verstand.
Es waren solche Vorkommnisse, die Aslan gewöhnlich beichtete,

eigentlich mehr, um zu sprechen, und weniger, weil es ihr als Pflicht erschien, alles, was vorkam, beichten zu müssen. Selten regte Holved eine ihrer Beichten sonderlich auf. Da seine Gedanken meist irgendwo anders herumwanderten, wenn Aslan etwas erzählte, was ihn wenig interessierte, so hörte er auch jetzt kaum hin, als sie wie beiläufig bemerkte, sie könne ihm nichts verschweigen.

Gleichgültig sagte er, ohne von seiner Zeitung aufzusehen: »Nun, gut, was ist es diesmal wieder, was du mir nicht verschweigen kannst?«

»Keineswegs etwas so Peinliches wie eine Geldstrafe oder eine Vorladung«, sagte sie, nun nach ihrem Kamm greifend, um vor dem Spiegel ihr Haar zurechtzurücken. »Es ist sehr einfach: Ich habe mich von einem Manne legen lassen. Das ist alles, und ich denke, daß ich als deine Frau es dir beichten sollte.«

In einem so leichten Ton sagte sie es, daß Holved den Sinn nicht einmal halb erfaßte. Offenbar nahmen ihre Worte in ihm nur langsam Gestalt und Bedeutung an, denn er blieb für mehrere Sekunden unberührt, weil sich seine Gedanken auf einen Artikel in der Zeitung konzentriert hatten.

Plötzlich aber fuhr er auf und ließ die Zeitung auf seine Knie sinken.

»Was sagtest du soeben? Habe ich recht gehört?«

»Du hast recht gehört, Holved. Und es passierte nicht nur einmal, sondern zweimal. Einmal spät in der Nacht und dann zum zweiten Male am folgenden Tage, am hellen Nachmittag. Freilich waren die Vorhänge zugezogen.«

»So, die Vorhänge waren immerhin zugezogen. Sehr vorsichtig von dir. Natürlich hast du das nur geträumt.«

Er hoffte im stillen, sie würde das zugeben und nun mit einem Lachen sagen, sie habe nur einmal sehen wollen, wie er sich benehme, wenn er erführe, sie habe sich mit einem Manne in intimster Weise eingelassen. Und als ob sie wirklich seine Gedanken erraten hätte, sagte sie nun: »Ich tat es aus zwei Gründen. Einmal, um zu erfahren, was du dann sagen oder tun würdest, wenn ich mich in dieser Hinsicht gehenlasse.«

»Und zum andern?«

»Und zum andern aus Wissensdurst, aus reinem, unverfälschtem Wissensdurst.«

»Wissensdurst?« Holved sah sie mit großen Augen an.

»Ja, wirklich und wahrhaftig aus Wissensdurst. Und aus keinem anderen Grunde. Ich wollte einmal persönlich erfahren, welch ein Unterschied besteht zwischen einem Mann deines Alters und einem Mann meines Alters, der gebaut ist wie ein Kesselschmied und abends als Ringkämpfer im Zirkus auftreten könnte.«

»Also aus Wissensdurst. Gut und schön! Wie heißt denn der Mann?«

Aslan, immer noch vor dem Spiegel sitzend, während sie mit dem Kamme in ihrer Hand spielte, sah Holved von der Seite an. »Ich habe ihn nicht nach seinem Namen gefragt.« Über diese Antwort war sie erfreut. Sie vermied zu lügen, wenn immer es möglich war. Sie sprach die Wahrheit, denn sie hatte Beckford nicht nach seinem Namen zu fragen brauchen, da sie ihn ja seit langem wußte. Verfänglicher für sie wäre die Frage Holveds gewesen: »Kenne ich den Mann?« Es hätte ihr Mühe gemacht, darauf eine gute Antwort zu geben, ohne zu lügen.

»Sein Beruf?« fragte Holved, eigentlich mehr um seine Gedanken von ihrem aus Wissensdurst herbeigerufenen Abenteuer abzulenken, als daß er sich für den Beruf des Gigolos interessierte. Name und Beruf konnten an den Tatsachen nichts ändern.

»Ich habe ihn nicht gefragt, wie, wo und auf welche Weise er sein Geld verdient.«

Abermals sprach sie die Wahrheit. Sie brauchte Beckford nicht zu fragen, auf welche Weise er sein Geld verdiene, denn sie wußte es schließlich besser als irgendwer sonst.

»Also nicht einmal das hast du ihn gefragt. Merkwürdig.«

»Kein Grund dafür. Warum sollte ich ihn irgend etwas fragen. Er hätte mich sowieso angelogen.«

»Und wo hast du dich so angenehm amüsiert, während ich in der Tropenglut mich abmühte, Kontrakte zu Ende zu bringen?«

»Gott im Himmel, werde nun nicht sentimental! Ich hätte auf alle Fälle versucht, meinen Wissensdurst zu stillen, ob du zu Hause warst oder ob du, wie du so wunderschön filmhaft jammerst, dich in der Tropenglut braten lassen mußtest.«

Holved war aufgestanden und lief nun in dem Boudoir herum, was nicht gerade leicht war, der dicht stehenden kostbaren Möbel wegen. Aber er fühlte, er müßte etwas tun. Und einem Mann, dem seine Frau, ohne danach gefragt zu werden, gesteht, sie habe sich mit einem anderen Manne mehr oder weniger tiefgehend unterhalten, bleibt seit Urgedenken in den ersten Minuten nach dem Bekenntnis nichts anderes zu tun übrig, als hin und her zu laufen, ob nun in einem hochmodernen Boudoir oder vor einer Felsenhöhle. Dolch, Revolver oder Keule pflegen zu warten, bis der in seiner maskulinen Würde schwerverletzte Ehemann während seines wilden Herumlaufens endlich erwogen hat, welche Lösung seinen persönlichen Interessen am besten dient.

Aslan warf ihr leichtes Hauskleid ab, zog sich einen Bademantel über, setzte sich auf die Chaiselongue und begann, ihre Nylons auszuziehen. Mit ihren Augen jedoch folgte sie Holved, der einen Whisky hinunterschoß und dann vor dem Spiegel stehenblieb, um zu sehen, ob er sich verändert habe, seit er wußte, daß Aslans Wissensdurst erfolgreich gestillt worden war.

Gerade gedachte er seinen Rundgang wieder aufzunehmen, als Aslan, einen soeben ausgezogenen Strumpf in der Hand, sagte: »Also, vielleicht wirst du dich nun von mir scheiden lassen? Grund: Eingestandener Ehebruch.«

»Mich scheiden lassen? Von dir scheiden lassen? Ich denke ja gar nicht daran. Bin glücklich mit dir. Wünsche mir nichts Besseres. Aber vielleicht du«, er hielt seine Augen auf ihr Gesicht geheftet, »aber vielleicht willst du dich scheiden lassen, da du nun einen jungen kraft- und saftstrotzenden Kesselschmied gefunden hast, der deinen Wissensdurst so herrlich zu befriedigen versteht.«

»Ich mich von dir scheiden lassen, Holved? Nicht für alle Schätze der Welt. Nicht einmal für die schönsten Vergnügungen mit allen Kesselschmieden auf Erden.«

»Hört sich gut an, wenn du das so lieblich daherredest. Aber wenn du vielleicht glaubst, daß du so leichten Kaufes davonkommst von deiner Abwanderung in Gebiete, in denen diese Art von Wissen so unbekümmert feilgeboten wird, dann bist du im Irrtum. Ich habe da auch noch mitzureden, denkst du nicht ebenso?«

»Gut, dann rede schon mit.«

»Auf alle Fälle war es ein Vergehen. Richtig?«
»Wenn du das so auffaßt, was kann ich dagegen tun?«
»Vergehen müssen gesühnt werden. Und besser gleich jetzt, ehe die Angelegenheit kalt wird und solange ich mich in der richtigen Stimmung befinde, das Gleichgewicht wiederherzustellen.«
»Ganz wie du willst, mein Herr und Gebieter. Was kann ich, ein schwaches, wehrloses Weib, dagegen tun?«
Holved nahm sich ihrer an. Und er tat es sehr gründlich.
Als sie sich dann vor dem Spiegel hin und her wand, die Landschaft zu begutachten, sagte sie: »Rot wie ein frisch gekochter Hummer. So hart hättest du sie wirklich nicht aufzulegen brauchen. Die Hälfte würde überreichlich gedient haben.«
»Die eine Hälfte war für das erste Mal und die zweite Hälfte für das zweite, absolut überflüssige Mal.«
»Überflüssig das zweite Mal? Das zweite Mal war durchaus nicht überflüssig, sondern unbedingt erforderlich, um ein volles Resultat zu gewinnen. Und ich bekam es. Und daß du Esel es endlich einmal weißt: Du brauchst keine Konkurrenz zu befürchten, weder von einem Kesselschmied und Ringkämpfer noch von einem geschniegelten Gigolo.«
Sie kuschelte sich in ihren Bademantel, suchte mit ihren Füßen nach ihren Pantoffeln, schob ihre Füße hinein und ließ sie dann spielend über dem dicken Teppich dahingleiten.
Während sie so mit ihren Füßen in den Pantoffeln hin und her jonglierte, fragte sie, mit ihren Augen dem Spiel ihrer Füße folgend: »Weißt du, Holved, was französische Frauen behaupten?«
»Französische Frauen behaupten vieles, von dem ich nichts weiß.«
»Ich meine im Hinblick auf die Befriedigung meines Wissensdurstes und dessen Ergebnis.«
»Wie kann ich das wissen? Bis heute hat mich keine französische Frau von den wenigen, die ich persönlich kenne, in ihr Vertrauen gezogen«, sagte er scheinbar gleichgültig.
»Gut denn. Französische Frauen – und ich glaube, französische Frauen besitzen darin vergleichsweise die reichhaltigsten Erfahrungen – sagen maliziös: Wer es in den Muskeln trägt, kann es nicht woanders tragen.«

»Und haben die französischen Frauen nach deiner Meinung recht?«
»Wie denkst du darüber?«
»Ich habe die Frage an dich gerichtet.«
»Bilde dir nicht gar zuviel darauf ein, grausamer Züchtiger wehrloser Frauen, Herr und Gebieter deines Weibes und deines Viehs, wie es in der Bibel heißt! Aber das Ergebnis meiner Forschungsreise ist: Die französischen Frauen haben recht. Schöne Muskeln sind zum Ansehen, wie schöne Bilder; aber eben nur zum Ansehen, für praktischen Gebrauch sind sie nutzlos. Das übrige magst du dir nun auslegen, wie es dir beliebt. Eigentlich solltest du mich belohnen dafür, daß ich auf eine, sagen wir, reichlich gefährliche Forschungsreise ging, deren Ergebnis dich in meiner Wertschätzung erheblich erhöht hat, soweit dies überhaupt möglich war.«
Er stand dicht bei der Tür und setzte ein dummes Gesicht auf wie ein Junge, der sich nicht entscheiden kann, was er tun und sagen soll, nachdem er für etwas gelobt worden ist, wofür er seiner Überzeugung nach kein Lob verdient hat.
So entschied er sich, einfach stillschweigend ihr Boudoir zu verlassen und die Tür sorgsam hinter sich zuzuziehen.
Lita kam, ihrer Herrin beim Ankleiden zu helfen.
Sie war ein mexikanisches Mädchen. Ihr wirklicher Name war Adelita, zu lang für Aslan.
Sie war nicht groß, nicht klein; sie besaß ein gefälliges Äußere: langes, reiches, schwarzes Haar, große, tiefdunkelbraune Augen, die stets ein wenig feucht waren, wodurch ihr Ausdruck stark leidenschaftlich erschien.
Ihre Formen waren weich, mollig, wohlgerundet und, was sie freilich nicht wußte, jedoch ihrem weiblichen Instinkt folgend deutlich auszudrücken verstand, einladend.
Schätzte man Lita kaltblütig ab, durfte man mit Sicherheit annehmen, daß sie mit dreißig Jahren beginnen würde, ein für ihr Wohlbefinden nicht absolut nötiges Fett anzusetzen.
Außerdem und als besondere Zugabe, weil dies in ihrem Lohn, der verhältnismäßig hoch war, nicht einbegriffen war, diente sie Aslan treu ergeben und war anhänglich und vertrauenswürdig wie ein Hund.

Aslan verschwand im Badezimmer, eine Dusche von drei Minuten zu nehmen.

»Welches Kleid für heute abend, Señora?« fragte Lita, als Aslan, eingehüllt in ein großes Badetuch, aus dem Badezimmer kam.

Aslan antwortete nicht sofort. Offenbar waren ihre Gedanken weit entfernt.

»Que vestido, Señora?« fragte Lita noch einmal, als sie Aslan die Unterkleider zureichte.

»Wenn ich das nur selbst wüßte, welches Kleid. Ich habe nichts zum Anziehen. Absolut gar nichts.«

Lita spitzte ihre Lippen. »Nada, Señora? Absolutamente nada? Wirklich nichts? Aber da hängen doch – nun, wieviel? –, da hängen doch sechsundzwanzig Abendkleider an den Haken. Ein jedes schöner als das andere.«

»Ich glaube ja. Was weiß ich? Weißt du, Lita, singe mir ein mexikanisches Lied, in dem das Wort ›hier‹ vorkommt. Wie heißt im Mexikanischen ›hier‹?«

»Aquí, Señora, aquí.«

»Gut, dann singe mir ein Lied, in dem ›aquí‹ vorkommt. Und während du singst, machst du die Augen zu, streifst mit deiner Hand die ganze Reihe meiner Abendkleider entlang, hin und her, und wenn du zum Wort ›aquí‹ in deinem Liede kommst, hältst du das Kleid fest, zottelst es heraus, und das ist dann das Kleid, das ich heute abend tragen werde, ob es nun anderen Leuten gefällt oder nicht.«

»Todos sus vestidos, Señora, alle Ihre Kleider sind herrlich, und in allen Ihren Kleidern erscheinen Sie wie eine Göttin, soeben vom Himmel heruntergestiegen.«

»God Almighty, Lita, sing schon. Kneif die Augen zu und gib mir mein Kleid.«

Während Lita, leise vor sich hinsingend, nach dem Kleide fischte, zog Aslan ihre Strümpfe an. Dies tat sie in wahrhaft wollüstiger Weise, indem sie sich auf den Rücken legte, ihr Bein hoch in die Luft hielt und den hauchdünnen Strumpf langsam, als ob sie ihn kose, an ihrem Bein entlangstreifte.

Nun waren beide Strümpfe angegossen und an ihrem oberen Ende in ein seidenes Gummibändchen aufgewickelt. Aslan liebte es nicht, einen Gürtel zu tragen, um an ihm ihre schleierartigen Gewebe festzuhalten.

Endlich war es Lita gelungen, das Kleid für den heutigen Abend nach Aslans Rezept zu finden. Es war eine Herrlichkeit aus Seide, in Rom zur Welt gekommen, und sie besaß keine Zwillingsschwester, wenigstens noch nicht bis zu diesem Tage.

Vorläufig trug Aslan nichts weiter als ihre hauchdünnen Strümpfe.

Lita reichte ihr nun das Unterbeinkleid hin. Aslan richtete sich auf, schob ihre Füße in die Pantoffeln, stand auf und ließ dabei ihr Badetuch zu Boden fallen.

»Por Jesucristo, Hijo de Dios«, schrie Lita auf, Aslans Beinkleid in ihrer Erregung auf die Chaiselongue werfend, weil sie ihre Hand benötigte, sich mehrere Male heftig zu bekreuzigen.

»Señora, um aller Heiligen willen, was haben Sie denn nur mit Ihrem Unterteil getan? Das sieht ja durch und durch verzweifelt aus. Que horror!«

Aslans erster Gedanke war, sich sofort wieder in ihr Badetuch zu wickeln und unter dem Tuch ihre Unterkleider hinaufzuziehen. Aber gleichzeitig sah sie ein, daß es dafür nun zu spät war und daß sie an eine Ausrede denken mußte, um zu vermeiden, daß Lita das Richtige erriet.

»Weißt du, Lita, ich habe mich aus Versehen in brühend heißes Wasser gesetzt. Ich hätte vorsichtiger sein sollen. Aber du weißt ja, wie es geht, wenn man große Eile hat«, erklärte Aslan, und sie glaubte, damit wäre der Vorfall abgetan.

Lita hob nun das seidene Untergewand wieder auf und gab es Aslan, die es mit lässigen Bewegungen hinaufzuziehen begann.

Das heruntergefallene Badetuch über ihren Arm legend, sagte Lita in einem nachdenklichen Ton: »Curioso, Señora, mucho muy curioso. Wirklich recht merkwürdig, daß Sie sich nur Ihr Hinterteil verbrühten, sus nalgas meine ich, und nicht auch Ihre Füße und Waden. Wie haben Sie denn das nur fertiggebracht, Señora, wenn es nicht unhöflich ist, danach zu fragen?«

Aslan lachte laut heraus. »Da siehst du wieder einmal, Lita, ich kann nicht lügen. Ich werde es auch niemals lernen. Immer falle ich dabei herein. Natürlich habe ich mich nicht verbrüht.«

»So, so«, sagte darauf Lita, Aslan vertraulich angrinsend. »Also dann war es Ihr Alter, der es Ihnen diesmal saftig gegeben hat. Ich dachte mir beinahe so etwas Ähnliches. Ich wollte in Ihr Boudoir kommen, um zu fragen, ob ich Ihnen beim Ankleiden helfen solle. Da ich bei der Tür war, hörte ich, daß es innen eine gute Brühe gab. Wer sie austeilte an wen, wußte ich natürlich nicht. An diesen eleganten Türen gibt es ja leider keine Schlüssellöcher mehr. Aber wie meine Mutter immer sagte: Dumme Göre, wenn du irgendwo siehst oder hörst, daß Senge ausgeteilt wird, mach dich schnellstens aus dem Staube, denn es kann leicht aus reinem Versehen etwas für dich abfallen. Und so machte ich mich eben schnellstens aus dem Staube, sehen Sie, Señora.«
Aslan lächelte ein wenig melancholisch. »Vielleicht, Lita, hatte ich die Senge, wie du es nennst, wirklich verdient. Auf alle Fälle bin ich ja seine Frau, und als seine Frau habe ich ihn zu respektieren und ihm zu gehorchen.«
»Ob Sie die Senge verdient hatten oder nicht, Señora, kann ich nicht wissen. Es kümmert mich auch nicht. Wie meine Mutter immer sagte, in Familienangelegenheiten mische dich niemals ein, wenn du in Frieden leben willst. Und so mische ich mich eben in Familienangelegenheiten niemals ein und lebe in Frieden.«
Lita hielt Aslan das Abendkleid hin, um es über sie hinwegzustülpen, als an die Tür geklopft wurde.
»Come in!« rief Aslan.
»Beg your pardon, Dear, ich wußte nicht, daß du noch nicht angekleidet bist«, sagte Holved. »Und nun ist es nicht mehr nötig. Elmer Tuckers telephonierte soeben, daß es für heute mit der Nachtschicht nichts wird.«
»Und warum nicht?«
»Erst sagte er mir, seine Schaluppe sei unpäßlich und wolle es auf morgen abend verschieben. Aber dann gestand er, daß sie im Hotel ein Ehepaar aus ihrem Gehöft getroffen hätten und zur Bar gegangen seien, die unerwartete Begegnung anzufeuchten. Und sie feuchteten so gut an, daß sie, seine ihn ewig treu liebende Minnie, nun ziemlich heftig angeschnurrt ist. Sie ließ sich mehr einträufeln, als sie vertragen kann, und nach der zweiten Runde, die wir heben würden, müßten wir sie vielleicht unter dem Tisch

hervorangeln, wie Elmer Tuckers sich so niedlich auszudrücken versteht.«

Aslan hüllte sich in ihren Bademantel. »Weißt du, Holved, es geht doch zuweilen seltsam im Leben zu. Der Tatsache, daß Mrs. Elmer Tuckers nur eine beschränkte Anzahl gutgeladener Cocktails vertragen kann, verdanke ich es, daß ich nun nicht gezwungen bin, mich während unseres nächtlichen Rundgangs von einem harten Stuhl auf einen anderen setzen zu müssen, wenn es mir wohler tut, in meinem weichen Bett auf dem Bauch zu liegen.«

Sie blickte ihn an, ihrem Gesicht einen unschuldigen Ausdruck gebend.

»Was sagtest du soeben, Holved?«

»Ich? Nicht daß ich wüßte.«

Sie spielte mit ihren Augen. »Und ich glaubte, du hättest etwas gesagt oder wolltest etwas sagen.«

»Keine Ahnung, wovon du sprichst«, antwortete er, zuerst Aslan, dann Lita und endlich wieder Aslan verständnislos anblickend. »Ich – ich – ja, ich werde noch ein wenig lesen. Kriminalroman, weißt du.« Dabei griff er nach dem Türknopf.

»Lita«, sagte Aslan, »hänge mein Abendkleid zurück in das Kabinett. Morgen vielleicht singst du mir ein anderes heraus.«

Lita nahm das Kleid auf. Aslan schnappte spielend mit den seidenen Gummibändchen, die ihre Nylons hochhielten.

Holved, unschlüssig und sich überflüssig fühlend, war im Begriff, die Tür zu öffnen, als seine Augen auf Lita fielen, die das Kleid in das Kabinett zurückzuhängen versuchte. Er sah nur ihren Rücken und ihr langes schwarzes Haar, das zur Seite ihres Nackens herunterhing. Sein Blick umfaßte ihre schmale, jugendliche Hüfte, und während sie ihren Oberkörper weit vorstreckte, um das Kleid mit Sorgfalt an seinen früheren Platz zu bringen, wölbte sich die weiche, wohlgeformte Rundung unter ihrer Hüfte in freigebiger Weise hervor.

Mit nachdenklicher Miene begann Aslan ihre Ohrringe abzuschrauben.

Lita, die ihren Oberkörper immer noch weit vorstreckte, schob die Kleider im Kabinett hin und her, bis sie in guter Ordnung hingen, während zu gleicher Zeit Holveds Augen an Litas schön model-

lierten Beinen hinunterglitten und dann wieder hinauf, um endlich an der einladenden Rundung haftenzubleiben.
Als die Kleider im Kabinett nun geordnet waren, wendete sich Lita um, und ohne es gewollt oder erwartet zu haben, fing ihr Blick den Holveds auf. Holved, halb träumend, halb fasziniert, schätzte ihren Körper ab, so als zöge er sie in Gedanken aus. Für einige kurze Sekunden versenkten beide ihre Augen ineinander; dann, leicht verwirrt, bewegte sich Lita rasch auf Aslan zu.
Aslan blickte auf. »Was ist dir, Lita, du zitterst ja.«
»Nada, Señora, nada, nichts – ich – ich stieß meine Hand gegen einen scharfen Kleiderhaken. Tut ein wenig weh.«
Sie schüttelte ihre Hand und blies auf die Finger.
Aslan wendete sich nach Holved um, der, schweigend, noch immer an der Tür stand. Sie gedachte ihn zu fragen, ob Elmer Tuckers gesagt habe, wann die Nachttour nun erfolgen solle, morgen oder übermorgen.
Aber da sie seine Augen nicht erreichen konnte, folgte sie deren Richtung und fand sie auf Lita gerichtet, den schlangengleichen Windungen und Bewegungen ihres Körpers folgend, als sie nervös und auffällig geschäftig um Aslan herumfegte, ihr zu helfen, das wenige, das sie bereits trug, wieder auszuziehen.
Aslan, ihre Blicke blitzschnell von Holved auf Lita und wieder zurück zu ihm schießend, sagte nun, ihn im Auge behaltend, aber in einem unschuldigen, gleichgültigen Ton: »Weißt du, Holved, da der Abend nun doch einmal verdorben ist, gehe ich zu Bett. Freilich, heute nacht werde ich auf meinem Bauche schlafen müssen.«
Nach einigen Sekunden setzte sie hinzu: »Sagtest du etwas, Holved?«
»Ich? Nein. Nicht ein einziges Wort. Warum?«
»Oh, ich glaubte, du wolltest etwas sagen.«
Er spielte ihr ein, wie er glaubte, überzeugendes Gähnen vor, seinen offenen Mund mit seiner flachen Hand tätschelnd.
»So, good night, Dear!« Er kam auf sie zu und küßte sie.
Sie erwiderte seinen Kuß, ihn dicht zu sich heranziehend, ihre Arme um seinen Hals.
Kaum hatte Holved das Boudoir verlassen, als Lita unerwartet sagte: »Ich denke, Señora, Sie sollten wirklich und ernsthaft sehr

glücklich sein in Ihrer Ehe, selbst wenn es zuweilen etwas auf den Hintern gibt.«

»Warum denkst du, ich sollte glücklich sein in meiner Ehe?«

»Bueno, Señora, su viejo. Wenn ich mir Ihren Alten so von der Seite aus betrachte und sehe, mit welchen heißen Blicken er Sie verschlingt, dann kann ich schwören por la Madre Santisima: Der versteht es, seine Schuldigkeit zu tun!«

»Nun hör doch einmal einer an«, rief Aslan erstaunt aus. »Es scheint, du hast meinen Mann sehr eingehend studiert. Zu eingehend, möchte ich sagen. Komm mal hierher. Sieh mir ins Gesicht, Lita!«

Lita kam nahe, und unter dem forschenden Blick Aslans wurde ihr Gesicht rot.

»Wie sagtest du doch gleich, Lita, wie alt du bist?«

»Zwanzig Jahre, Señora. Soll ich Ihnen helfen, Ihre Nylons herunterzustreifen?«

Ohne auf die Antwort zu warten, ließ Lita sich vor Aslan auf dem Teppich nieder und begann, vorsichtig die Strümpfe auszuziehen. Sie sah dabei nicht auf, sondern hielt ihr Gesicht auf Aslans Beine gerichtet.

Aslan ließ ihre Augen prüfend über des Mädchens Körper gleiten und biß sich hart auf die Lippen. Lita glättete die ausgezogenen Strümpfe, beinahe zärtlich, und legte sie in eine Schublade.

Sie kam zurück zu Aslan und stand vor ihr, um zu sehen, ob noch etwas fehle.

Aslan schob ihre entblößten Füße in die Pantoffeln, und ihre Füße hochhebend und sie wieder auf den Boden zurücksenkend, verfolgte sie mit den Augen das Spiel ihrer Füße. ›Merkwürdig‹, sagte sie zu sich, ›ich brauche nur an die Bewegung meiner Füße zu denken, und sie tun es ganz von selbst.‹ Sie blickte Lita plötzlich an, schweigend ihr Gesicht betrachtend.

Im Augenblick war nichts mehr zu tun. Aslan war inzwischen völlig ausgekleidet. Sie trug nur ihren Bademantel über ihre Schultern hängend.

Lita kauerte sich vor ihr hin auf den Teppich, wie sie es häufig des Abends zu tun liebte, wenn Aslan in der Laune war, dummes Zeug mit ihr zu schwatzen.

Aslan streckte ihre nackten Beine weit von sich, strampelte mit den Füßen, und die Pantoffeln fielen herunter.
Lita hob sie auf und schob sie zurück auf Aslans Füße.
»Weißt du, Lita«, sagte sie, das Mädchen mit halb zugekniffenen Augen betrachtend, »weißt du, wenn ich dich so ansehe, wie du hier vor mir kauerst, und wenn ich darüber nachdenke, was du vor einer Weile sagtest, dann bin ich überzeugt, daß du mit deinen zwanzig Jahren erfahren genug bist, zu wissen, daß man sich, wenn man einem Feuer zu nahe kommt, böse verbrennen kann, auch wenn es sich um nichts anderes handelt als –«, sie hielt ihre Stimme für zwei Sekunden schwebend, dann fuhr sie fort: »–ja, wie gesagt, wenn es sich auch um nichts anderes handeln sollte als darum, seine Schuldigkeit zu tun.« Sie wiederholte, die Betonung auf ›seine‹ legend: »Ja, *seine* Schuldigkeit zu tun.«
Kaum sagte sie dies, als sie gleichzeitig Lita eine schwirrende Backpfeife versetzte.
»Warum, Señora? Warum? Ich verstehe nicht, wahrhaftig nicht, wovon Sie reden oder was Sie andeuten wollen. Wenn Sie wirklich im Ernst glauben, ich hätte etwas Unrechtes getan, verprügeln Sie mich gleich hier mit Ihrem Pantoffel. Aber ich habe nichts getan, was unrecht ist, oder ich würde es Ihnen sofort beichten.«
»Es kommt darauf an, Lita, was du als Unrecht ansiehst oder als – als – als Wunsch, jemandem gefällig zu sein.«
Lita fühlte ihr Gesicht aufs neue tief rot werden, nicht nur ihre linke Backe allein. Um es zu verbergen, sprang sie auf vom Boden, und hinter Aslans Rücken stehend, sagte sie: »Señora, hier sind Ihre Pyjamas. Ich helfe Ihnen, sie anzuziehen.«
»Gib sie schon her und lege meinen Bademantel dort über den Sessel.«
Aslan, in ihren Pyjamas, streckte sich auf der Chaiselongue aus, ließ aber ihren Kopf über ein Kissen herunterhängen.
»Lita, komm, kämme mein Haar und singe mir ein mexikanisches Rancholied. Ich fühle mich romantisch und zugleich melancholisch. Ich weiß nicht, was mit mir heute los ist.«
»Geht mir ebenso, Señora. Und oft genug. Und dann lege ich mich ins Bett und weine bitterlich eine volle Stunde lang und weiß nicht warum. Dann schlafe ich unter meinen heißen Tränen ein, und am

nächsten Morgen bin ich frisch und froh wie nie und könnte den ganzen Vormittag herumtanzen wie wild. Das geht so mit uns Frauen, Señora. Wir verstehen uns selbst nicht. Wie kann uns dann jemand anders verstehen? Am allerwenigsten ein Mann!«
»Sind alle zwanzigjährigen mexikanischen Mädchen so klug wie du?«
»Ich bin die Dümmste von allen, die je in Mexiko zur Welt kamen, sagte meine Mutter immer. Alle anderen mexikanischen Mädchen sind viel klüger als ich.«
»Dann schütze mich Gott vor mexikanischen Frauen. Und wenn du mich fragen solltest, Lita, ich bin anderer Meinung, auf alle Fälle in Hinsicht auf das, was deine Mutter sagte.«
Aslan zog Litas Kopf zu sich heran und küßte sie auf die geschlagene Backe. »Da, Lita, alles wieder gut.«
»Ich nehme niemals etwas übel, Señora, am wenigsten eine Bofetada. Meine Mutter gab mir ein halbes Dutzend jeden Tag, und ich nahm es ihr auch nie übel. So etwas bleibt in der Familie, wie meine Mutter immer sagte.«
Während Lita so dahinschwatzte, kämmte sie Aslans Haar und begann zu singen.
»Wie heißt dieses schöne Lied, Lita?«
»Reina de mi jacal. Königin meiner armseligen Hütte.«
Die Rancholieder waren gesungen, das Haar gekämmt und mit Nadeln gespickt.
Aslan richtete sich auf, streckte ihre Arme hoch, gähnte wohlig, und während sie auf ihr Schlafzimmer zuging, sagte sie: »Lita, gerade fällt mir ein, ich habe nicht zu Abend gegessen. Spring und hole mir zwei Sandwiches, eine Schale mit Früchten, ein großes Glas Porter und ein Gläschen Sherry. Ich brauche etwas Stimulierendes. Auf alle Fälle, es war ein ereignisreicher Abend. Wie denkst du darüber, Lita?«
»Wenn Sie mich fragen, Señora, ich würde sagen, es war ein gewöhnlicher Familienabend ohne besonders auffallende Ereignisse.«
»Vielleicht. Kommt wohl darauf an, unter welchem Winkel man es betrachtet. Jedenfalls, von dem Winkel aus, mit dem ich die Ereignisse dieses Abends sehe, besonders von meinem hinteren

Winkel, kann man wohl von nicht gerade täglichen Unterhaltungen sprechen.«
»Wenn Sie das so auffassen, Señora, muß es wohl wahr sein.«
»Nun renne schon los! Wenn du zurückkommst und mich als schöne Leiche findest, verkünde der aufhorchenden Welt, ich sei eines schändlichen Hungertodes gestorben, weil Lita mir nicht rasch genug etwas zu essen brachte.«
»Voy volando, Señora, ich fliege«, antwortete Lita und sauste hinaus.

19

Die zwei mächtigsten Reiche auf Erden, die nach den beiden Weltkriegen als die einzigen wirklichen Großmächte übriggeblieben waren und nun willens schienen, sich gegenseitig mitleidlos zu zerstören, um die Vorherrschaft zu gewinnen, waren in einen Wettbewerb getreten, bei dem es sich darum handelte, welches von den beiden zuerst den Mond bombardieren und ihn gegebenenfalls zu Schlacken zertrümmern würde, damit er nicht etwa als Sprungbrett für einen Generalangriff auf die Erde gebraucht werden könnte. Niemand dachte auch nur für einen Augenblick daran, daß auf dem Monde vielleicht unschuldige Lebewesen existieren könnten, die erbarmungslos ermordet werden würden. Was scheren uns schon solche Kleinigkeiten, solange wir Mond, Mars und Venus bombardieren können, um dem Universum einmal zu zeigen, was für Mordskerle wir sind, gottverflucht noch mal!
Unermeßlich weite Gebiete auf Erden waren noch unerforscht, jedoch zweifellos geeignet, Hunderttausenden von Menschen neue und bessere Wohnstätten und Lebensbedingungen zu bieten. Das Innere der Erde war niemand bekannt.
Mittel gegen Krebs, gegen Arterienverkalkung, gegen unerwartete und bis jetzt unerklärliche Herzanfälle waren noch nicht entdeckt. Aber da standen Zeit, Energie und Geld, besonders Geld, in kaum feststellbaren Mengen zur Verfügung, um des Besitzes des Mondes oder des Mars wegen blutige Kriege unter den Menschen zu führen, obwohl es selbst dem einfachen Mann auf der Straße bekannt war, daß nicht nur die Möglichkeit, sondern die Sicher-

heit bestand, daß die Menschheit, als Ganzes gesehen, den ersten Atom- und Wasserstoffbombenkrieg nicht überleben würde.
Warum auch? Wozu dienen die Menschen auf Erden überhaupt und letzten Endes? Das billigste Kanonenfutter. Billiger als Pferde, Elefanten oder Kamele.
Die eine der beiden Großmächte besaß bereits zweiundzwanzig Satelliten, die in wahnsinniger – alles war wahnsinnig –, in wahnsinniger Geschwindigkeit um die Erde jagten, den guten Gott, den dornengekrönten Erlöser und Friedensfürsten und das jüngfräuliche Mariechen von ihren Thronen zu schießen suchten und den bärtigen Heiligen und den kleinen Englein das Dasein nicht besonders gemütlich machten.
Für niemand mochte es wohl ein Vergnügen sein, hoch oben über den Wolken ständig herumzuhüpfen, um den Sputniks, Explorers, Vanguards, Pioneers, Jupiters und Mechtas aus dem Wege zu tanzen. Und mehr aus diesen als auch aus allen anderen Gründen wird sich der bis zur Verzweiflung bereits geplagte Vatikan vor die unheilige Aufgabe gestellt sehen, das Glaubensbekenntnis und den Katechismus von Grund auf zu revidieren. Die Welt rennt ihm fort. Es ist wahrhaftig zum Gotterbarmen!
Eine der beiden Großmächte, obgleich sie weniger Sputniks herumjagen konnte als die andere, besaß dafür aber einen, der so groß war, daß man ihn bei gutem Wetter mit bloßem Auge sehen konnte. Der Konkurrenzmacht war es gelungen, dem Monde beinahe zum Greifen nahe zu kommen. Dieser Vorteil wurde rasch damit ausgeglichen, daß die Gegenmacht dem Sonnensystem einen neuen Planeten zuzufügen vermochte, gewissermaßen als ein verspätetes Weihnachtsgeschenk mit der Inschrift: ›Friede auf Erden und den Menschen ein Wohlgefallen.‹
Freilich besaßen diese von Menschenhand geschaffenen neuen Himmelskörper, die Milliarden hartverdienten Geldes fleißig und unermüdlich arbeitender Menschen verschlangen, einen verhältnismäßig geringen wissenschaftlichen Wert. Ihr Wert war vor allem politischer Natur.
Die Sucht, neue Waffen zu entdecken, tausendfach verheerender als jene, die bereits in unerhörten Mengen aufgespeichert lagen, war zu einer wahrhaften Krankheit der Menschen geworden. An-

statt neue Schulen, neue Hospitäler, billige Wohnhäuser, neue Eisenbahnen, neue Elektrizitätswerke und Bewässerungsanlagen zu schaffen und der bitteren Armut von Millionen von Menschen in den wenig entwickelten Ländern ein Ende zu bereiten, wurden in jedem Monat zweitausend neue Wasserstoffbomben fabriziert, zugleich zehn Dutzend Raketengeschosse, von denen jedes einzelne neuntausend Meilen in sechs und einer halben Minute überbrückte und eine Million Menschen in einer halben Sekunde in Asche verwandeln konnte.

Die täglichen Resultate dieses unheimlichen Wettrennens füllten täglich die Seiten der Zeitungen, die von ›neuen Triumphen‹ sprachen, um endlich auch den letzten Skeptiker zu überzeugen, wie nahe die Menschheit ihrer vollkommenen Zerstörung sei, und daß es nun Zeit sei, mit sich selbst ein Ende zu machen, ehe ihm die Wasserstoffbombe zuvorkomme.

Unter solchen Umständen wurde natürlich alles vergessen, was den Menschen von wirklichem Nutzen war. Man schläferte sie ein mit der Schilderung ›großer wissenschaftlicher Errungenschaften‹, ausgeklügelt und ausgetüftelt von gewissen Gelehrten, die ihre wahre Aufgabe, den Menschen zu dienen, nicht erfüllten, sondern im Gegenteil ihr Wissen, ihre Kenntnisse und ihre Erfahrungen gebrauchten, die Menschen zu vernichten.

So wurde auch das große Projekt vergessen, eine Schiffsverbindung zwischen dem Atlantik und dem Pazifik über amerikanische Erde herzustellen. Alles Geld hierfür wurde an anderer Stelle nötiger gebraucht. Und so lagen die Verhältnisse nicht nur bei der einen der beiden Großmächte, sondern genauso bei der Konkurrenzmacht. Was dem Menschen nützlich war und dem Frieden diente, mußte Platz machen für das, was die Menschen zu vernichten drohte.

Soweit dieses Land in Betracht kam, trat in dem maßlosen Verschleudern von Milliarden harten, guten amerikanischen Geldes keine Stockung ein. Die Angehörigen des Senats wie die des Hauses, die versuchten, diesem Verschleudern Einhalt zu gebieten, die beantragten Summen auf ein Mindestmaß zu beschränken und nur dorthin zu leiten, wo die Gelder in Wahrheit von Nutzen waren, befanden sich in der Minderheit. Und in gewissen Kreisen wurden sie antiamerikanischer Gesinnung verdächtigt, was dem Vorwurf des Vaterlandsverrates unheimlich nahekam.

Die Milliarden wurden hingeschleudert an Länder, die infolge politischer Korruption, sträflicher Unfähigkeit ihrer Regierungen, hoffnungsloser Kolonialkriege nicht in der Lage waren, ihre zerrütteten Finanzen in Ordnung zu bringen. Laß den reichen, wenn auch so unglaublich dummen und halb idiotischen amerikanischen Onkel für uns sorgen; er weiß ja sowieso nichts mit seinen Milliarden anzufangen.

Mehr als fünfundsechzigtausend Millionen Dollar waren seit Beendigung des zweiten Weltkrieges verschleudert worden mit der durch nichts beweisbaren Behauptung, daß allein dadurch wirtschaftlich verkrüppelte Nationen vor den Krallen des bolschewistischen Superimperialismus gerettet werden könnten. Mit Dollars, nicht mit der im Kern durchaus gesunden Ideologie und Kultur der Völker des Westens wurde versucht, der Ausbreitung des Bolschewismus Einhalt zu gebieten. Die Macht des Dollars gegen die Macht von Ideen. Auch ein Kampf.

Hingeworfen wurden Tausende von Millionen an Diktatoren, die ihr Volk mit brutaler Polizei- und Militärgewalt unter einer menschenunwürdigen Vormundschaft hielten, nichts anderes zu geben wußten als bestialische, zuweilen ekelerregende Stierkämpfe, eine erbarmungslose Kirche und ein mitleiderregendes Elend einer proletarischen Masse, die dem Bolschewismus als ihrer einzigen Hoffnung auf Erlösung rettungslos entgegentreibt.

Sputniks, Luniks, interkontinentale Raketengeschosse, oder was es auch immer sein mag an neuen technischen Leistungen, erregten wohl bei keinem Volke ein solches Interesse wie beim amerikanischen. Aber gerade weil eine unerwartete Erfindung oder Entdeckung den Amerikaner in beinah erschütternder Weise aufzuregen vermag, hält das Interesse nicht lange an. Es verblaßt schneller, als man von Menschen im allgemeinen erwarten sollte.

Die einzigen Errungenschaften und Neuheiten, die tief Wurzel fassen und dauernd in den Gedanken des Amerikaners verankert bleiben, sind jene, die glaubwürdig einen bleibenden, sichtbaren, allgemeinen Nutzen versprechen.

Nachdem das Geschrei über die Sputniks, die Atlasraketen, die neuen Planeten und die erfolgreichen Versuche, Wasserstoffbomben haargenau auf ein Ziel in fünftausend Meilen Entfernung zu feuern, verklungen und begriffen worden war, daß es lediglich politischen Zwecken diente und dazu, mehr Geld aus den Steuerzahlern herausquetschen zu können, war es nur natürlich, daß aufs neue von dem Projekt der ›A.P.T.C.‹ gesprochen wurde. Menschen, sofern sie normal sind und ihr Gehirn nicht zu verwässern beginnt, können nicht ständig in Furcht vor der Möglichkeit eines unerwarteten Wasserstoffbombenüberfalls gehalten werden, ohne daß eine gesunde Reaktion erfolgt. Die Natur des Menschen, sein Charakter drängt ihn, Protest zu erheben und eine Erleichterung der ihn erdrückenden Last herbeizuführen, ganz gleich wie und in welcher Form.

Jedoch ehe es dazu kam, sah sich das Volk einem neuen Problem gegenüber: Eine unglaublich rasch sich erhöhende Zahl von Arbeitslosen, trotz der mit Überdruck arbeitenden Verteidigungs- und Rüstungsindustrie, beunruhigte die Gemüter. Zehn und eine halbe Million Arbeitsloser (offiziell freilich weniger als fünf Millionen) lagen wie ein Alpdruck auf dem Wirtschaftsleben des Landes, und jeden Monat näherte sich die Zahl schneller der Zwölfmillionengrenze.

Was war zu tun, um diesem Anwachsen Einhalt zu gebieten?

So fand sich Aslan plötzlich abermals im Mittelpunkt des öffentlichen Interesses. Ihr Projekt würde die Arbeitslosenfrage zu einem ganz erheblichen Teil auf Jahre hinaus lösen, sogar dann, wenn hunderttausend überflüssiger Soldaten unerwartet demobilisiert werden sollten.

Aufs neue wurde Aslan überschwemmt mit Briefen, Telegrammen und Einladungen, über Radio, Fernsehen, in Versammlungen, in Frauenvereinen, in den Klubs zu sprechen sowie in Sitzungen von Handelskammern und auf Konferenzen von Schiffahrtsgesellschaften. Vieles, woran Aslan, als sie vor dem Komitee stand, nicht gedacht hatte, vieles, woran sie wahrscheinlich nie denken würde, da es außerhalb ihrer Kenntnisse und Erfahrungen lag, las sie in den Briefen, die man ihr sandte und von denen viele von einfachen Leuten, von Arbeitern, Chauffeuren, Büroangestellten und Schullehrerinnen, geschrieben waren.

Einer dieser Briefe erregte besonders ihre Aufmerksamkeit. Er stammte von einem schlichten Seemann, einem Deckarbeiter, in einer Handschrift, wie man sie nicht besser von einem solchen Manne erwarten konnte.

›Dear Madame‹, schrieb er, ›Sie vergaßen, etwas vor den Senatoren zu erwähnen, was mir als Seemann sehr wichtig ist. Aber was eine Frau nicht wissen kann. Sehen Sie, ein jedes Schiff muß innerhalb gegebener Zeit in ein Trockendock gehen. Dort wird der Rumpf von allem Seegetier, Muscheln, Seegras und so gereinigt. Das Zeug, das an dem Rumpf klebt, verringert die Geschwindigkeit des Schiffes mehr, als Sie vielleicht glauben werden. Und das kostet Geld, das gespart werden kann. Dann sind da Nieten los. Und ganze Platten locker, die wieder festgenietet werden müssen, weil sie Wasser ins Schiff lassen. Dann muß das Schiff neu angestrichen werden. Zum Schutz gegen Verrostung. Dann müssen die Propeller repariert werden oder neu ausgerichtet oder ganz und gar gewechselt. Alles das kann man nur in einem Trockendock tun. Manchmal kostet das alles drei, vier oder gar noch mehr Wochen. Wenn das Schiff im Trockendock ausgebessert und angestrichen wird, verdient es kein Geld, sondern frißt Geld. Nun wollen Sie eine Bahn bauen, wo ein Schiff von Galveston nach Los Angeles, Kalifornien, gefahren wird. Und was eine sehr gute Idee ist. Aber ich rede von Zeit und Geldverlust im Trockendock. Aber wenn das Schiff auf Ihrer Bahn fährt, braucht es nicht ins Trockendock. Sein Kasten wird gereinigt, repariert, angestrichen und die Propeller ausgerichtet, wenn das Schiff auf Ihrer Eisenbahn fährt, wo der Seemann sowieso nichts zu tun hat. Ich denke, Dear Madame, wenn Sie das den Herren vom Senat, die von Schiffen absolut gar nichts verstehen und auch nie verstehen werden, alles so gesagt hätten, wie ich es hier aufschreibe, dann würden die Herren vom Senat sofort gesagt haben, diese Bahn muß sofort gebaut werden, und gleich heute damit anfangen. Good luck, Madame.‹

»Amy«, sagte Aslan, »schreiben Sie diesem Seemann einen sehr schönen Dankbrief und legen Sie eine Hundertdollarnote bei als Vergütung für die vortreffliche Idee, die er uns gab. Lassen Sie Abschriften dieses Briefes machen und senden Sie die Abschriften an ein Dutzend Zeitungen.«

Amy, den Brief hin und her schüttelnd, lachte.
»Madame, diese Ihre Idee ist beinahe ebensogut wie die des Seemanns, der ganz zweifellos weiß, wovon er spricht.«
Kaum war Amy mit dem Brief verschwunden, klopfte es an die Tür.
»Come in!« rief Aslan, und Beckford erschien in der Tür.
»Guten Tag, Mr. Beckford. Habe Sie seit einer vollen Woche nicht zu Gesicht bekommen. Krank gewesen?«
»Nicht gerade krank, Madame. Aber ich bin endlich zur Besinnung gelangt.«
»Es war vielleicht Zeit. Setzen Sie sich! Was bringen Sie Neues?«
Beckford setzte sich und zog einen Brief hervor, den er Aslan über ihren Schreibtisch zureichte.
»My resignation, mein Rücktrittsgesuch, Madame. Ich lege mein Amt nieder.«
»Aber warum denn? Und so plötzlich?«
»Wie ich bemerke und aus den Zeitungen sehe, wird es wieder heiß hier. Das liegt mir nicht. Das ganze Privatleben liegt mir nicht, wie ich nun endlich einsehe. Gestern habe ich mich zurückgemeldet ins Marine Corps. Behalte denselben Rang. Sergeant. Brauche da nichts zu denken. Jeder Schritt, jede Handbewegung wird befohlen, und man hat nicht nötig, sich den Kopf darüber zu zerbrechen, was man seiner Sekretärin zu tun geben soll.«
»Nun, in der Tat, wir diskutierten im Aufsichtsrat über Ihre Stellung. Es war vorgesehen, Ihnen nahezulegen, von dem Posten als Generalmanager zurückzutreten, weil wir etwas für Sie planten, wo Sie völlig selbständig sein würden. Die Kompanie, deren Präsident Sie sind, sollte die Aufgabe erhalten, den Ankauf und die Verwaltung der Baumaterialien zu besorgen, die unsere Kompanie benötigt. Ein gewaltiges und verantwortungsvolles Unternehmen.«
»Aber das ist es ja gerade, wovon ich spreche und warum ich mich zurückmeldete ins Corps. Ich will für nichts anderes verantwortlich sein als dafür, daß meine Rekruten so schnell wie möglich begreifen lernen, warum sie im Marine Corps sind. Mit Unternehmungen, Geschäften, Baumaterialien, Senatoren, Bahnbauten und Sekretärinnen, die einem an der Haustür ›gute Nacht‹ sagen,

nachdem man mit ihnen einen lieben langen Abend zugebracht und einen Haufen guter Dollars für sie ausgegeben hat, will ich nichts mehr zu schaffen haben. Nichts für mich, Madame. Wenn ich in Uniform und noch dazu als Sergeant eine Schrulle ins Kino einlade und dann zum Abendessen führe, weiß sie haargenau, was sie mir schuldet und wie sie es zu bezahlen hat. Das Leben hier ist zu kompliziert für mich, Madame. Beim Militär ist alles einfach. Man hat nur eine einzige Sorge: nicht unangenehm aufzufallen! Und für einen Sergeanten ist selbst diese Sorge auf ein Minimum beschränkt.«

»Ich beginne zu verstehen. Gut, Mr. Beckford, ich nehme Ihr Rücktrittsgesuch an. Wenn Ihnen einmal das Marine Corps leid werden sollte –«

»Vorläufig nicht, Madame. Mir werden alle Jahre, die ich gedient habe, voll angerechnet. Das kommt später in der Pension sehr zu meinen Gunsten heraus.«

»Immerhin, sollten Sie einmal einen Posten benötigen, wir werden stets einen für Sie offen haben. Oh, by the way, brauchen Sie Geld?«

»Nicht einen Dollar, Madame. Vielen Dank für alles, was Sie Gutes für mich taten und zu tun gedachten. Durch Sie war ich einmal nahe daran, mich mit Kanälen zu beschäftigen. Und Kanäle sind immer noch das einzige, was mich außerhalb des Marine Corps wirklich interessiert. Wie ich es sehe, Madame, werden wohl selbst Sie keinen Kanal bauen, sondern es wird die Eisenbahn sein. Nochmals vielen, vielen Dank.«

»The best of luck, viel Glück, Mr. Beckford, alles Gute.« Sie reichte ihm die Hand. Beckford drückte ihre Hand, wendete sich um und ging.

Aslan sah für eine kurze Weile in Gedanken versunken auf die Tür, durch die sich Beckford entfernt hatte.

Amy kam herein. »Madame, Mr. Beckford war soeben in meinem Büro. Er war ein wenig bewegt, als er zu mir sagte: ›Good-bye, Amy. Will be for a long time.‹ Was meinte er damit, Madame?«

»Er meinte, daß er zurückgeht ins Marine Corps.«

»Nun, da weiß ich wirklich nicht, was ich dazu sagen soll.«

»Er weiß wohl am besten, wo er sich wohl fühlt.«

»Jedenfalls wünsche ich ihm alles Gute. Er hat mir niemals etwas angetan, was ich heute bedauern müßte.«
»Sie gaben ihm niemals eine Gelegenheit, Amy?«
»Niemals, Madame. War nicht mein Fall.«
»Würde auch niemals meiner sein«, sagte Aslan, nicht aufsehend. Papiere auf ihrem Schreibtisch ordnend. »Zu unbeholfen. Zu jungenhaft.« Sie änderte ihren Ton. »Amy, haben Sie eine Ahnung, wie hoch sich die Angebote für die beabsichtigte neue Ausgabe unserer Aktien, falls sie uns erlaubt wird, belaufen?«
»Rund zwei Milliarden dreihundertundfünfzig Millionen Dollar. Etwa achthundert Millionen liegen in Schecks vor als Anzahlung.« Aslan lachte auf und kippte dabei ihren Armsessel so weit nach hinten, daß Amy aufsprang, um Aslan zu halten.
»Hat man jemals so etwas gehört? Die Leute senden Schecks und Geld nicht nur aus unserem Lande, sondern selbst aus Kanada, Mexiko, Brasilien, Venezuela, Schweden, Deutschland, Frankreich, Italien, für Aktien, die wir nicht haben und, wenn es böse ausgeht, nie haben werden.«
»Es sind nicht die Aktien, Madame, denke ich, was die Leute wie ein Magnet anzieht. Es ist das Unternehmen. Die Idee. Es ist der Glaube an Sie und an Ihren Plan«, bemerkte Amy.
»Da sagten Sie etwas, Amy, das nach Wirtschaftsphilosophie klingt. Es ist nicht das Stückchen Papier, die Aktie, an das die Leute glauben wie, sagen wir, an den Kaufwert einer Zehntausend-Dollar-Banknote. Ein Stück Papier. Meist sogar noch ungemein schmutzig. Es ist der Glaube an den unsichtbaren Wert der Arbeit und der Produktion, der in dem Stück Papier ausgedrückt ist. Im selben Augenblick, in dem der Glaube an die unsichtbaren Werte, die in der Banknote ausgedrückt sind, erschüttert wird, genügt die Zehntausend-Dollar-Note nicht einmal, ein Stück Seife damit zu kaufen. Dasselbe ist es mit unseren bis heute nicht existierenden neuen Aktien. Hinter ihnen steht ein bis jetzt nicht sichtbarer Wert, von dem Millionen Menschen glauben, daß er eines Tages sichtbar sein wird. Und alle diese Leute, die Aktien bestellen und hohe Anzahlungen leisten für noch nicht vorhandene Aktien, sind felsenfest davon überzeugt, daß unser Unternehmen ausführbar ist und ausgeführt werden wird.«

»Es gibt sicher keinen anderen Grund dafür, Madame.«
»Sicher nicht. Oh, keine Nachricht vom Senat, Amy?«
»Keine, Madame. I'm sorry.«
»Das Komitee nimmt sich reichlich Zeit.«
»Gesetzt den Fall, das Komitee entscheidet zugunsten der Kompanie, Madame, dann darf doch sofort die neue Serie der Aktien zum Verkauf angeboten werden, nicht wahr?«
»Noch lange nicht, mein unschuldiges Lämmchen. Das Komitee ist nicht befugt, die Erlaubnis für die Ausgabe irgendwelcher Aktien zu geben. Das Komitee ist lediglich ein Untersuchungsausschuß, eingesetzt aus rein politischen Gründen. Für die Ausgabe neuer Aktien benötigen wir die Bewilligung der S.E.C., das ist die Securities and Exchange Commission, bei der wir die Aktien registrieren müssen. Alles, was das Komitee tun kann, ist, der S.E.C zu berichten, daß nach Ansicht des Komitees keine Gefahr für ein Börsenmanöver besteht. Die S.E.C freilich hat das letzte Wort in dieser Beziehung. Sie braucht das Resultat des Senatskomitees nicht anzuerkennen, wenn sie anderer Ansicht ist. Freilich, sollte die S.E.C uns die Erlaubnis zur Ausgabe der Aktien verweigern, steht uns das Recht offen, vor dem Gericht Berufung einzulegen. Ich hoffe, es wird nicht soweit kommen. Auf alle Fälle müssen wir warten, bis das Komitee mit seiner Meinung herauskommt. Kann Monate dauern, Amy, Monate.«
Aslan wußte nicht und konnte nicht wissen, was im Senat, was im House vor sich ging. Am wenigsten konnte sie wissen, was sich im Unterkomitee, das über Leben und Tod ihrer Kompanie entschied, zutrug.
Senatoren und Mitglieder des Hauses, insbesondere aber die Herren des Sub-Committees, wurden mit Telegrammen und Briefen überflutet. Abgesehen von einigen Dutzenden von Briefen, die von Querulanten geschrieben waren, sprachen sich alle entschieden zugunsten des Aslan-Projektes aus. Sogar Drohbriefe, nicht anonyme, sondern mit vollem Namen und Adresse unterzeichnete, wurden den Parlamentariern übersandt, in denen erklärt wurde, sie sollten sich keine Hoffnung auf Wiederwahl machen, wenn sie das Projekt nicht unterstützten oder gar versuchen sollten, es zu untergraben. Immer mehr Leute, Kompanien und Aktiengesell-

schaften begannen auf die einfache und einleuchtende Tatsache aufmerksam zu werden, daß hier Tausende von Menschen, ganz gleich welchen Berufes, für die nächsten zehn Jahre ein gesichertes und voraussichtlich gutes Einkommen haben würden, etwas, was ihnen die Kriegs- und Rüstungsindustrie nicht zu bieten vermochte, da diese Industrien von politischen Umständen abhingen.

So ruhig, wie es von außen gesehen aussah, so tumultuös ging es im Komitee und in Privatsitzungen der Abgeordneten zu. Erbitterte Streitigkeiten erhoben sich unter den Berufspolitikern, die sich um die Frage drehten: ›Warum hat nicht die Regierung ein so gigantisches Projekt angeregt, anstatt es einer Privatgesellschaft zu überlassen, diesen so wertvollen Plan dem Volke vorzulegen?‹

In Anbetracht des täglich größeren Ansturms amerikanischer Bürger und Bürgerinnen, die alle Wähler waren, erschien es für den Senat nun so gut wie Selbstmord, Aslans Kompanie die konstitutionellen Rechte zu unterbinden oder auch nur einzuschränken, ohne ihr wenigstens den Versuch zu gestatten, das erforderliche Geld für die Ausführung des Arbeitsplanes herbeizuschaffen.

Die öffentliche Meinung zugunsten des Projekts entwickelte sich zu einer Art von Volksbefehl. Wenn auch eine für die Kompanie ungünstige Entscheidung des Komitees keine Revolution hervorrufen würde, auf alle Fälle wäre ein solcher Sturm der Entrüstung zu erwarten, daß der Senat sich letzten Endes gezwungen sehen würde, die getroffene Entscheidung zu widerrufen. Um Gründe dafür zu finden, brauchte der Senat nicht in Verlegenheit zu geraten.

Die Entscheidung sollte ursprünglich in sechs Wochen getroffen werden. Aber Monate und Monate waren vergangen, und kein Urteil wurde gefällt. Wahrscheinlich hofften die Senatoren, je mehr Zeit sie verstreichen ließen, ohne eine bestimmte Entscheidung zu treffen, desto mehr bestünde die Möglichkeit, daß die Aktionäre endlich die Geduld verloren und der Kompanie ein schmerzloses Ende bereiteten.

Jedoch die Aktionäre der Kompanie waren aus hartem Holz geschnitzt. Sie ließen sich in ihrem Glauben an den Wert des Projektes nicht erschüttern. Wer die Geduld verlor, waren nicht die Ak-

tionäre, es waren die Senatoren. Das Feuer unter ihren Sitzen, von der Öffentlichkeit unermüdlich angefacht, wurde endlich doch zu heiß. Sie sahen sich genötigt, eine klare Antwort zu geben.
Die Entscheidung, in extra fetten Lettern von der ersten Seite aller Tagesblätter des Landes den Lesern in die Augen stechend, lautete: ›Nach reiflicher Erwägung und genauer Untersuchung aller in Betracht kommenden Umstände muß das Arbeitsprogramm, unter dem die ‚Atlantic-Pacific Transit Corporation' um die Registrierung ihrer neu auszugebenden Aktien nachsucht, als ein sehr gewagtes, sehr schwieriges und kaum lösbares bezeichnet werden, dessen Ausführung bis zum Tage seiner endgültigen Vollendung für die Inhaber von Aktien dieser Kompanie ein erhebliches Risiko bedeutet. Es muß darum den Aktionären selbst überlassen bleiben, ob sie dieses Risiko übernehmen wollen. Bei der Untersuchung der finanziellen Stabilität der Kompanie wurde zur Zeit nichts gefunden, was Anlaß geben könnte, die Inhaber von Aktien genannter Kompanie zu beunruhigen.‹
Aslan studierte das Schriftstück.
»Amy«, sagte sie dann, »gesetzt den Fall, wir bleiben irgendwo auf dem langen Wege von Galveston nach Los Angeles in der Wüste stecken und die Gelder zur Weiterarbeit bleiben aus, dann steht der Prüfungsausschuß des Senats vor der Öffentlichkeit da mit väterlichem Grinsen, seine frisch gewaschenen Hände zum Trocknen hochhaltend.«
»Verstehe nicht, Madame«, sagte Amy.
»Einfach, Amy. Sie waschen ihre Hände in kindlicher Unschuld, die ehrenwerten Herren Senatoren. Es heißt in der Entscheidung: ›wurde zur Zeit nichts gefunden‹. Die Betonung liegt auf: ›zur Zeit‹. Was später geschehen könnte, dafür sind die hochwohllöblichen Herren Senatoren nicht verantwortlich. Ich muß schon sagen, ich hätte nie geglaubt, daß diese hochachtbaren Herren Senatoren es verstehen würden, sich so geschickt vom Feuer fernzuhalten, sollte es zu brennen anfangen.«
»Aber Madame, es scheint, die Herren Senatoren fürchten kein Feuer.«
»Fürchten kein Feuer?«
»Offenbar nicht, Madame. Die hochehrbaren Herren Senatoren

Drake, Clifford und Shearer haben jeder seit zwei Wochen einen Scheck in Höhe von zweihunderttausend Dollar in unserer Kasse liegen, als Garantie für die von ihnen gewünschten Aktien der neuen Serie.«

»Und das wundert Sie, Amy?« fragte Aslan. »Was mich wundert, ist, daß diese drei Hochehrbaren, die mich so unbarmherzig zu quälen verstanden, nicht wenigstens eine halbe Million hinterlegt haben. Sie hätten es ja. Diese drei Herren sind Hauptaktionäre der ›Knutsen Kelthy Crane Jorgson Schiffahrtsgesellschaft, Inc. Ltd. A.G.S.A.‹. Zahlte im letzten Jahr siebzehneinachtel Prozent Dividende, und das nach Abzug der Income Tax.«